KB196160

그들의 눈은 신을 보고 있었다

그들의 눈은
신을 보고 있었다

조라 닐 허스턴 | 이미선 옮김

문예출판사

Their Eyes Were Watching God
Zora Neale Hurston

차례

1

 멀리 보이는 배들에는 모든 사람의 소원이 실려 있다. 어떤 사람에게는 배들이 조수에 맞춰 들어온다. 어떤 사람에게 배들은 시야에서 결코 사라지는 법은 없지만 바라보는 사람이 포기하고 시선을 돌릴 때까지 절대 육지에 닿지 않은 채 수평선 위에서 영원히 항해함으로써 그의 꿈은 죽을 때까지 시간에 조롱당한다. 이것이 남자들의 삶이다.

 그러나 여자들은 기억하고 싶지 않은 것은 전부 잊어버리고 잊고 싶지 않은 것은 모두 기억한다. 꿈이 진리다. 그런 다음 그들은 그에 따라 행동하고 일한다.

 그래서 이 이야기의 시작은 여자였고, 그녀는 죽은 사람들을 매장하고 돌아왔다. 그들은 병이 나서 아프다가 머리맡과 발치를 차지한 친구들에 둘러싸여 죽은 사람들이 아니었다. 그녀는 물에 젖어 불어 터진 사람들에게서 돌아왔다. 그들은 갑작스럽게 죽은 사람들로 무슨 일인지 따져보느라 눈을 부릅뜨고 있었다.

 해 질 녘이었기 때문에 사람들 모두 그녀가 돌아오는 것을 보왔다. 해는 졌지만 하늘에 발자국을 남겨놓았다. 길가 현관에 나와 앉아 있을 시간이었다. 이런저런 말을 들으며 이야기를 나눌 시간이었다. 이렇게 앉아 있는 사람들은 하루 종일 혀도 없고 귀도 없고 눈도 없는 도구 같은 존재들이었다. 노새와 다른 짐승들이 그들의 살갗을 차지하고 있었다. 그러나 지금은 태양과 주인이 없기 때문에 그들의 피부는 힘을 얻어서 인간다워졌다. 그들은 소리와 작은 일들의 지배자가 되었다. 여러 나라에 대한 말들이 그들의 입을 거쳐 갔다. 그들은 심판하면서 앉아 있었다.

여자의 모습을 보자 그들은 예전에 쌓아두었던 부러움을 떠올리게 되었다. 그래서 그들은 마음 한구석을 씹어서 맛있게 삼켰다. 그들은 질문들로 지독한 진술서를 만들어냈고 웃음에서 살상 도구를 만들어냈다. 그것은 집단의 잔인함이었다. 활발해진 분위기. 주인 없이 걸어다니는 말들. 노래 속 화음처럼 함께 보조를 맞추는 말들.

"빌어먹을 작업복을 입고 여기로 돌아오다니 도대체 저 여자는 뭐하자는 거야? 걸칠 만한 옷이 하나도 없었나 보지……? 여길 떠날 때 입었던 그 파란색 공단 옷은 어디다 둔 거야……? 남편이 벌어서 죽을 때 남겨준 돈은 전부 어디로 간 거야? 어린 여자애처럼 머리를 길게 늘어뜨린 채 마흔 살이나 된 저 늙은 여자가 뭘 하고 있는 거지? 여기서 같이 떠난 그 젊은 청년은 어디다 두고 온 거야……? 자기가 결혼할 거라고 생각한 거야……? 그 남자가 어디서 저 여자를 버린 거지……? 그 남자가 저 여자 돈을 전부 어떻게 했을까……? 아직 머리도 다 안 난 아주 어린 여자애랑 그 남자가 떠나 버린 게 틀림없어……. 저 여자는 왜 자기 분수에 맞게 가만히 눌러 앉아 있지 않는 거야……?"

그녀는 그들이 있는 곳에 이르자 할 일 없이 수다를 떨어대는 여자들 쪽으로 얼굴을 돌리고 말을 걸었다. 그들은 큰 소리로 "안녕하세요"라고 앞다퉈 인사했고 입을 벌린 채 기대로 가득 차서 귀를 기울였다. 그녀는 매우 상냥하게 말을 걸었지만 자기 집 대문을 향해 계속해서 걸어가버렸다. 현관에 나와 있던 사람들은 바라보느라 말을 할 수 없었다.

남자들은 바지 뒷주머니에 자몽이라도 넣은 것처럼 탄탄한 그녀의 엉덩이와, 허리까지 치렁대며 바람에 깃털처럼 풀어헤쳐지는 풍성한 검은 머리채, 그리고 셔츠에 구멍이라도 뚫을 기세인 그녀의 도발적인 가슴에 눈길을 주었다. 그들, 남자들은 눈으로 놓친 것을 마음에 저장하고 있었다. 여자들은 빛바랜 셔츠와 진흙투성이 작업복을 떼어내서 기억을 위해 따로 간직해두었다. 그것은 그녀의 힘에 맞서는 무기였고, 별 볼 일 없는 것으로 판명된다 해도 여전히 그녀가 언젠가는 자기네 수준으로 떨어질지 모른다는 희망이었다.

그러나 그녀가 들어가고 나서 대문이 꽝 하고 닫힐 때까지 아무도 움직이지 않았고, 아무도 말하지 않았으며, 아무도 침을 삼킬 생각조차 하지 않았다.

펄 스톤은 달리 어떻게 해야 할지 몰랐기 때문에 입을 벌리고 매우 요란하게 웃어댔다. 웃다가 그녀는 섬킨스 부인의 몸 위로 넘어졌다. 섬킨스 부인은 거칠게 씩씩거리며 혀를 찼다.

"흥! 당신들 모두 그 여자 때문에 걱정스러워하는군. 나는 당신들하고 달라. 나는 그 여자에게 신경 쓰지 않아. 가던 길을 멈추고 자기가 그동안 어떻게 지냈는지 사람들에게 알려줄 정도의 예의 범절도 차리지 않는다면 그 여자를 그냥 내버려두자고!"

"그 여자는 입에 담을 가치조차 없어." 룰루 모스가 천천히 콧소리로 말했다. "그 여자는 거만하게 굴지만 상스러워 보여. 나는 젊은 남자들 꽁무니를 쫓아다니는 이런 늙은 여자들한테는 바로 그렇게 말해준다고."

피비 왓슨은 흔들의자를 앞으로 잡아당기고 나서 말했다. "그게 무슨 이야깃거리가 되는지 안 되는지 아무도 모르지. 내가 그 애의 가장 친한 친구인데 나는 모르겠어."

"당신이 아는 것만큼 깊이 알지는 못하지만 우리 모두 그 여자가 어떻게 여기를 떠났는지 알고 있고 여기로 돌아오는 걸 분명히 보았어. 친구건 아니건 재니 스탁스 같은 늙은 여자를 감싸주려고 해봐야 소용없는 짓이야, 피비."

"그 점으로 말하자면 당신들 말처럼 그 애가 그렇게 늙은 건 아니야."

"내가 알기로 그 여자는 마흔을 훌쩍 넘겼어, 피비."

"많아 봐야 마흔도 안 됐어."

"티 케이크 같은 남자애한테는 그 여자가 너무 늙었지."

"티 케이크는 이미 오래전부터 애가 아니야. 서른 살 정도 되었으니까."

"그거야 상관 안 해. 잠깐 발을 멈추고 우리랑 몇 마디 이야기를 나눌 수도 있었잖아. 그 여자는 우리가 자기에게 무슨 짓이라도 한 것처럼 군다니까." 펄 스톤이 불만을 토로했다. "잘못은 자기가 해 왔으면서 말이야."

"그러니까 그 애가 잠깐 발을 멈추고 우리한테 자기 일을 전부 말하지 않았다고 당신들이 화를 낸다는 말이네. 어쨌든 당신들 모두가 말하는 것만큼 그 애가 무슨 나쁜 짓을 했는데? 내가 알고 있는 것 중에서 그 애가 제일 잘못한 것이라고는 자기보다 몇 년 어린 남자를 고른 것인데 그건 아무에게도 피해를 주는 게 아니잖아. 당신들 모두한테 정나미가 떨어졌어. 당신들은 이 마을 사람들이 침대 안에서도 오로지 주님을 찬양하면서 지낸다고 생각하는 것처럼 말하잖아. 나는 그만 가볼게. 그 애한테 저녁밥을 좀 가져다줘야겠어." 피비가 날쌔게 일어섰다.

"우리한테 신경 쓰지 마." 룰루가 미소를 지었다. "어서 가봐. 당신이 돌아올 때까지 우리가 집을 봐줄 테니까. 나는 저녁 준비를 다 해놓았어. 가서 그 여자 기분이 어떤지 알아보는 게 좋을 것 같아. 우리한테도 알려주고."

"좋아." 펄이 동의했다. "고기 조금하고 빵을 이미 오래전에 구워놓고 이야기를 나누러 나왔어. 나는 원하는 만큼 집 밖에 나와 있을 수 있어. 우리 남편은 잔소리를 하진 않아."

"아, 피비. 갈 준비가 됐으면 내가 함께 가줄 수도 있는데." 섬킨스 부인이 나섰다. "해가 져서 어두워지는 것 같으니까 말이야. 혹시 귀신이라도 나타나서 당신을 붙잡아갈지도 모르잖아."

"아니, 고맙지만 사양할게. 몇 발자국 되지도 않는데 아무것도 날 붙잡아갈 수 없어. 어쨌든 우리 남편 말로는 일류 귀신이라면 나를 붙잡아가려 하지 않을 거라는데. 당신들한테 해줄 이야깃거리가 그 애한테 있으면 내가 그걸 전해줄게."

피비는 뚜껑이 덮인 사발을 두 손으로 들고 서둘러 떠났다. 그녀는 등 뒤로 요구받지 않은 질문들을 빗발치듯 받으며 현관을 나섰다. 그들은 그것에 대한 대답들이 잔혹하고 이상한 것이길 바랐다. 그곳에 도착했을 때 피비 왓슨은 정문을 지나 야자수 길을 따라 현관으로 가지 않았다. 그녀는 울타리 모퉁이를 돌아서 황갈색 밥이 수북이 담긴 사발을 들고 샛문으로 들어갔다. 재니는 틀림없이 그쪽에 있을 것이다.

재니는 모든 등잔에 기름을 가득 채우고 굴뚝을 깨끗하게 치워놓고는 뒷문 계단 위에 앉아 있었다.

"안녕, 재니. 기분이 어때?"

"아, 아주 좋아. 피곤함도 풀고 흙도 털 겸 발을 씻으려는 중이야." 그녀가 살짝 웃었다.

"얘, 그렇구나. 정말 **좋아** 보인다. 네 딸 또래처럼 어려 보여." 두 사람 모두 웃음을 터뜨렸다. "그런 작업복을 걸치고 있는데도 여성스러워 보여."

"그만! 그만해! 뭔가 너한테 줄 걸 내가 가져왔을 거라고 틀림없이 생각할 텐데. 내 몸 말고는 아무것도 가져오질 못했어."

"그걸로 충분해. 네 친구라면 더 많이 바라지 않을 거야."

"그건 칭찬으로 받아들일게, 피비. 진심이라는 걸 내가 아니까." 재니가 손을 내밀었다. "세상에, 피비! 가져온 그 밥을 안 줄 작정은 아니겠지? 손가락 빤 것 말고는 오늘 뱃속에 아무것도 넣질 못했어." 두 사람 모두 편하게 웃었다. "그건 이리 주고 앉아."

"네가 배고플 것 같았어. 어두워지고 나면 땔감을 구하러 나갈 수가 없지. 황갈색 밥이 이번에는 썩 잘되지 않았어. 베이컨 기름이 충분하지 않았지만 그래도 그걸로 허기는 때울 수 있을 거라 생각해."

"어떤지 일 분 후에 너한테 알려줄게." 제니가 뚜껑을 들어 올리면서 말했다. "세상에, 너무 맛있어! 너는 부엌에서 양철 그릇을 휘두르는 모습이 멋진 훌륭한 요리사야."

"에이, 저건 그리 대단한 음식은 아니야, 재니. 그렇지만 내일은 분명히 상당히 괜찮은 음식을 장만할게. 네가 돌아왔으니까."

제니는 왕성하게 먹으며 아무 말도 하지 않았다. 태양이 하늘에 휘저어 만들어놓은 여러 색깔의 노을이 천천히 조금씩 옅어지고 있었다.

"자, 피비. 네 접시는 받으렴. 빈 접시가 무슨 소용이 있겠어. 그 음식이야 정말 쓸모가 있었지만 말이야."

피비는 친구의 거친 농담에 웃음을 터뜨렸다. "너는 예전이나 지금이나 여전히 못 말리겠다."

"애, 네 옆 의자 위에 있는 수건 좀 건네줘. 발 좀 닦게." 그녀는 수건을 받아서 세게 문질렀다. 큰길에서 웃음소리가 들려왔다.

"저런, 말 많은 여자들이 아직도 그 자리에 죽치고 앉아 있는 것 같은데. 그리고 지금은 나를 가지고 입방아를 찧고 있는 것 같아."

"정말 그래. 네가 사람들 앞을 지나갈 때 그들에게 말을 걸어서 비위를 맞춰주지 않으면 그들은 네 삶 속으로 되돌아가서는 네가 했던 일을 따져본다는 걸 너도 알잖아. 너보다도 사람들이 너에 대해 아는 게 더 많아. 시샘하는 마음 때문에 귀가 잔인해지는 법이거든. 그들의 귀에는 너에게 일어났으면 좋겠다고 자기네가 바라던 것만 '들리니까'."

"하느님도 나처럼 저 사람들한테 아예 신경 쓰지 않는다면 저 사람들은 무성한 풀 속에 파묻혀 보이지 않는 공이나 마찬가질 거야."

"우리 집이 큰길가에 있으니까 사람들이 우리 집 현관으로 모여들기 때문에 그들이 무슨 말을 하는지 다 들려. 우리 남편은 그들에게 질려서 가끔은 집에 가라고 그들을 쫓아버리기도 해."

"샘 역시 옳아. 저 사람들이 너희 의자를 닳게 만들고 있을 뿐이니까."

"맞아, 샘 말로는 저 사람들 대부분이 심판의 날에 교회에 갈 거래. 확실하게 하늘로 올라가기 위해서 말이야. 그날은 모든 비밀이 밝혀지게 되어 있으니까. 저 사람들은 천국까지 쫓아가서 비밀을 전부 듣고 싶어 할 거야."

"샘은 **너무** 웃겨! 그 사람 옆에 있으면 너는 웃음을 멈출 수가 없겠다."

"맞아. 그는 자기도 거기 갈 거래. 누가 옥수수 속대로 만든 자기 곰방대를 훔쳐갔는지 알아보겠대."

"피비, 너네 샘이라면 절대 그만두려 하지 않을걸! 못 말리는 사람이지!"

"이 흑인들 대부분은 네 일에 너무 열을 내고 있어서 빨리 뭔가를 알아내지 못하면 너에 대해 알아내고 싶어서 서둘러 스스로 심판을 받으러 가겠다고 나설 것 같아. 네가 티 케이크와 결혼할 거라고 저 사람들한테 빨리 말해주는 게 좋겠어. 그리고 그가 네 돈을 전부 들고 어떤 어린 여자랑 도망을 친 것인지 아닌지, 그가 지금 어디에 있는지, 그리고 네 옷을 전부 어디다 두고 작업복 차림으로 이곳에 돌아왔는지 알려줘."

"나는 그 사람들한테 굳이 아무 얘기도 안 할 작정이야, 피비. 그런 수고를 할 만한 가치가 없어. 네가 원한다면 내가 하는 말을 그들에게 전해줘도 돼. 그러면 그건 내가 하는 말이나 마찬가지야. 내 혀가 내 친구 입 속에 있는 거나 다름없으니까."

"네가 그걸 원한다면 네가 알려주라고 한 말을 그들에게 알려줄게."

"우선, 저런 사람들은 자기네들이 전혀 알지도 못하는 일에 대해 입을 놀려대느라 너무 많은 시간을 낭비하고 있어. 이제 그들은 내가 티 케이크를 사랑한 일을 조사해서 잘한 건지 못한 건지 따져보기 시작했어! 그들은 인생이 맷돌로 갈아 만든 옥수수 푸딩이고 사랑은 침대 이불보라는 걸 모른다니까!"

"그들은 씹어댈 이름이 있는 한 그게 누구 것인지, 무엇에 관한 것인지 상관 안 해. 특히 그 이름을 나쁜 것처럼 들리게 만들 수 있는 한 말이야."

"보고 알고 싶다면 나한테 와서 입 맞추면서 따뜻하게 인사를 나누면 좋잖아. 그러면 내가 앉아서 그들에게 다 말해줄 텐데. 나는 삶의 큰 모임에 대표로 다녀왔으니까. 맞아! 너희들 모두가 날 보지 못한 일 년 반 동안 내가 가 있었던 곳은 바로 삶의 총본부, 큰 집회였어."

그들은 막 드리우기 시작한 어둠 속에 서로 가까이 앉아 있었다. 피비는 재니를 통해 느끼고 행동하고 싶었지만 그것이 단순히 호기심으로 여겨지지 않을까 두려워서 열의를 드러내기 싫었다. 재니는 가장 오래된 인간의 열망인 자기 계시로 가득 차 있었다. 피비는 오랫동안 말을 참았지만 발은 움직이지 않을 수가 없었다.

그러자 재니가 입을 열었다.

"아직도 은행에 900달러가 있으니까 그 사람들이 나랑 내 작업복 걱정 같은 건 할 필요가 없어. 티 케이크가 나더러 그걸 입고…… 자기 뒤를 따라오게 했거든. 티 케이크는 내 돈을 한 푼도 축내지 않았고 나를 두고 딴 어린 여자를 따라가지도 않았어. 그는 내게 세상의 모든 위안을 줬어. 그가 여기 있다면 그 역시 그들에게 그렇게 말해줄 텐데. 그가 죽지 않았다면 말이야."

피비는 진지하게 다시 물었다. "티 케이크가 죽었다고?"

"응, 피비. 티 케이크는 죽었어. 그리고 그것이 내가 여기로 돌아온 유일한 이유야……. 내가 있었던 곳에서는 나를 더 행복하게 해줄 것이 아무것도 없으니까. 저 아래 에버글레이즈, 습지에서는 말이야."

"네가 말하는 것이랑 말하는 방식이 나한테는 이해하기가 어려워. 다시 생각해 보면 내가 이해력이 달리는 면이 있긴 하지만 말이야."

"아니야. 그것은 네가 생각하는 것과 완전히 달라. 그래서 내가 너를 이해시켜주지 않으면 너한테 무슨 말을 해봐야 아무 소용이 없어. 털을 보지 않으면 밍크 가죽이나 너구리 가죽이나 다를 바가 없으니까. 그런데 피비. 샘이 저녁밥 먹으려고 널 기다리고 있는 거 아닐까?"

"준비해서 대령해놨어. 그걸 찾아먹을 수 있을 만큼의 눈치도 없다면 그건 그 사람이 박복한 거야."

"그러면 그냥 지금처럼 앉아서 이야기를 나누자. 바람이 조금 통하도록 집 안의 문을 전부 활짝 열어놓았어.

"피비, 우리는 이십 년 동안 서로 다정한 인사를 나누며 친구로 지냈어. 그래서 나는 너에게 좋은 의견을 구하지. 그리고 나는 그 관점에서 너에게 이야기하고 있어."

시간은 모든 것을 나이 들게 만든다. 그래서 입맞춤하며 갓 드리워졌던 어둠은 재니가 말하는 동안 무시무시하고 나이 든 것이 되었다.

2

재니는 자신의 삶을 고통당한 것들과 즐긴 것들, 행한 것들과 망친 것들로 잎이 무성한 커다란 나무로 간주했다. 새벽과 종말이 가지들 속에 들어 있었다.

"너한테 무슨 말을 해야 할지 정확하게 알고는 있지만 어디서 부터 시작해야 할지 모르겠다.

나는 아버지를 한 번도 본 적이 없어. 그래서 아버지를 봐도 못 알아봤을 거야. 엄마도 마찬가지야. 엄마는 내가 엄마를 알 만큼 크기도 전에 저기서 떠나버렸어. 할머니가 나를 키워주셨어. 할머니와 할머니의 주인집 백인들이 말이야. 할머니의 집은 뒷마당에 있었는데 바로 거기서 내가 태어났대. 그분들은 웨스트플로리다에 사는 지체 높은 백인들이었어. 워시번이라는 가문이었지. 그 댁에는 손자가 넷 있었고 우리는 모두 함께 어울려 놀았어. 그래서 나도 할머니를 항상 내니*라고 불렀어. 그 댁에서는 전부 할머니를 그렇게 불렀으니까. 우리가 심하게 장난을 치면 내니는 그 댁의 아이들을 모두 붙잡아서 때려주었고 위시번 부인도 똑같이 했어. 그

분들이 우리를 부당하게 때린 적은 한 번도 없었던 것 같아. 남자아이 셋과 우리 두 여자아이가 상당히 심술궂게 굴었으니까.

나는 그 백인 아이들과 매우 많은 시간을 함께 보냈기 때문에 여섯 살 무렵까지 내가 백인이 아니라는 걸 몰랐어. 그때도 아마 모르고 지나갔을지 모르지. 그런데 어떤 남자가 사진을 찍으면서 나타났고, 우리 중 나이가 제일 많았던 셸비는 아무에게 물어보지도 않은 채 덥석 그 남자에게 사진을 찍으라고 말했어. 일주일 정도 지난 후 그 남자는 사진을 들고 와서 워시번 부인에게 사진을 보고 돈을 내라고 했지. 부인은 돈을 지불했고 그런 다음 우리 모두를 호되게 때려줬어.

그렇게 해서 우리는 사진을 보게 됐고 모두 자기를 골라내고 나자 엘리너 곁에 서 있는 긴 머리에 진짜로 새까만 여자아이 말고는 아무도 남아 있지 않았어. 분명히 거기에 내가 있어야만 했는데 나는 그 새까만 아이를 나라고 알아볼 수가 없었어. 그래서 내가 물었지. '난 어디 있는 거야? 내가 안 보이는데.'

모두가 웃음을 터뜨렸어. 워시번 씨까지도 말이야. 남편이 죽은 후 친정으로 돌아와 살고 있는, 아이들의 어머니 넬리 아가씨가 그 새까만 애를 가리키며 말했어. '저게 너야, 알파벳. 네 자신을 몰라보겠니?'

그들 모두 나를 알파벳이라고 부르곤 했어. 왜냐하면 너무나 많은 사람들이 내게 다른 이름을 붙여주었으니까. 나는 사진을 오랫

---

* 보모

동안 쳐다보다가 그것이 내 옷이고 내 머리라는 것을 알았어. 그래서 내가 말했지.

'어, 어! 내가 흑인이네!'

그러자 그들 모두 신나게 웃는 거야. 그러나 나는 사진을 보기 전에는 내가 다른 아이들과 똑같다고 생각했어.

우리는 그곳에서 즐겁게 살았어. 내가 백인 집 뒤채에서 산다는 것에 대해 아이들이 학교에서 나를 놀려대기 시작하기 전까지는 말이야. 메이렐라라는 더벅머리 여자아이가 있었는데 나를 볼 때마다 매번 트집을 잡곤 했어. 위시번 부인은 손녀들에게 더는 필요 없는 옷을 전부 내게 입히곤 했는데 그 옷들이 다른 흑인 아이들이 입은 옷보다 좋았거든. 그리고 부인은 나를 위해 머리에 리본을 달아주곤 했어. 그것이 메이렐라의 부아를 돋우곤 했지. 그래서 그 애는 항상 나를 못살게 굴었고 다른 아이들에게도 똑같이 하게 했어. 그들은 강강술래 놀이에 나를 끼워주지도 않았고 다른 사람네 뒤채에 사는 하찮은 애하고는 함께 놀 수 없다고 말했어. 그런 다음 나한테 외모 가지고 뻐기지 말라고 말하곤 했어. 사냥개들이 밤새 우리 아버지를 쫓아다닌 이야기를 자기 엄마들이 해줬다는 거야. 우리 아버지가 우리 엄마한테 한 짓 때문에 위시번 씨와 보안관이 아버지를 붙잡으려고 블러드하운드를 풀어놓은 일에 대해서 말이야. 그들은 그 후 아버지가 엄마와 결혼하기 위해 연락을 취하려고 애쓰는 모습을 보인 것에 대해서는 아무 말도 하지 않았어. 그래, 그 부분에 대해서는 아무것도 말하지 않았어. 그들은 내 콧대를 꺾어놓으려고 그 부분을 정말 형편없이 들리도록 만들었지. 그들 중 어느 누구도 아버지의 이름조차 기억하지 못하면서 모두

블러드하운드 부분은 생생하게 기억하고 있었으니까. 내니는 내가 풀죽어 있는 모습을 보는 걸 싫어했어. 그래서 우리에게 따로 살 집이 있으면 나한테 훨씬 좋을 것 같다는 생각을 하게 된 거야. 그래서 내니가 땅과 모든 것을 준비했고 위시번 부인은 살림살이를 많이 나눠줬어."

열심히 귀 기울여 들어주는 피비의 모습을 본 재니는 자신의 이야기를 해주고 싶은 마음이 들었다. 그래서 그녀는 계속 어린 시절을 회상하면서 차분하고 쉬운 말로 친구에게 설명했다. 그러는 동안 집 주위로 밤이 점점 더 깊어지며 어두워졌다.

그녀는 잠깐 생각해본 다음 자신의 의식적인 삶이 내니의 대문에서 시작되었다고 결론을 내렸다. 어느 날 늦은 오후 내니는 그녀를 집 안으로 불러들였다. 문기둥 위로 조니 테일러에게 입술을 대주고 있는 재니의 모습을 보았기 때문이었다.

웨스트플로리다의 어느 봄날 오후였다. 재니는 꽃이 핀 뒤뜰의 배나무 아래에서 거의 하루 종일 시간을 보냈다. 그녀는 지난 사흘 동안 집안 허드렛일을 하면서 틈틈이 짬을 낼 수 있는 모든 시간을 그 나무 아래에서 보내고 있었다. 그러니까 조그만 첫 꽃이 핀 이후 죽 그랬다. 그 꽃이 그녀에게 신비로운 것을 보러 오라고 손짓했다. 메마른 꽃자루가 반짝이는 꽃잎 봉오리로, 꽃잎 봉오리가 눈처럼 순결한 꽃으로 변해갔다. 그 꽃은 그녀를 엄청나게 뒤흔들어놓았다. 어떻게, 왜 그런 것일까? 그것은 다른 존재 속에서 잊혔다가 다시 생각난 플루트 가락 같았다. 무엇이, 어떻게, 왜 그런 것일까? 그녀가 들은 이 노래는 그녀의 귀와는 아무 관련이 없었다. 세상의 장미가 향기를 뿜어내고 있었다. 그것은 깨어 있는 매순간 그녀를 따라다녔고 그녀가 잠들어 있을 때도 그녀를 어루만졌다. 그것은 눈에 띄지 않게 그녀를 꿰뚫고 들어와 그녀의 살 속에 묻혀서 모호하게 느껴지던 다른 물질들과 연결되었다. 이제 그것들이 빠져나와 그녀의 의식 속을 찾아다녔다.

그녀가 배나무 아래에 누워서 찾아오는 벌들의 낮은 노랫소리와 금빛 햇살, 미풍의 가쁜 숨소리에 흠뻑 젖어 있을 때 그 모든 소리 없는 목소리가 그녀에게 다가왔다. 그녀는 꽃가루를 묻힌 벌이 꽃의 성소(聖所)로 내려가는 것을 보았다. 꽃받침 천 개가 몸을 오므려서 그 사랑의 포옹을 맞이하는 것을 보았고 뿌리부터 가장 작은 가지에 이르기까지 나무가 환희로 전율하면서 모든 꽃송이 속에 기쁨으로 하얀 거품을 일으키며 뿜어내는 것을 보았다. 그러니까 이것은 결혼이었다! 그녀는 하나의 계시를 목격하도록 부름받았다. 그러자 재니는 가차 없이 달콤한 고통을 느끼면서 사지가 나른해지고 기운이 빠졌다.

얼마 후 그녀는 자리에서 일어나 작은 정원 안을 모두 돌아다녔다. 그녀는 그 목소리와 환영을 확인하고 있었고 사방에서 답을 찾고 확인했다. 그녀 자신을 제외한 다른 모든 피조물에 대해 개인적인 답을 찾고 확인했다. 그녀는 한 가지 답이 그녀를 찾고 있다는 것을 느꼈지만 어디서, 언제, 어떻게 그것을 찾을 것인가? 그녀는 자신도 모르는 사이에 부엌 문간에 이르렀고 비틀거리며 안으로 들어갔다. 방 안에서는 파리들이 허공을 돌며 노래를 부르고, 결혼하고 결혼을 공표하고 있었다. 좁은 복도에 이르렀을 때 그녀는 할머니가 두통 때문에 집 안에 있다는 사실을 떠올렸다. 할머니가 침대에 누워 자고 있었기 때문에 재니는 발끝으로 살금살금 걸어서 현관 밖으로 나왔다. 아, 배나무가 되고 싶어……. 꽃을 피우고 있는 **어떤** 나무라도 되고 싶어! 세상의 시작을 노래하며 입을 맞춰주는 벌들이 함께 해주는! 그녀는 열여섯 살이었다. 그녀에게는 반짝이는 잎과 막 벌어지고 있는 꽃봉오리가 있었고, 그녀는 삶과 씨름하고 싶었지만 삶은 그녀를 피해 빠져나가는 것 같았다. 그녀를 위해 노래해주는 벌들은 어디에 있을까? 그곳과 할머니의 집 안에 있는 그 어느 것도 그녀의 질문에 대답을 해주지 못했다. 그녀는 현관 계단 꼭대기에서 세상을 최대한 구석구석 살펴본 다음 현관으로 내려가서 몸을 내밀고 길 위아래 쪽을 바라보았다. 바라보고, 기다리고, 조바심으로 가쁜 숨을 쉬며 세상이 만들어지기를 기다렸다.

꽃가루 날리는 대기 속에서 그녀는 찬란한 존재가 길을 따라 올라오는 것을 보았다. 잘 몰랐기 때문에 예전에 그녀는 그를 키 크고 마른, 별 볼 일 없는 조니 테일러로 알았다. 그것은 황금빛 꽃가루가 그의 누더기와 그녀의 두 눈에 마법을 걸기 전이었다.

잠의 마지막 단계에서 내니는 목소리들로 이루어진 꿈을 꾸었다. 아련하지만 지속적으로, 점점 더 가까이 목소리가 다가왔다. 재니의 목소리였다. 누군지 확실히 알 수 없는 남자의 목소리와 재니가 속삭이며 이야기를 나누고 있었다. 그 소리에 내니는 잠에서 확 깨어났다. 그녀는 벌떡 일어나서 창밖을 내다보다가 조니 테일러가 그녀의 재니를 잡아 찢을 듯이 키스하고 있는 것을 보았다.

"재니!"

노파의 목소리가 호령하거나 꾸짖는 기색이 거의 없이 곧 무너질 듯 부서질 것만 같았기 때문에 재니는 내니가 자신을 보지 못했다고 반쯤 믿었다. 그래서 그녀는 있는 힘을 다해 자신의 꿈에서 빠져나와서 집 안으로 들어갔다. 그렇게 그녀의 어린 시절은 끝이 났다.

내니의 머리와 얼굴은 폭풍우에 뽑힌 늙은 나무의 곤두선 뿌리처럼 보였다. 더는 중요하지 않은 예전 힘의 토대. 열을 식히라고 재니가 흰 천 조각으로 할머니의 머리에 동여매준 피마자 잎들은 이제 시들어서 할머니의 일부가 되었다. 그녀의 두 눈에는 꿰뚫고 꿰찌를 듯한 날카로움이 없었다. 두 눈은 재니와 방과 세계를 흩트리고 녹여서 하나로 뭉뚱그려 이해했다.

"재니, 너는 이제 여자가 되었다. 그러니까……."

"아니에요, 내니. 아니에요. 나는 아직 진짜 여자가 아니에요."

그 생각은 재니에게 너무나 새롭고 버거웠다. 그녀는 그 생각을 애써 물리쳤다.

내니는 눈을 감고 느리고 지친 태도로 인정하면서 고개를 여러 번 끄덕이고는 말을 시작했다.

"아니야, 재니. 너는 이제 여자가 됐다. 그래서 오랫동안 마음속에 쌓아둔 생각을 너한테 말해야겠다. 나는 네가 당장 결혼을 하길 바란다."

"내가, 결혼을요? 싫어요, 내니. 절대 안 해요! 내가 남편에 대해 뭘 안다고요?"

"내가 방금 전에 본 것으로 충분하다, 애야. 나는 조니 테일러처럼 너의 몸을 자기 발 닦개로 이용하는 쓰레기 같은 흑인, 경박한 인간은 원치 않는다."

내니의 말에 대문 너머로 한 재니의 키스는 비 온 후의 거름 더

미처럼 보이게 되었다.

"날 보거라, 재니. 머리를 떨구고 거기 그렇게 앉아 있지 말거라. 네 늙은 할미를 보렴!" 그녀의 목소리는 자기감정에 복받쳐서 갈라지기 시작했다. "이런 이야기를 너한테 하고 싶진 않구나. 사실 나는 무릎을 꿇고 주님께 **제발**이라고 여러 번 간청을 드려왔다……. 짊어질 수 없을 정도로 너무 무거운 짐을 내게 만들어주지 마십사 하고 말이다."

"내니, 나는 그저…… 나는 나쁜 짓을 할 생각은 전혀 없었어요."

"바로 그것 때문에 내가 겁이 난다는 거야. 너는 피해 줄 생각이 전혀 없어. 어디에 피해를 주는지조차 모르지. 나는 이제 늙었단다. 피해와 위험에서 벗어나도록 언제까지나 널 이끌어줄 수가 없어. 나는 네가 당장 결혼하는 것을 보고 싶다."

"그렇게 당장 누구랑 결혼을 한다는 말이에요? 아는 사람도 아무도 없는데요."

"주님이 보내주실 거다. 주님은 내가 한낮에 땡볕에서 짐을 지고 온 걸 아시니까. 이미 오래전에 널 달라고 청한 사람이 있었다. 그러나 나는 아무 말도 하지 않았다. 그건 내가 너한테 바라던 길이 아니었으니까. 나는 네가 학교를 나와 더 높은 수준의 더 괜찮은 상대를 고르길 바랐다. 그런데 너는 그럴 생각이 아닌 것 같구나."

"내니, 누가…… 누가 나를 달라고 했는데요?"

"로건 킬릭스 형제다. 그 사람 역시 착한 남자다."

"싫어요, 내니. 싫어요, 할머니! 그것 때문에 그 남자가 여길 얼쩡거린 거였어요? 꼭 무덤 속에서 삭은 해골같이 생겼잖아요."

노파는 벌떡 일어나서 바닥에 두 발을 딛고 서서 얼굴에서 피마자 잎들을 밀쳐 떼어냈다.

"그러니까 너는 그렇게 고상하게 결혼하고 싶진 않단 말이구나, 그렇지? 그저 이 남자, 저 남자 바꿔가며 안고 키스하고 더듬고 싶단 말이지, 응? 네 어미가 그랬던 것과 똑같은 슬픔을 내게 맛보게 해주고 싶다는 거구나, 응? 내 늙은 머리가 아직도 충분히 하얗게 세질 않았나 보다. 내 성에 차기에는 내 등이 아직도 충분히 꼬부라지질 않았나 보구나!"

로건 킬릭스의 모습을 상상해보는 것만으로도 배나무를 모독하는 것이나 다름없었지만 재니는 내니에게 그걸 어떻게 말해야 할지 알 수가 없었다. 그녀는 그저 바닥에 등을 구부리고 앉아서 입을 삐죽거렸다.

"재니."

"네, 할머니."

"내 말에 대답해보렴. 난 널 위해 온갖 고생을 다 했는데 넌 입이나 삐죽거리면서 그렇게 앉아 있으면 안 되지!"

그녀가 손녀의 뺨을 철썩 때리고 머리채를 잡아 뒤로 젖히자 두 사람의 눈이 팽팽하게 마주쳤다. 다시 뺨을 치려고 손을 치켜 올리다가 내니는 재니의 가슴에서 솟구쳐서 두 눈에 가득 고여 있는 눈물을 보았다. 끔찍한 슬픔과 울음을 참느라 앙다문 재니의 입술을 보고 그녀는 손을 멈췄다. 대신 그녀는 재니의 얼굴에서 치렁치렁한 머리를 쓸어 넘겨주고 그곳에 서서 안쓰러움과 사랑을 느끼며 두 사람 모두 때문에 마음속으로 울었다.

"할미에게 오렴, 얘야. 옛날처럼 할미 무릎에 앉거라. 할미는 네 머리카락 한 올 다치게 하고 싶지 않단다. 할 수만 있다면 어느 누구도 그렇게 하지 못하게 막고 싶다. 얘야, 지금까지 내가 아는 한 백인 남자가 세상의 지배자야. 어쩌면 저기 바다 너머 어딘가에 흑인 남자가 다스리는 나라가 있을지도 모르지만 우리는 눈에 보이는 것 말고는 알 수가 없단다. 그래서 백인 남자는 자기 짐을 내려놓고는 흑인 남자더러 그걸 들라고 하지. 어쩔 수 없으니까 흑인 남자는 짐을 집어 들긴 하지만 그걸 짊어지고 나르지는 않아. 그냥 자기 여자 식구들한테 짐을 넘긴단다. 내가 아는 한 흑인 여자들이 이 세상의 노새란다. 너한테는 상황이 달라지길 기도해왔는데. 주여, 주여, 주여!"

그녀는 푹 꺼진 가슴에 오랫동안 손녀를 꼭 껴안은 채 몸을 흔들며 앉아 있었다. 재니의 긴 다리가 의자의 한쪽 팔걸이 위로 덜렁거렸고 긴 머리채는 다른 쪽 팔걸이 위로 흔들거렸다. 내니는 울고 있는 손녀의 머리 위로 반은 노래하고 반은 흐느끼며 기도문을 읊조렸다.

"주님 자비를 베푸소서! 오랜 시간이 걸렸지만 결국 올 것이 오고 만 것 같습니다. 아, 주님! 뜻대로 하세요, 주님! 저는 최선을 다 했습니다."

마침내 두 사람 모두 진정됐다.

"재니, 조니 테일러에게 키스를 허락한 게 얼마나 됐지?"

"딱 이번뿐이었어요, 내니. 나는 그를 조금도 사랑하지 않아요. 내가 그렇게 한 것은…… 아, 모르겠어요."

"고맙습니다, 주님."

"다시는 안 그럴게요, 내니. 제발 킬릭스 씨한테 날 시집보내지 말아요.”

"너한테 주고 싶은 것은 로건 킬릭스가 아니라, 아가, 보호막이 란다. 나는 늙어가고 있는 것이 아니다, 얘야. 나는 이미 다 **늙어버 렸다**. 곧 어느 날 아침, 얘야, 칼을 든 천사가 이곳에 들를 거야. 그 날짜와 시간은 알 수 없지만 그리 멀진 않겠지. 네가 아기였을 때 나는 너를 내 품에 안고서 네가 다 자랄 때까지만 이곳에 머물게 해달라고 주님께 빌었다. 주님은 내가 그런 날을 볼 수 있을 때까 지 날 살려두셨다. 이제는 네가 안전하게 살고 있다는 것을 볼 때 까지 이 금쪽같은 시간을 며칠만 더 연장해달라고 매일 기도하고 있지.”

"기다려줘요, 내니. 제발 조금만 더요”

"내가 널 이해하지 못한다고 생각하지 말거라, 재니. 널 이해하 니까. 내가 널 배 아파 낳았다 해도 널 더 사랑하진 못할 것이다. 사실 내가 낳은 네 엄마보다 널 훨씬 더 사랑한단다. 그러나 너는 대부분의 보통 아이들과 다르다는 것을 명심해야 한다. 네게는 아 비가 없다. 네 어미가 너한테 해준 걸로 따지면 너한테는 어미도 없다고 말하는 편이 낫겠지. 네게는 나 말고 아무도 없는 거야. 그 러나 내 머리는 하얗게 새고 무덤을 향해 기울어졌어. 너도 너 혼 자서는 설 수 없어. 네가 이 기둥에서 저 말뚝으로 이리저리 채일 것이라는 생각에 마음이 아파. 네가 흘리는 눈물 한 방울, 한 방울 이 전부 내 가슴에서 피를 한 사발씩 짜내는 것 같구나. 내 머리가 차갑게 식어버리기 전에 널 위해 뭔가를 해야만 하겠어.”

흐느끼는 한숨이 재니에게서 터져 나왔다. 노파는 손으로 달래 듯이 살살 다독여주는 것으로 그녀에게 답했다.

"얘야, 너도 알다시피 우리 흑인들은 뿌리 없는 가지들이나 마찬가지고 그것 때문에 상황이 이상하게 꼬여버리곤 한단다. 특히 네가 그렇다. 나는 노예 상태로 예전에 태어났기 때문에 여자가 어때야 하고 무얼 해야 할 것인가라는 꿈을 이룬다는 것이 내게는 있을 수 없는 일이었어. 그런 건 오히려 노예 생활을 방해하는 것일 뿐이었지. 그러나 그 무엇도 꿈꾸는 것까지 막을 수는 없는 법이란다. 아무리 사람을 밟아 뭉개더라도 그 사람의 의지를 완전히 빼앗아버릴 수는 없지. 나는 일소나 씨돼지로 이용당하고 싶지 않았고 내 딸도 그렇게 이용당하게 하고 싶지 않았다. 실제로 그런 일이 일어나게 된 것은 분명히 내 의지가 아니었어. 나는 네가 그렇게 태어난 것이 싫었다. 그래도 나는 변함없이 하느님께 기도했다. 하느님, 감사합니다! 제게 또 한 번의 기회를 주셨습니다, 라고 말이다. 나는 높은 자리에 오른 흑인 여자들에 대해 대단한 설교를 하고 싶었지만 나한테는 설교할 연단이 어디에도 주어지지 않았어. 내가 자유의 몸이 됐을 때 내 품에는 갓 태어난 딸애가 안겨 있었고. 그래서 나는 그 애를 위해 빗자루와 요리 냄비를 들고 황야에 큰 길을 만들어주겠다고 말했지. 내가 느낀 것을 그 애가 잘 설명해줄 것이라고 말이다. 그러나 어찌 된 일인지 그 애는 그 큰길을 잃어버렸고 내가 다음에 정신을 차려보니 네가 세상에 와 있었다. 그래서 밤에 널 돌보면서 나는 널 위해 이야깃거리를 모아놓겠다고 말했다. 재니야, 나는 오랫동안 기다려왔지만 만약 네가 내 꿈처럼 높은 곳에 자리를 잡기만 한다면 내가 그동안 고생한 것은 아무것도 아니다."

늙은 내니는 재니의 몸을 아기처럼 흔들어주면서 그곳에 앉아 점점 더 오래된 옛날 일을 회상해냈다. 마음속의 그림들이 감정을 불러일으켰고 그 감정은 그녀의 마음속 깊은 곳에서 드라마를 끌어냈다.

그날 아침 사반나에 가까운 큰 농장에 어떤 남자가 말을 타고 급히 달려와서는 셔먼이 애틀랜타를 점령했다는 소식을 전했다. 마스 로버트의 아들은 치카모가에서 죽었다. 그러자 마스 로버트는 총을 집어 들고 제일 좋은 말에 안장을 얹은 다음 머리가 허옇게 센 다른 남자들과 청년들과 함께 양키들을 테네시로 다시 몰아내기 위해 떠났지.

그들 모두 말을 타고 떠난 남자들에게 환호하고 소리를 지르고 고함을 질러대고 있었어. 나는 아무것도 보지 못했어. 네 어미가 태어난 지 겨우 일주일 밖에 되지 않아서 난 누워 있었어. 그러나 곧 그가 뭔가를 빠트리고 간 게 있다면서 내 방으로 뛰어들어와서 마지막으로 내게 머리를 풀게 했어. 그는 항상 그랬던 것처럼 내 머리카락을 손에 감기도 하고 엄지발가락을 잡아당기고는 번개처럼 다른 사람들을 쫓아갔어. 사람들이 그에게 마지막으로 외쳐대는 환호 소리가 들려왔어. 그런 다음에는 주인댁과 하인 숙소가 차분해지고 조용해졌지.

주인마님이 내 숙소로 찾아온 것은 저녁이 되어 날이 서늘해졌을 때였다. 마님은 문을 활짝 열고 그곳에 서서 두 눈과 얼굴로 날 바라보았지. 그녀는 단 하루의 봄날도 없이 백 년 동안 1월에만 산 사람처럼 보이더구나. 그녀가 와서 침대에 누워 있는 나를 내려다봤어.

'내니, 네 아기를 보러 왔다.'

나는 그녀의 얼굴에서 찬바람을 느끼지 않으려고 애썼지만 그곳이 너무 추워져서 담요 밑에서 꽁꽁 얼어 죽을 지경이었어. 그래서 마음처럼 재빨리 움직일 수가 없었단다. 그러나 재빨리 그렇게 해야만 한다는 것을 알았지.

'어린 것에게서 그 담요를 젖혀봐, 어서!' 그녀가 내게 버럭 소리를 질렀다. '이 농장의 안주인이 누군지 모르는 것 같은데, 아씨. 그럼 내가 확실하게 보여주지.'

그때쯤 나는 그녀가 아기의 머리와 얼굴을 볼 수 있도록 아기에게서 담요를 간신히 젖혔다.

'검둥이 년아, 도대체 네 아기가 잿빛 눈에 노랑머리를 하고 있다니 뭘 어쩌자는 거냐?' 그녀는 내 턱을 이리저리 치기 시작했다. 아기 위로 다시 담요를 덮어주느라 정신이 없었던 나는 처음에는 맞아도 아픈 줄을 몰랐다. 그러나 마지막 일격에 내 몸이 불처럼 화끈거렸어. 너무 많은 감정이 한꺼번에 몰려오는 바람에 나는 어떤 감정을 따라야 할지 알 수가 없어서 울지도 않고 가만히 있었지. 그러나 그녀는 계속해서 아기가 백인처럼 생긴 연유를 묻더구나. 아마도 스물다섯 번 혹은 서른 번쯤 물었을 거야. 그렇게 말할 수밖에 없었고 그녀 자신도 어쩔 수 없는 것 같았다. 그래서 내가 그녀에게 말했어. '전 시키시는 것 말고는 아무것도 모릅니다. 저야 흑인 노예에 불과하니까요.'

내 말에 그녀가 진정될 것이라 생각했지만 오히려 그녀의 화만 부추긴 것 같았지. 그러나 나를 더는 때리지 않는 것으로 보아 그녀가 지친 것 같다는 생각이 들었다. 그녀는 침대 발치로 가서 자기 손수건으로 손을 닦았다. '네 몸뚱이에 손을 대서 내 손을 더럽

히고 싶지 않다. 내일 날이 새자마자 농장 감독에게 널 채찍 기둥으로 끌고 가서 무릎을 꿇린 채 묶어놓고 네 누런 등에서 가죽을 잘라내라고 시킬 거야. 네 맨등을 생가죽 채찍으로 백 대를 갈기라고 할 거야. 네 발뒤꿈치로 피가 줄줄 흘러내릴 때까지 채찍질을 시키겠다! 채찍질 수는 내가 직접 셀 거야. 그리고 그것 때문에 네가 죽는다 해도 그 손해는 감수하겠다. 어쨌든 저 어린 것은 한 달만 되면 팔아 치워버리겠어.'

그녀는 훌쩍 자리를 떴고 내게 겨울을 남겨주었어. 산후에 몸이 완전히 회복되지 않았다는 것을 알고 있었지만 나는 개의치 않았다. 깜깜한 어둠 속에서 나는 최대한 아기를 잘 싸서 강 옆의 늪으로 데려갔어. 그곳에 독사와 다른 뱀들이 득실댄다는 것을 알고는 있었지만 내 뒤에서 일어날 일이 더 무서웠지. 나는 그곳에 밤낮으로 숨어 있으면서 아기 울음소리에 발각될까 무서워서 아기가 울 때마다 젖을 물렸지. 내 걱정을 하고 있는 친구가 한 두 사람도 없었다는 말은 아니다. 또한 너그러운 주님이 내가 붙잡히지 않도록 보살펴주셨지. 그토록 엄청난 두려움과 걱정에 사로잡혀 있었는데도 아기가 내 젖을 먹고 어떻게 죽지 않고 살아남았는지는 모르겠구나. 올빼미들이 우는 소리에도 나는 깜짝깜짝 놀랐다. 어두워지고 나면 삼나무 가지들이 기어다니고 움직이는 것처럼 보이기 시작했고 표범들이 배회하는 소리도 두세 번 들렸다. 그러나 하느님이 상황을 다 알고 계셨기 때문에 어느 것도 나를 해치진 않았어.

그러던 어느 날 밤에 큰 대포 소리가 천둥처럼 울려 퍼졌다. 그 소리가 밤새 계속되었다. 그리고 다음 날 아침 멀리 큰 배가 보였고 큰 소동이 일어났어. 그래서 나는 리피를 이끼로 덮어서 나무에 잘 묶은 다음 선착장 쪽으로 갔어. 남자들은 전부 파란색 옷을 입고 있었고, 셔먼 장군이 사바나에서 배들을 맞으러 올 것이고 우리 노예들 모두가 해방되었다는 사람들의 말이 들려왔다. 그래서 나는 뛰어가서 아기를 데려온 다음 사람들과 이야기를 나눠서 지낼 수 있는 곳을 찾아냈어.

그러나 그 후로도 오랜 시간이 지나고 나서야 리치몬드에서 남군이 항복했다. 그때 애틀랜타에서는 큰 종이 울렸고 회색 제복을 입은 남자들은 모두 모울트리로 가서 더는 노예제도를 위해 싸우지 않겠다는 것을 보여주기 위해 땅속에 칼을 묻었어. 그때가 되어서야 우리는 비로소 해방되었다는 것을 알았지.

나는 아무하고도 결혼하지 않았어. 수도 없이 그럴 수 있었지만 어느 누구에게라도 내 아기가 홀대받는 것이 싫었어. 그래서 나는 착한 백인들을 만나서, 일도 하고 리피가 햇볕 잘 드는 곳에서 살 수 있도록 여기 웨스트플로리다로 내려왔어.

주인마님은 지금 너한테 해주시는 것과 똑같이 그 애를 키우는 일을 도와주셨다. 그 애를 보낼 학교가 생기자 나는 학교에 보냈어. 학교 선생님으로 만들 작정이었다.

그런데 어느 날 그 애가 평소 집에 올 시간에 집에 오질 않았다. 기다리고 또 기다렸지만 그 애는 그날 밤 끝내 돌아오지 않았어. 나는 손전등을 들고 사람들에게 물어보러 다녔지만 그 애를 본 사람이 아무도 없었어. 다음날 아침 그 애가 두 손과 무릎으로 기어서 들어왔어. 대단한 광경이었지. 학교 선생이 그 애를 밤새 숲 속에 붙잡아둔 거야. 그는 내 아기를 강간하고 날이 밝기 전에 달아나버린 거지.

그 애 나이 겨우 열일곱 살이었는데 그런 일이 일어나다니! 주여, 자비를 베푸소서! 그때가 지금도 눈에 선하구나. 한참 시간이 지나고 나서야 그 애는 회복되었어. 그리고 그때쯤 우리는 네가 생긴 걸 알았다. 그리고 네가 태어난 후 그 애는 술을 마시고 외박을 하기 시작했다. 여기에서도, 다른 어디에서도 그 애를 붙잡아둘 수가 없었어. 그 애가 지금 어디 있는지 아무도 모른다. 그 애는 죽지 않았어. 느낌으로 알 수 있거든. 그러나 때로는 그 애가 편히 쉬고 있으면 좋겠다는 마음이 들기도 한단다.

그리고 재니야. 별로 대단한 것은 아니지만 나는 너에게 최선을 다했다. 네가 백인들 집의 뒤채에 살면서 다른 학교 친구들 앞에서 풀이 죽지 않도록 나는 가진 걸 다 긁어모아서 이 작은 땅뙈기를 샀다. 네가 어렸을 적엔 그런 게 아무 문제도 되질 않았지. 그러나 네가 상황을 이해할 수 있을 만큼 충분히 컸을 때는 네가 자부심을 갖기를 바랐다. 공공연하게 비난을 일삼는 사람들 때문에 네 기분이 구겨지는 것을 원치 않는다. 백인이건 흑인이건 남자들이 널 타구(唾具) 정도로 치부할지 모른다는 생각을 하면서 내가 편히 눈을 감을 수는 없구나. 제발 나를 불쌍히 여겨다오. 나를 천천히 내려놓아다오, 재니. 나는 금이 간 접시란다.”

3

　질문을 하는 나이가 있고 대답을 해주는 나이가 있다. 재니에게
는 세상사를 알 수 있는 기회가 전혀 없었기 때문에 질문을 해야
만 했다. 결혼을 하게 되면 짝 없는 사람들이 느끼는, 우주에서 혼
자인 것 같은 외로움이 끝나게 될까? 태양이 뜨면 반드시 낮이 오
는 것처럼 결혼을 하게 되면 사랑이 뒤따라오는 것일까?

　로건 킬릭스와 자주 언급되는, 그가 소유한 60에이커 땅에 살
러 가기 전 며칠 동안 재니는 자기 마음속을 이리저리 뒤집어보았
다. 그녀는 계속 따져보고 생각하면서 배나무 주변을 서성거렸다.
마침내 그녀는 내니의 말과 자신의 추측에서 자신에게 일종의 위
안이 될 만한 것을 만들어냈다. 그래, 일단 결혼하고 나면 로건을
사랑하게 될 것이다. 사랑이 어떻게 생긴다는 건지 전혀 알 수 없
었지만 내니와 다른 어른들이 그렇게 말했고 그렇다면 틀림없이
그럴 것이다. 남편과 아내는 항상 서로 사랑한다. 그리고 그것이
결혼의 의미였다. 결혼은 딱 그런 것이었다. 재니는 그 생각에 기
쁨을 느꼈다. 그렇다면 결혼이 그렇게 해롭고 진저리 나는 것처럼

보이진 않을 것 같았기 때문이다. 그녀는 더는 외롭지 않을 것이다.

재니와 로건은 토요일 저녁에 케이크 세 개에 토끼 튀김과 닭 튀김이 담긴 커다란 접시들을 차려놓고 내니의 거실에서 결혼했다. 음식은 전부 푸짐했다. 내니와 워시번 부인이 음식에 신경을 썼다. 그러나 로건의 집까지 마차를 타고 가는 모습이 근사해 보이도록 그의 마차 의자를 장식해놓은 사람은 아무도 없었다. 그의 집은 사람의 발길이 한 번도 미치지 않은 숲 한가운데에 자리 잡은 나무 밑동처럼 외진 곳이었다. 집 역시 운치라고는 눈곱만큼도 없었다. 그러나 어쨌든 재니는 안으로 들어가서 사랑이 시작되기를 기다렸다. 초승달이 떴다가 지기를 세 번 하고 나자 그녀는 마음속으로 걱정이 되기 시작했다. 그러자 그녀는 비튼 비스킷*을 만드는 날에 워시번 부인의 부엌으로 내니를 보러갔다.

내니의 얼굴이 기쁨으로 환해졌고 그녀는 키스해주려고 재니를 빵판 쪽으로 오라고 했다.

"정말이지, 얘야. 내 귀염둥이를 보게 돼서 정말 기쁘구나! 안으로 들어가서 워시번 부인에게도 인사를 드리자. 흠! 흠! 흠! 네 남편은 어떻게 지내니?"

재니는 워시번 부인이 있는 곳으로 들어가지 않았다. 그녀는 반가워하는 내니의 말에 아무런 맞장구를 치지 않고 그냥 의자에 털썩 주저앉았다. 비스킷을 만들랴 자신의 빛나는 자랑거리를 보랴

---

* 남부의 명물로 문자 그대로 고운 조직을 만들기 위해서 나무망치 등의 기구로 삼십 분 동안 반죽을 두드린다.

바빠서 내니는 잠깐 동안 눈치채질 못했다. 그러나 잠시 후 그녀는 자기 혼자 지껄이고 있다는 것을 깨닫고서 고개를 들고 재니를 쳐다보았다.

"무슨 일이니, 애야? 오늘 아침에는 기운이 없구나."

"아, 별일은 아니에요. 뭘 좀 물어보러 왔어요."

노파는 놀란 표정을 짓다가 박장대소를 터뜨렸다. "벌써 임신했다는 말을 하려는 건 아니겠지. 보자…… 이번 토요일이면 두 달하고 이 주가 지났구나."

"아니에요. 어쨌든 그건 아닐 거예요." 재니가 살짝 얼굴을 붉혔다.

"애야, 조금도 부끄러워할 것 없다. 넌 결혼한 여자잖니. 위시번 부인이나 다른 누구나 마찬가지로 정식으로 남편이 있으니까!"

"그쪽 방면으로는 괜찮아요. 그쪽으로 아무 일도 없다는 건 제가 **장담해요**."

"로건하고 싸웠니? 세상에, 배짱도 없고 입술은 부어터진 그 껌둥이 놈이 설마 우리 아기를 벌써 때리기 시작한 건 아니겠지! 내가 작대기로 그놈을 늘씬하게 두들겨 패줄 테다!"

"아니에요, 그 사람은 나를 때리겠다는 말도 하지 않았어요. 나를 해치려고 내 몸에 손을 댈 생각은 전혀 없다고 했어요. 내가 장작을 원한다 싶으면 패다가 부엌으로 날라주기도 하고요. 물동이도 두 개 다 가득 채워줘요."

"흥! 그런 게 꾸준히 계속될 거라고 기대하진 말거라. 너한테 그렇게 해줄 때는 그 사람이 네 입에 키스를 하는 게 아니란다. 그건 네 발에 키스하면서 하인처럼 구는 것인데 남자들이란 오랫동안 발에 키스하진 않는 법이다. 입에 키스하는 것이 동등하고 또 그게 당연하다. 그러나 남자들은 사랑하기 위해 몸을 구부렸다가도 금세 몸을 곧추세우고 만단다."

"알아요."

"그런데 그런 걸 전부 다 해주는데 왜 내 팔 길이만큼 처진 얼굴로 여기 온 거니?"

"내가 틀림없이 그 사람을 사랑하게 될 거라고 할머니가 말했는데 그렇지 않아서요. 어떻게 해야 하는지 방법을 누가 알려주면 그렇게 해볼까 해서요."

"이 바쁜 날 그런 말도 안 되는 소리나 하려고 여길 왔단 말이냐. 넌 앞으로 평생 기댈 기둥과 큰 보호막을 갖게 되었고, 모든 사람이 네게 모자를 들어 올리며 인사하고 널 킬릭스 부인이라 부르는데도 여기 와서는 사랑이 어쩌고 하면서 날 걱정시키는구나."

"그렇지만 내니, 나도 가끔은 그를 원하고 싶어요. 그 사람 혼자에게만 원하는 걸 도맡기고 싶지 않아요."

"네가 그를 원치 않는다면 반드시 그래야만 한다. 여기 마을 흑인들 중에서 너희 집 거실에만 유일하게 오르간이 놓여 있어. 돈을 치르고 산 집도 있고 큰길가에 붙어 있는 60에이커의 땅도 있다……. 주님, 자비를 베푸소서! 그것이야말로 우리 흑인 여자들 모두가 붙들고 매달리는 것이란다. 사랑이라고! 바로 그것 때문에 우리는 아무것도 안 보이는 새벽부터 아무것도 안 보이는 밤까지 밀고 끌고 땀을 흘린다. 바로 그래서 노인들이 명청하면 개미 새끼 하나 못 죽인다고 말하는 거야. 사랑이라는 것 때문에 너는 땀 흘리며 고생만 할 뿐이란다. 네가 원하는 건 옷은 번지르르하게 차려입었지만 길 건널 때마다 닳아빠진 신발 밑창이 버텨줄지 살펴봐야 하는 그런 남자인 것 같구나. 네가 가진 것으로 그런 남자들은 사고팔 수 있다. 사실 그런 남자들은 샀다가 버려버릴 수 있단다."

"그런 남자들에 대해 신경 쓰고 있는 게 아니에요. 동시에 나한테는 그 오래된 땅도 소중하지 않아요. 날마다 10에이커 땅을 담 너머로 던져버리고도 그것이 어디에 떨어졌는지 뒤도 안 돌아볼 거예요. 킬릭스 씨에 대해서도 마찬가지로 느끼고 있어요. 사랑받을 운명이 아닌 사람들이 있는데 그 사람이 그중 하나예요."

"왜지?"

"위아래로는 너무 길고 옆으로는 너무 펑퍼짐한 그 사람 머리하며 늘어진 목덜미 살도 싫어요."

"그렇지만 그 사람이 자기 머리를 만든 게 아니잖니? 무슨 그런 바보 같은 말을 하는 거니?"

"누가 만들었건 상관없어요. 어쨌거나 결과물은 마음에 안 들어요. 지금은 그의 배도 너무 나왔고 발톱은 꼭 노새 발굽 같아요. 그리고 매일 저녁 잠자리에 들기 전에 발을 씻으려고도 하지 않아요. 내가 물까지 떠다 주니까 사실 귀찮을 것이 전혀 없는데도 말이에요. 그 사람이 침대에 누워 있는 동안에는 내가 돌아눕거나 뒤척여서 냄새를 진동시키느니 차라리 몸에 쥐가 나는 게 나아요. 그 사람은 애교 있는 말이라고는 해본 적이 없어요."

그녀가 울기 시작했다.

"배나무 밑에 앉아 생각할 때처럼 내 결혼 생활이 달콤하면 좋겠어요. 나는……."

"울어봐야 소용없다, 재니. 할머니는 오랫동안 산전수전 다 겪어봤다. 그러나 누구나 이런저런 일로 울기 마련이란다. 상황을 그대로 내버려두는 것이 더 낫다. 너는 아직 젊다. 죽기 전에 무슨 일이 일어날지 알 수 없는 법이란다. 잠깐 기다리렴, 아가. 네 마음이 바뀔 거야."

내니는 재니를 엄한 모습으로 돌려보냈지만 하루 종일 일하는 내내 마음이 오그라들었다. 그리고 자신의 작은 오두막집에 혼자 있게 되었을 때 그녀는 자신이 거기 있다는 것을 잊어버릴 정도로 오랫동안 무릎을 꿇고 앉아 있었다. 그녀의 마음속에는 말이 생각 위를 떠돌고 생각이 소리와 광경 위를 떠도는 웅덩이가 있었다. 그곳 깊은 곳에는 말로 표현할 수 없는 생각이 자리 잡고 있었고 훨씬 더 깊은 곳에는 생각으로 표현할 수 없는 형체 없는 감정들의 심연이 있었다. 내니는 늙은 무릎을 꿇고 앉아서 이런 무한한 의식적인 고통 속으로 다시 들어갔다. 아침이 다가올 때 그녀는 중얼거렸다. "주여, 당신은 제 마음을 아십니다. 저는 최선을 다했습니다. 나머지는 당신께 맡깁니다." 그녀는 무릎을 꿇고 있던 상태에서 간신히 일어서서 침대 위로 털썩 쓰러졌다. 한 달 후 그녀는 세상을 떠났다.

그렇게 재니는 꽃이 피는 때와 푸른 잎이 우거지는 때, 주황으로 물드는 때를 기다렸다. 그러나 다시 꽃가루가 태양을 금빛으로 물들이며 세상에 내려앉았을 때 그녀는 대문 주변을 서성이며 무슨 일이 일어나기를 기다리기 시작했다. 어떤 일들을? 정확히는 알지 못했다. 그녀의 숨결은 거칠고 가빴다. 그녀는 어느 누구도 알려주지 않은 것들을 알고 있었다. 예를 들어 나무와 바람의 말을 알았다. 그녀는 떨어지는 씨앗들에게 가끔 말을 걸었다. "너희들이 부드러운 땅 위에 떨어지길 빌게." 씨앗들이 스쳐 지나가면서 서로 나누는 말을 들었기 때문이다. 그녀는 세상이 창공이라는 푸른 초원을 달려가는 종마라는 것을 알았다. 그녀는 하느님이 매일 저녁 낡은 세상을 부수고 해가 뜰 때까지 새로운 세상을 지어낸다는 것을 알았다. 새로운 세상이 태양과 더불어 형태를 띠고 창조의 잿빛 먼지 속에서 솟아나는 모습은 놀라웠다. 친숙한 사람들과 사물들이 그녀의 기대를 저버렸기 때문에 그녀는 대문 위로 몸을 내밀고 저 멀리 길을 올려다보았다. 그녀는 결혼을 해도 사랑이 생기지 않는다는 것을 이제 알았다. 재니의 첫 번째 꿈은 죽었고 그렇게 그녀는 여자가 되었다.

4

    한 해가 다 가기도 전에 재니는 남편이 더는 시적으로 말을 해 주지 않는다는 사실을 알아챘다. 그는 이제 그녀의 길고 검은 머리에 감탄하며 그것을 만지지 않았다. 육 개월 전에 그는 그녀에게 말했다. "내가 여기서 나무를 해다 장작을 패면 안으로 나르는 건 당신이 해야 하지 않겠어? 첫 번째 아내는 장작 패는 일로 나를 성가시게 한 적이 한 번도 없었어. 그 여자는 저 도끼를 집어 들고 사내처럼 장작을 던져 쌓았지. 당신은 너무 버릇없이 자랐어."

    그러자 재니는 그에게 말했다. "내가 당신한테 딱딱하게 구니까 당신이 그만큼 건강한 거예요. 당신이 장작을 패서 나르지 못하겠다면 저녁 식사를 하지 않아도 괜찮을 것 같군요. 내 철없음을 용서해 줘요, 킬릭스 씨. 그래도 장작 패는 일을 처음으로 해볼 생각은 없어요."

    "아, 당신도 알다시피 내가 장작을 패줄 거야. 설사 나한테 당신이 한없이 인색하다 해도 말이야. 당신 할머니와 나 자신이 지금까지 당신 버릇을 그렇게 망쳐놓았으니 그렇게 계속 지내야지 별 수 있어."

어느 날 아침 그는 부엌에 있는 그녀를 불러서 헛간으로 오게 했다. 그는 입구에서 노새에 안장을 모두 얹어놓고 있었다.

"이봐, 꼬마. 날 좀 도와줘. 이 씨감자들을 쪼개놔. 난 잠깐 나갔다 와야 하니까."

"어딜 가는데요?"

"노새 때문에 사람을 만나러 레이크 시에 다녀올 거야."

"노새 두 마리를 어디에 쓰려고요? 이 노새하고 맞바꾸는 것으로 목표를 낮춰요."

"아니, 올해는 노새가 두 마리 필요해. 가을에는 감자가 다 클 거야. 시세도 비싸질 거고. 쟁기를 두 개 쓸 작정이야. 그리고 내가 지금 말하고 있는 남자에게는 아주 길이 잘 들어서 여자도 다룰 수 있는 노새가 있어."

로건은 둥글게 말은 담배를 감정의 온도계처럼 가만히 입에 물고서 재니의 얼굴을 살피며 그녀의 말을 기다렸다.

"그래서 한번 가보는 게 좋을 것 같다고 생각했어." 그는 시간을 때우기 위해 말을 덧붙이고 침을 삼켰지만 재니는 아무 말 없이 그저 "감자를 잘라놓을게요. 언제 돌아와요?"라고 묻기만 했다.

"정확히는 모르겠어. 어두워질 무렵일 거야. 상당히 먼 길이니까…… 특히 돌아오는 길에 노새를 끌고 와야 한다면 말이야."

집안일을 끝낸 재니는 헛간에 있는 감자 앞에 앉았다. 그러나 봄기운이 거기까지 미치고 있었기 때문에 그녀는 한길이 보이는 마당으로 자리를 옮겼다. 오후의 햇살은 그녀가 앉아 있는 멋진 참나무 잎들 사이를 지나 땅 위에 레이스 무늬를 만들어냈다. 그녀가 그곳에 앉아 있은 지 한참이 지났을 때 길을 따라 휘파람 소리가 들려왔다.

이 근방 사람들과 달리 모자를 약간 삐딱하게 쓰고 도시풍으로 세련되게 옷을 입은 남자였다. 그는 겉옷을 팔에 걸치고 있었지만 굳이 그것으로 그의 옷차림을 대변할 필요가 없었다. 실크 소매 고정 띠를 두른 셔츠만으로도 세상 사람들에게는 충분히 현란했다. 그는 휘파람을 불며 얼굴을 닦았고 자신이 어디로 가고 있는지 잘 아는 사람처럼 걸었다. 그의 피부색은 바다표범같이 짙은 갈색이었지만 재니의 눈에는 그가 워시번 씨나 그 비슷한 사람처럼 행동하는 것처럼 보였다. 도대체 그런 남자는 어디서 와서 어디로 가고 있을까? 그는 그녀 쪽을 바라보지도 않았고 오로지 앞쪽만 똑바로 바라보았다. 그래서 재니는 샘가로 달려가서 손잡이를 세게 잡아당기며 펌프질을 했다. 그러자 요란한 소리가 났고 그녀의 치렁치렁한 머리가 흘러내렸다. 그가 발을 멈추고 그녀를 지그시 바라본 다음 시원한 물 한잔을 청했다.

재니는 펌프질을 하면서 남자를 자세히 바라보았다. 그는 물을 마시면서 친근하게 이야기했다.

"내 이름은 조 스탁스입니다. 그래요, 조지아에서 온 조 스탁스예요. 평생 백인들을 위해 일했습니다. 돈을 조금―한 삼백 달러 정도―를 모았어요. 맞아요, 사실 여기 호주머니 속에 들어 있답니다. 여기 플로리다에 새로운 주를 건설하고 있다는 소식을 계속 들어왔기 때문에 와보고 싶었지만 돈벌이가 되는 일자리를 두고 올 수가 없었어요. 그러나 흑인들이 도시를 세우고 있다는 소식을 들었을 때 그곳이 바로 내가 살고 싶은 곳이라는 사실을 깨달았어요. 나는 큰소리치며 사는 삶을 항상 바랐지만 흑인들이 직접 세우고 있는 이곳을 제외하고 내가 살던 곳과 다른 모든 곳에서는 백인들이 발언권을 독차지했어요. 그건 맞아요. 뭔가를 만든 사람이 우두머리 노릇을 해야 하니까요. 흑인들이 목소리를 내고 싶다면 스스로 여러 가지를 만들어내야 합니다. 돈을 전부 저축해둬서 다행이에요. 이 도시가 아직 자리를 잡기 전에 그곳으로 갈 작정이에요. 나는 크게 사들일 작정이에요. 내 주장을 크게 펼치면서 사는 것이 항상 꿈꿔왔던 소망이자 바람이었는데 거의 삼십 년을 기다리며 살고 나서야 기회를 잡았어요. 그런데 당신의 부모님은 어디 계시죠?"

"돌아가신 것 같아요. 할머니가 절 키우셨기 때문에 부모님에 대해서는 몰라요. 할머니도 돌아가셨어요."

"그분도 돌아가셨다고요! 그렇다면 누가 당신 같은 어린 아가씨를 보살펴주고 있나요?"

"전 결혼했어요."

"당신이 결혼을 했다고요? 엄마 젖도 뗄 수 없을 만큼 어려 보이는데요. 아직도 사탕과자를 좋아할 것 같은데, 안 그래요?"

"그래요. 사탕과자 생각이 나면 만들어서 빨아 먹어요. 시럽 탄 물도 마시고요."

"그건 나도 좋아해요. 시원하고 맛있는 시럽을 탄 물이라면 아무리 나이가 들어도 안 좋아할 수가 없죠."

"우리 헛간에 시럽이 많은데요. 사탕수수 시럽이요. 원하시면……."

"남편은 어디 있나요? 부인 성함이……."

"결혼한 후로는 재니 매이 킬릭스예요. 처녀적 이름은 재니 매이 크로포드였고요. 남편은 나한테 쟁기질을 시키려고 노새를 사러 갔어요. 그동안 씨감자를 자르라고 시켜놓고요."

"당신이 쟁기질을 한다고요! 당신이 쟁기질과 거리가 먼 것은 돼지가 휴일과 거리가 먼 것이나 마찬가지입니다. 당신은 씨감자 자르는 일하고도 거리가 먼 사람이에요. 당신처럼 인형같이 예쁜 아가씨는 현관 앞에 앉아 의자를 흔들거리면서 부채질이나 하고 특별히 당신을 위해 다른 사람들이 재배한 감자를 맛보도록 되어 있는 사람입니다."

재니는 웃으며 통에서 시럽을 2쿼트 따라왔고 조 스탁스는 펌프질을 해서 물통에 시원한 물을 가득 채워놓았다. 그들은 나무 밑에 앉아서 이야기를 나눴다. 그는 플로리다의 신도시로 내려갈 예정이었지만 잠깐 멈춰서 이야기를 나눈다고 해도 아무런 해가 될 것은 없었다. 나중에 그는 어쨌든 휴식이 필요하다고 결정을 내렸다. 한두 주 정도 휴식을 취하는 것이 그에게 좋을 것이다.

그 후 매일 그들은 길 건너 참나무 관목 숲에서 만나 언제 그가 위대한 지배자가 되고 그녀가 그 혜택을 누리게 될지 이야기를 나눴다. 그가 일출과 꽃가루, 꽃나무와는 상관없는 사람처럼 보였기 때문에 재니는 오랫동안 망설였지만 그는 먼 지평선을 나타내는 사람이었다. 그는 변화와 기회를 나타내는 사람이었다. 그러나 그녀는 주춤거렸다. 내니에 대한 기억은 아직도 막강하고 강력했다.

"재니, 당신을 꼬드겼다가 비참하게 내팽개쳐 버리려는 사람으로 날 생각한다면 당신 생각이 틀렸어요. 나는 당신을 아내로 삼고 싶소."

"그게 진심이에요, 조?"

"당신이 내 손을 잡는 그날 나는 해가 떨어지기 전에 결혼을 할 거요. 나는 원칙을 지닌 남자요. 당신은 숙녀 대접을 받는 것이 어떤 것인지 모르고 있소. 내가 당신에게 그걸 보여주고 싶어요. 지금도 가끔 그러지만 나를 조디라고 불러요."

"조디." 그녀가 그를 올려다보며 미소를 지었다. "그렇지만 만약……."

"그 만약이라는 것과 다른 건 모두 나한테 맡겨요. 나는 내일 아침 해가 뜨고 난 후 조금 뒤에 이 길 아래쪽에서 당신을 기다리고 있겠소. 나랑 같이 가요. 그러면 당신은 평생 당신 격에 맞게 살 수 있을 것이오. 내게 키스해주고 고개를 끄덕여봐요. 그러면 당신의 풍성한 머리가 낮처럼 환하게 반짝여요."

재니는 그날 밤 잠자리에 누워서 그 문제를 따져봤다.

"로건, 자요?"

"자고 있었더라도 당신이 불러서 잠이 깼겠지."

"우리에 대해 정말 열심히 생각해보았어요. 당신과 나에 대해서요."

"그럴 때가 되었지. 당신은 이 집에서 때로 너무 제멋대로 굴고 있어, 감안해보면……."

"예를 들면 뭘 감안해본다면 말이에요?"

"당신이 뚜껑 없는 마차에서 태어난 것하며 당신 어머니랑 당신이 백인들 뒤채에서 태어나 자랐다는 것 말이야."

"나와 결혼시켜달라고 내니한테 애걸할 때는 그런 말을 전혀 하지 않았잖아요."

"내가 잘해주면 당신이 그걸 고마워할 줄 알았지. 당신을 데려다 사람을 만들 수 있을 거라 생각했어. 당신이 행동하는 걸로 봐서는 자기가 백인이라도 되는 것처럼 생각하는 것 같아."

"만약 언젠가 내가 당신을 두고 도망치면요."

저런! 그가 마음속에 담아두고 있던 두려움을 재니는 입 밖으로 내뱉었다. 그녀라면 충분히 도망칠 수 있었다. 그 생각에 살이 에일 듯이 아팠지만 로건은 콧방귀를 뀌는 것이 최선이라고 생각했다.

"나는 졸려, 재니. 이야기는 그만하자고. 당신네 집안 식구들이 어떤지 알고서도 당신을 믿을 남자들이 많지는 않을 테니까."

"어쩌면 나를 믿어줄 남자를 찾아서 당신을 떠날지도 몰라요."

"빌어먹을! 나 같은 바보는 더 없어. 당신을 보고 웃어줄 남자들이야 무지 많을지 몰라도 당신을 위해 일하고 당신에게 밥을 먹여주진 않을 거야. 얼마 지나지 않아 큰창자와 작은창자가 들러붙을 정도로 배를 곯으면 당신은 기꺼이 이곳으로 다시 돌아올걸."

"당신한테는 절인 베이컨하고 옥수수빵 말고는 중요한 게 하나도 없어요."

"졸려. 일어나지도 않은 일을 상상하면서 창자가 말라비틀어지도록 걱정하고 싶은 마음은 조금도 없어." 그는 괴로워하며 성을 내면서 휙 돌아누워 잠자는 척했다. 그는 그녀가 자신에게 상처를 준 만큼 자신도 그녀에게 상처를 입혔길 바랐다.

재니는 다음 날 아침 그와 함께 일어났다. 아침 식사 준비를 반쯤 마쳤을 때 그가 헛간에서 큰 소리를 질러댔다.

"재니!" 로건이 날카롭게 불렀다. "와서 해가 뜨거워지기 전에

이 거름 더미 치우는 것 좀 도와줘. 당신은 이런 일에는 조금도 관심이 없군. 하루 종일 부엌 안에서 어슬렁거려봐야 아무 소용도 없어."

재니는 손에 팬을 들고 맷돌에 탄 옥수수 반죽을 계속 휘저으면서 문간으로 걸어가서 헛간 쪽을 쳐다보았다. 매복해 있던 태양이 빨간 단검들을 들고 세상을 위협하고 있었지만 헛간 주변에는 그림자가 어둡고 견고하게 드리워져 있었다. 삽을 들고 있는 로건은 뒷다리로 서서 어정쩡하게 춤을 추고 있는 검은 곰처럼 보였다.

"그곳에서 내 도움이 필요한 건 아니잖아요, 로건. 당신은 당신 자리에 있는 거고 나는 내 자리에 있는 거예요."

"당신한테 정해진 자리가 어디 있어? 내가 당신을 원하는 곳이면 어디든 당신 자리지. 빨리 움직이라고. 그것도 빨리."

"내가 엄마 배 속에서 나올 때 우리 엄마도 나한테 서두르라고 하지 않았어요. 그렇다면 내가 지금 뭐하러 서두르겠어요? 어쨌든 당신이 그것 때문에 화를 내는 건 아니잖아요. 당신은 내가 당신의 이 60에이커 땅에 엎드려서 그걸 쓸고 닦고 하지 않는다고 나한테 화를 내는 거예요. 나와 결혼했다고 당신이 나한테 무슨 은혜라도 베푼 게 아니에요. 그리고 당신이 나한테 은혜를 베풀고 있다고 생각한다면 나는 전혀 감사하지 않아요. 당신이 이미 알고 있는 걸 내가 말하고 있기 때문에 당신이 화를 내는 거예요."

로건이 삽을 내팽개치고 집 쪽으로 두세 걸음 엉거주춤 걸어오다 갑자기 멈춰 섰다.

"오늘 아침에 나한테 너무 많은 말을 하지 마, 재니. 당신하고 끝장을 내고 말 테니까! 아니, 백인들 부엌에서 꺼내다가 왕족처럼 살게 해줬더니 나를 얕잡아 보는 거야! 저 도끼를 들고 가서 확 죽여버릴 거야! 거기서 말라버리는 게 더 나을걸! 당신네 가족 중 어느 누구에 비해서도 나는 너무나 정직하고 근면하다고. 그래서 당신이 나를 원치 않는 거야!" 마지막 문장은 흐느낌 반, 울부짖음 반이었다. "어떤 못된 흑인 놈이 당신 면전에 대고 웃으면서 당신한테 거짓말을 늘어놓고 있나 보군. 빌어먹을 저 대단한 엉덩이!"

재니는 대답 없이 문간에서 돌아서서 자신도 모르게 마루 한가운데에 가만히 서 있었다. 그녀는 그곳에 그저 서서 언짢은 기분을 몰아내며 생각했다. 흥분이 조금 진정되었을 때 그녀는 로건의 말을 열심히 따져보고 그동안 보고 들은 다른 것들 옆에 그것을 나란히 놓았다. 그 일을 마치자 그녀는 반죽을 프라이팬 위에 올려놓고 손으로 평평하게 폈다. 화도 나지 않았다. 로건은 그녀의 어머니와 할머니, 그녀의 감정을 비난하고 있었고 그녀는 그중 어느 것에 대해서도 아무것도 할 수가 없었다. 프라이팬 위의 베이컨을 뒤집어야 했다. 그녀는 베이컨을 뒤집은 다음 뒤로 밀쳐놓았다. 끓어오르는 커피포트에는 약간의 찬물을 부어 가라앉혔다. 접시로 옥수수빵을 뒤집다가 그녀는 살짝 웃음을 터뜨렸다. 무엇 때문에 이렇게 많은 시간을 허비하고 있는 것일까? 갑자기 새롭고 변화된 느낌이 그녀에게 밀려왔다. 재니는 서둘러 대문 밖으로 나가서 남쪽으로 향했다. 설사 조가 그곳에서 그녀를 기다리고 있지 않다 해도 변화는 그녀에게 유익할 것이다.

아침 길의 공기는 새 옷 같았다. 그제야 그녀는 허리에 앞치마를 두르고 있다는 것을 깨달았다. 그녀는 앞치마를 풀어서 길 옆의 낮은 덤불 위에 휙 던져버리고 계속 걸으며 꽃을 꺾어서 꽃다발을

50

만들었다. 그런 다음 그녀는 조 스탁스가 마차를 잡아서 대기시켜 놓고 그녀를 기다리고 있는 곳에 이르렀다. 그는 매우 엄숙했고 자기 옆자리에 앉도록 그녀를 도와줬다. 그가 앉아 있자 그 자리는 어떤 높은, 지배자의 자리처럼 보였다. 지금부터 죽을 때까지 그녀는 모든 것에 꽃가루와 봄을 뿌리며 살 것이다. 그녀의 꽃을 위한 한 마리 벌. 그녀가 오랫동안 품어왔던 생각들이 이제 곧 실현될 것이다. 그러나 그 생각에 적합한 새로운 말이 만들어지고 말해져야 할 것이다.

"그린 코브 스프링스로 갑시다." 그가 마부에게 말했다. 그렇게 그들은 조의 말처럼 해 지기 전에 그곳에서 결혼식을 올렸다. 비단과 모직으로 된 새 옷을 입고서.

그들은 숙소 현관에 앉아서 태양이 대지의 틈새로 떨어지고 그곳에서 어둠이 솟아오르는 것을 바라보았다.

5

다음 날 기차에서 조는 그녀에게 시적으로 많은 말을 하진 않
았지만 열차 판매원이 판매하는 것들 중에서 사과와 사탕이 가득
담긴 유리 등잔처럼 제일 좋은 물건들을 그녀에게 사줬다. 그는 신
도시에 도착한 후 그곳에서 펼칠 계획에 대해 이야기했다. 자기 같
은 누군가가 반드시 필요하다는 것이었다. 재니는 그를 자주 바라
보면서 그의 모습에 뿌듯함을 느꼈다. 그는 부유한 백인들처럼 풍
채가 좋은 편이었다. 낯선 기차와 사람들, 장소에도 그는 전혀 겁
을 먹지 않았다. 그들이 메이트랜드에서 기차에서 내렸을 때 그는
흑인들의 도시로 태워다 줄 이륜마차를 즉시 찾아냈다.

그들이 그곳에 도착한 것은 이른 오후였고 조는 그곳을 걸어
다니면서 돌아봐야 한다고 말했다. 그들은 팔짱을 끼고 시내를 이
쪽 끝에서 저쪽 끝까지 천천히 걸었다. 조는 모래밭과 야자나무 뿌
리들 사이에 흩어져 있는 열두 채 정도 되는 초라한 집들을 살펴
보고 말했다. "세상에, 이게 도시라고? 이런, 숲 속의 미개척지나
다름없잖아."

"내가 생각했던 것보다 엄청 작네요." 재니는 자신의 실망감을 인정했다.

"내가 생각했던 그대로요." 조가 말했다. "말만 해대면서 어느 누구도 아무 일도 안 한 거겠지. 나 원 참, 그런데 시장은 어디 있소?" 그는 누군가에게 물었다. "시장하고 이야기를 하고 싶소."

커다란 상록 떡갈나무 아래 비스듬히 누워 있던 두 남자가 그의 목소리 어조에 몸을 곧추세우고 앉았다. 그들은 조의 얼굴과 옷, 그의 아내를 뚫어지게 쳐다보았다.

"당신들은 어디서 그렇게 서둘러 왔소?" 리 코커가 물었다.

"조지아 중부요." 스탁스가 활달하게 대답했다. "조지아에서 온 조 스탁스요."

"따님과 함께 이곳에 살러 왔소?" 비스듬히 누워 있던 다른 남자가 물었다. "당신들이 와줘서 정말 반갑소. 내 이름은 힉스요. 사우스캐롤라이나 버퍼드에서 온 두목 에이머스 힉스요. 자유롭고 독신에 결혼을 약속한 사람도 없소."

"나 원 참, 이렇게 장성한 딸이 있을 만큼 나이가 많진 않소. 여기 이 사람은 내 아내요."

힉스는 뒤로 주저앉으며 즉시 흥미를 잃었다.

"시장은 어디 있소?" 스탁스가 재차 물었다. "그와 이야기를 나누고 싶소."

"그 문제에 대해서는 당신이 너무 앞서가는 것 같소." 코코가 그에게 말했다. "우리에게는 아직 시장이 없소."

"시장이 없다니! 그렇다면 해야 할 일을 누가 당신들에게 지시하죠?"

"그런 사람은 없소. 모두 성인들이잖소. 그러고 보니 우리가 그 문제에 대해 한 번도 생각해본 적이 없는 것 같소. 나 자신은 안 해봤소."

"전에 그것에 대해 생각해본 적이 있소." 힉스가 꿈꾸듯이 말했다. "그렇지만 그런 다음에는 그걸 잊어버렸고 그 후에는 그것에 대해 한 번도 생각해보지 않았소."

"사정이 좋아지지 않는 게 당연하군요." 조가 말했다. "나는 이곳에 땅을 살 것이오. 그것도 많이 살 거요. 오늘 밤 우리가 묵을 곳을 빨리 찾아놓은 다음 우리 남자들은 사람들을 불러 모아서 위원회를 구성해야겠소. 그러면 이곳을 제대로 돌아갈 수 있게 만들 수 있을 것이오."

"당신이 묵을 곳을 알려주겠소." 힉스가 제안했다. "집을 지어놓은 남자가 있는데 아직 마누라가 안 들어왔소."

스탁스와 재니는 힉스가 알려준 방향으로 계속 길을 갔고 힉스와 코커는 그들의 등을 뚫어지게 바라보았다.

"저 사람은 감독관처럼 말을 하는군." 코커가 평했다. "사람을 엄청 몰아대는데."

"빌어먹을!" 힉스가 말했다. "나도 저 사람 정도의 능력은 된다고. 그렇지만 그의 마누라는! 조지아에 가서 딱 저 여자 같은 마누라를 얻지 못한다면 나는 사람의 아들이 아니라 총의 아들이야."

"뭘로?"

"말로 꼬시는 거지, 이 사람아."

"예쁜 여자를 먹여 살리려면 돈이 드는 법이야. 그런 여자들은 엄청나게 많은 말을 들을 테니까."

"내 말 같은 건 못 들어봤을 거야. 여자들은 내 말을 이해하지 못하기 때문에 내 말을 듣는 걸 좋아한다고. 내 이야기가 너무 심오하거든. 그것에 너무 많은 게 함축되어 있으니까."

"웃기네!"

"내 말을 안 믿는다는 거지? 자네는 내가 마음대로 주무를 수 있는 여자들을 모르니까."

"웃겨!"

"내가 나가서 즐기고 즐거움을 주는 걸 자네가 못 봐서 그래."

"기가 막혀!"

"내가 그 여자를 만나기 전에 그가 그 여자와 결혼한 게 다행이야. 내가 마음만 먹으면 골칫거리가 될 수 있거든."

"얼씨구!"

"여자들한테는 내가 입 안의 혀처럼 굴거든."

"그런 말을 듣느니 직접 내 눈으로 보는 게 훨씬 나을 것 같은데. 이제 그만하고 그 사람이 이 마을에 대해 무슨 일을 벌일지 가서 보자고."

그들은 일어나서 스탁스가 당분간 머물 곳으로 어슬렁거리며 걸어갔다. 이 마을 사람들은 새로 온 사람들을 이미 만나고 있었다. 조는 현관에서 남자 몇 사람과 이야기를 나누고 있었다. 집 안 정리를 하고 있는 재니의 모습이 침실 창문을 통해 보였다. 조는 그 집을 한 달간 빌렸다. 남자들이 그를 둘러싸고 있었고 그는 계속 질문을 해대면서 그들과 이야기를 나누고 있었다.

"이곳의 진짜 이름이 뭔가요?"

"어떤 사람들은 웨스트메이트랜드라고 부르고 어떤 사람들은 이튼빌이라 부릅니다. 바로 이튼 대위가 로렌스 씨와 함께 우리에게 땅을 약간 줬기 때문이오. 그런데 이튼 대위가 첫 번째 땅을 줬소."

"얼마나 줬죠?"

"아, 50에이커 정도요."

"지금 당신들 모두의 땅은 얼마나 됩니까?"

"아, 전과 대충 똑같아요."

"그걸로는 절대 충분하지 않아요. 당신들이 가진 땅 옆에 있는 땅은 누가 소유하고 있소?"

"이튼 대위요."

"그 이튼 대위라는 사람은 **도대체** 어디 있소?"

"출타 중이거나 그럴 때를 제외하고는 저기 메이트랜드에 있소."

"잠깐 아내한테 이야기 좀 하고 그 사람을 만나러 가야겠소. 땅이 없으면 도시를 세울 수가 없죠. 당신들 모두가 여기 가지고 있는 땅은 너무 적어요."

"그에게는 더 나눠줄 땅이 없소. 더 많은 땅을 원하면 많은 돈이 필요해요."

"그에게 돈을 지불할 예정이오."

그들은 그 생각을 별스럽다고 생각했고 웃음이 터져 나오려 했다. 그들은 웃음을 참으려고 안간힘을 썼지만 의심하는 듯한 웃음이 그들의 눈에서 터져 나오고 입꼬리부터 새어 나와서 누가 보더라도 그들이 무슨 생각을 하고 있는지 알 수 있었다. 그러자 조가 갑작스럽게 그 자리를 떠났다. 그들 대부분은 그에게 길도 알려주고 겸사겸사 허세 부리는 그의 모습을 직접 보려고 그를 따라갔다.

힉스는 멀리 가지 않았다. 그는 사람들이 자기를 찾지 않을 것이라는 생각이 들자마자 스탁스네로 돌아가서 현관으로 올라섰다.

"안녕하세요, 스탁스 부인."

"안녕하세요."

"이곳이 마음에 들 것 같아요?"

"그럴 것 같아요."

"**제가** 도와드릴 게 있으면 뭐든지 저한테 부탁하세요."

"대단히 고맙습니다."

오랫동안 쥐 죽은 듯이 침묵이 흘렀다. 재니는 자기에게 온 기회를 재빨리 낚아채지 않았다. 그녀는 그가 그곳에 있다는 것도 모르는 것처럼 보였다. 그녀를 일깨워줄 필요가 있었다.

"당신이 있다 온 곳에서는 사람들 입이 틀림없이 무거웠나 봅니다."

"맞아요. 그런데 당신 고향에서는 다른 것 같네요."

그는 한참 동안 생각을 하다가 마침내 그게 무슨 말인지 깨닫고 시무룩하게 "안녕히 계세요"라고 말한 다음 비틀거리며 계단을 내려갔다.

"안녕히 가세요."

그날 밤 코커가 그 일에 대해 그에게 물었다.

"자네가 몰래 빠져나가서 스탁스 집으로 돌아가는 걸 봤어. 그런데 어떻게 됐어?"

"누가, 내가? 이봐, 그 집 근처에는 가지도 않았다고. 물고기 잡으러 호수에 갔어."

"흥!"

"다시 보니까 그 여자가 그렇게 대단히 예쁜 건 아니더라고. 돌아오는 길에 그 집 앞을 지나야 해서 그 여자를 잘 살펴보았어. 그 긴 머리 말고는 별 볼 일 없던데."

"흥!"

"그런데 나는 그 남자가 마음에 안 들진 않아. 그 사람한테는 아무런 해를 입히지 않을 거야. 그 여자는 사우스캘리포니아에서 나랑 도망쳤다가 헤어진 여자의 반만큼도 안 예쁘더라고."

"힉스, 내가 자네를 그렇게 잘 알지 못한다면 화를 내면서 자네가 거짓말을 하고 있다고 말해줄 거야. 자네는 말로 스스로를 위로하고 있을 뿐이야. 자네는 적극적인 마음은 지녔지만 엉덩이가 너무 가벼워. 수많은 남자들이 자네가 본 걸 똑같이 보았지만 그 사람들은 자네보다 분별이 있어. 그런 남자한테서 그런 여자를 절대 떼어낼 수 없다는 걸 알아야지. 한 번에 땅 200에이커를, 그것도 현금으로 산 남자인데."

"말도 안 돼! 그 사람이 그걸 분명히 산 건 아니겠지?"

"분명히 그랬어. 땅문서를 호주머니에 챙겨서 갔다고. 그 남자가 내일 자기네 현관에서 회의를 하겠다고 사람들을 소집했어. 나는 태어나서 그런 흑인을 한 번도 보질 못했어. 그는 상점을 열고 정부에서 우체국 허가도 받을 거래."

그 말에 힉스는 부아가 났지만 그 이유는 알 수 없었다. 그는 평범한 사람이었다. 한 가지 방식으로 세상에 익숙해져 있을 때 갑자기 그것이 달라지는 것이 그는 싫었다. 우체국의 흑인이라는 생각을 할 준비가 아직 되어 있지 않았다. 그는 요란하게 웃음을 터뜨렸다.

"자네들 모두 그 길 잃은 검둥이가 그런 케케묵은 거짓말을 하도록 내버려뒀단 말이지! 흑인이 우체국을 지키고 앉아 있는다고!" 그는 역겨운 소리를 냈다.

"그 남자가 그 일 또한 해낼 가능성이 커, 힉스. 어쨌든 그러길 빌어. 우리 흑인들은 서로 너무 시기를 해. 바로 그 때문에 우리가 지금보다 발전을 못하는 거야. 우리는 백인들이 우리를 억누른다고 말들을 하지! 빌어먹을! 백인이 그럴 필요가 없다니까! 우리 스스로가 우리 자신을 억누르고 있어."

"그 남자가 우리한테 우체국을 세워주는 걸 내가 바라지 않는다고 누가 말했어? 그는 내가 사랑하는 모든 사람을 위해 예루살렘의 왕이 될 수 있어. 그렇지만 분별력 없는 사람이 수없이 많다고 거짓말을 해봐야 아무 소용이 없어. 상식적으로 생각해도 백인들은 그가 우체국을 운영하는 걸 절대 허락하지 않을 거야."

"그건 우리도 모르네, 힉스. 그 사람은 자기가 할 수 있다고 말했고, 나는 그가 자기가 무슨 말을 하고 있는지 알고 있다고 믿어. 흑인들이 자기들 도시를 세운다면 우체국이건 원하는 것은 무엇이건 가질 수 있는 거잖아. 그리고 다시 생각해보면 저 너머에 사는 백인들이 굳이 반대할 것 같진 않아. 기다려보자고."

"아, 그렇지 않아도 나는 잘 기다리고 있어. 지옥이 얼어붙을 때까지 마냥 기다리고 있을 작정이야."

"아, 그만 단념해! 그 여자는 자넬 원하지 않아. 세상 모든 여자가 양조장이나 제재소에서 자라진 않았다는 걸 명심하게. 자네가 꿰찰 수 없는 여자들도 있는 법이야. 생선 샌드위치로는 **그 여자를**

절대 얻을 수 없어."

두 사람은 조금 더 말씨름을 한 후 조가 묵고 있는 집으로 갔고 그곳에는 조가 셔츠 바람으로 양다리를 쫙 벌리고 서서 질문을 해대며 담배를 피우고 있었다.

"가장 가까운 제재소는 어디에 있소?" 그가 토니 테일러에게 묻고 있었다.

"어폽카 쪽으로 7마일 정도에 있소." 토니가 그에게 말했다. "지금 당장 그걸 지을 생각이오?"

"나 원 참, 그렇소. 그러나 내가 살 집은 아니오. 그건 어디에 짓고 싶은지 결정을 내릴 때까지 기다릴 수 있소. 우리 모두에게 급히 필요한 것은 상점인 것 같소."

"상점이라고요?" 토니가 놀라서 소리쳤다.

"그렇소, 당신들이 필요로 하는 걸 전부 갖추고 바로 여기 마을에 있는 가게 말이오. 바로 여기서 구할 수 있는데 모두가 고기와 밀가루 조금 사러 메이트랜드까지 뛰어갔다 오는 건 정말 무익한 짓이오."

"당신이 그 말을 하니 말이지만 그건 상당히 괜찮은 생각인 것 같소, 스탁스 형제."

"물론, 당연히 그럴 거요. 그리고 다시 생각해보니 상점이 다른 면에서도 여러 가지로 좋을 것 같소. 사람들이 땅을 사러 올 때 내가 가 있을 곳이 반드시 있어야 하오. 그리고 더구나 모든 일에는 중심과 핵심이 필요하고 이 도시 역시 다른 어느 곳과 다르지 않소. 이 상점이 마을 사람들의 만남의 장소가 되는 것이 당연할 것이오."

"그건 분명히 맞는 말이오, 지금은."

"아, 우리는 이 도시를 전부 고쳐놓을 거요. 내일 회의에 꼭 참석해요."

다음 날 그의 현관에서 위원회 회의가 소집될 시간이 막 되었을 때 목재를 실은 첫 번째 트럭이 왔고 조디는 그것을 어디다 내려놓을지 알려주러 갔다. 그는 재니에게 자신이 돌아올 때까지 위원회를 주재하라고 시켰다. 그는 그들을 놓치고 싶지 않았지만 목재를 땅에 내려놓기 전에 그것을 한 자 한 자 재볼 작정이었다. 그는 잠자코 있어도 될 뻔했고 재니는 하던 일을 계속 해도 좋았을 것이다. 먼저 모든 사람이 늦게 왔다. 다음에는 조디가 어디 있는지 듣자마자 그들은 새 목재를 트럭에서 덜컹거리며 내려서 커다란 상록 떡갈나무 밑에 쌓아두고 있는 곳으로 곧장 올라갔다. 그래서 바로 그곳에서 회의가 열렸다. 토니 테일러가 의장 역할을 했고 조디가 발언을 독차지했다. 길을 내기 위한 날이 정해졌고 그들 모두 도끼와 그 비슷한 연장을 가져와서 사방으로 난 길 두 개를 내기로 동의했다. 토니와 코커에게는 예외를 두기로 했다. 그들은 목수 일을 할 수 있었기 때문에 조디는 그들을 고용해서 다음 날 아침 날이 밝자마자 상점을 짓게 했다. 조디 자신은 차를 타고 이 마을 저 마을을 돌아다니면서 사람들에게 이튼빌을 알려서 그곳으로 이사 올 시민들을 모으느라 바쁠 것이다.

재니는 조디가 땅을 사느라 투자한 돈이 매우 빠르게 회수되는 것을 보고 깜짝 놀랐다. 열 가구가 땅을 사서 육 주 후에 마을로 옮겨왔다. 그 모든 것이 그녀가 따라잡기에는 너무 거창했고 신속하게 이루어지는 것처럼 보였다. 상점 지붕을 완전히 올리기 전부터 조디는 바닥에 캔 제품들을 쌓아두었고, 물건이 너무 잘 팔려나갔기 때문에 그가 나가서 돌아다니며 홍보할 시간이 없었다. 상점이 완공되던 날 그녀는 상점을 관장하는 기분을 처음으로 맛보았다. 그날 저녁에 조디는 그녀에게 옷을 잘 차려입고 상점 안에 서 있도록 했다. 모든 사람이 어느 정도 멋을 내고 나타났기 때문에 그는 다른 어느 누구의 아내도 그녀와 견주지 못하게 할 작정이었다. 그녀는 자신을 여자들 중 으뜸으로 간주해야 했고 다른 여자들은 그녀가 이끄는 무리였다. 그래서 그녀는 산 옷 중에서 와인색이 감도는 붉은 옷을 차려입고 새로 낸 길을 걸어 올라갔다. 실크 러플이 살랑거렸고 그녀의 몸 가까이서 사각거리는 소리를 냈다. 다른 여자들은 무명옷이나 옥양목 옷을 입고 있었고 나이 든 여자들 중에는 간혹 두건을 두른 사람도 있었다.

그날 밤에는 아무도 물건을 사가지 않을 것이다. 그들은 물건을 사러 그곳에 온 것이 아니었다. 그들은 환영을 하러 왔다. 그래서 조는 소다크래커* 통을 뜯고 치즈를 잘라냈다.

"모두 앞으로 오셔서 즐기십시오. 제가 내는 겁니다." 조디는 특유의 헤헤거리는 웃음을 터뜨리며 뒤로 물러섰다. 재니는 그가 일러준 대로 레모네이드를 펐다. 모든 사람이 다 마실 수 있도록 커다란 양은 잔에 가득 펐다. 레모네이드가 다 없어졌을 때 기분이 매우 좋아진 토니 테일러는 연설을 해야겠다고 생각했다.

"신사 숙녀 여러분, 우리는 우리와 운명을 같이하기로 결심한

---

* 소다를 넣어서 만든 크래커

한 분을 환영하기 위해 이 자리에 다 함께 모였습니다. 그는 혼자만 온 것이 아닙니다. 그는 자신의, 에, 에, 자신의 가정의 등불, 즉 자신의 부인 또한 함께 데려오는 것이 좋겠다고 생각했습니다. 영국의 여왕도 그 부인보다 더 멋지고 더 고상해 보일 수는 없을 것입니다. 그 부인이 여기 우리 가운데로 온 것은 큰 기쁨입니다. 스탁스 형제, 우리는 당신과 당신이 우리들 가운데로 데려오는 게 좋겠다고 생각한 모든 것을 환영합니다…….당신의 사랑하는 부인과 당신의 상점, 당신의 땅…….”

요란한 웃음소리에 그의 말이 중단되었다.

“그거면 됐어, 토니.” 리지 모스가 소리쳤다. “스탁스 씨는 똑똑한 남자이고 그 점은 우리 모두 기꺼이 인정한다고. 그런데 그가 땅 200에이커를 어깨에 짊어지고 길을 따라 흔들거리며 온 날 나도 그 모습을 직접 보았더라면 좋았을 텐데.”

또다시 요란한 웃음소리가 터져 나왔다. 토니는 일생일대의 연설이 이런 식으로 망쳐진 것에 살짝 울화가 치밀었다.

“내가 무슨 말을 했는지 다들 알 거야. 그런데 내가 알 수 없는 것은 왜…….”

“연설을 하겠다고 튀어나와서는 제대로 하는 법을 모르니까 그러지.” 리지가 말했다.

“당신이 끼어들기 전에는 내가 연설을 잘하고 있었는데.”

“아니, 그렇지 않아. 토니, 당신이 살짝 본론을 벗어났어. 남편과 아내를 환영할 때면 반드시 이삭과 우물가의 레베카에 대한 비유를 해야. 그렇지 않으면 두 사람의 사랑을 보여주지 못한다고.”

모든 사람이 그 말이 옳다고 동의했다. 그 말을 하지 않고서는 연설을 제대로 할 수 없다는 것을 토니가 모르다니 한심했다. 어떤 사람들은 그의 무지함에 킥킥거리고 웃었다. 그러자 토니가 퉁명스럽게 말했다. "모두 실없게 구는 걸 끝마쳤으면 스탁스 형제에게 답사를 부탁해봅시다."

그래서 담배를 문 조 스탁스가 마루 한가운데에 자리를 잡았다.

"여러분의 따뜻한 환영과 애정 어린 악수에 여러분 모두에게 감사드립니다. 이 도시가 화합과 사랑으로 충만하다는 것을 알겠습니다. 나는 이제부터 시작해서 우리 마을을 이 주의 중심 도시로 만들기 위해 온 힘을 다 할 작정입니다. 그래서 우리가 앞으로 나아가고자 한다면 다른 모든 마을처럼 우리 모두가 힘을 합쳐야 한다는 것을 여러분이 혹시라도 모를 것을 대비해서 말씀드립니다. 일이 제대로 이루어지려면 우리는 힘을 합쳐야 하고 시장이 있어야 합니다. 나와 내 아내는 이 상점과 앞으로 들여올 다른 물건들을 보러 오신 여러분 모두를 환영합니다. 아멘."

토니는 요란한 박수갈채를 이끌었고 박수가 멈추자 마루 중앙으로 나갔다.

"형제자매 여러분, 우리가 더 나은 선택을 하리라 예상할 수 없기 때문에 우리가 더 멀리 볼 수 있을 때까지 스탁스 형제를 시장으로 삼을 것을 제안합니다."

"그 제안에 찬성합니다!" 모든 사람이 한목소리로 말했기 때문에 그것을 투표에 붙일 필요가 전혀 없었다.

"그러면 이제 스탁스 시장 사모님에게 격려의 말씀을 잠깐 들어보겠습니다."

우레 같은 박수는 마루를 차지한 조에 의해 중단되었다.

"여러분의 찬사에는 감사하지만 제 아내는 연설에 대해 아무것도 모릅니다. 제가 그런 것 때문에 그 사람과 결혼한 것은 절대 아니니까요. 집사람은 여자이고 그 사람의 자리는 가정입니다."

재니는 잠깐 주저했다 웃는 표정을 지었지만 그것이 그리 쉽지는 않았다. 그녀는 한 번도 연설을 해본 적이 없었지만 자신이 과연 연설을 하고 싶은 건지 아닌지 알 수 없었다. 흥을 확 깨버린 것은 바로 조가 그녀에게 무슨 말이건 해볼 기회조차 주지 않은 채 자기 마음대로 처리해버리는 태도였다. 그러나 어쨌든 그날 밤 그녀는 언짢은 기분으로 그의 뒤를 따라 걸어갔다. 그는 새로운 위엄이 들어간 뻐기는 걸음걸이로 걸으며 그녀가 무슨 생각을 하고 있는지 전혀 신경 쓰지 않은 채 그저 자기 생각과 계획을 큰 소리로 늘어놓았다.

"이런 마을의 시장은 집에서 누워 빈둥거릴 시간이 그리 많지 않아. 이곳은 새로 건설해야 해. 재니, 상점에서 도와줄 사람을 한 사람 붙여줄 테니까 내가 다른 일을 하는 동안 당신이 상점 일을 맡아 하도록 해."

"오, 조디. 당신이 없으면 난 상점 일을 하나도 할 수 없어요. 상점 일이 바쁠 때는 혹시 나와서 당신을 도울 수 있겠지만……."

"이런, 왜 못한다는 건지 모르겠네. 골무 하나 채울 만큼의 머리만 있으면 그 일을 못할 이유가 전혀 없어. 당신이 해야만 해. 나는 시장으로서 맡은 일이 너무 많소. 이 마을에는 당장 가로등이 필요해."

"맞아요. 이곳이 약간 깜깜한 건 **사실**이에요."

"당연히 어둡지. 어둠 속에서 이 모든 나무 그루터기랑 뿌리와 실랑이하는 것은 쓸데없는 짓이야. 깜깜한 마을 상태와 나무뿌리에 대해 회의를 소집할 거야. 맨 먼저 이 문제부터 협의해야겠어."

다음 날 그는 자기 돈으로 시어즈 로벅점(店)에 가로등을 주문했고 마을 주민들에게 다음 주 목요일 밤에 만나 그것에 대해 투표를 하자고 알렸다. 어느 누구도 가로등에 대해 생각해본 적이 없었고 몇몇 주민들은 그것이 쓸데없는 짓이라고 말했다. 그들은 그것에 반대표를 던졌지만 다수가 이겼다.

그러나 가로등이 도착한 후에는 마을 주민 모두가 그것을 자랑스럽게 여기게 되었다. 그것은 시장이 포장용 상자에서 등을 꺼낸 다음 가로등 기둥에 바로 달지 않았기 때문이었다. 그는 포장을 풀고 조심스럽게 등을 닦아서 모두가 다 볼 수 있도록 일주일 동안 진열장에 전시해놓았다. 그런 다음 그는 점등식 시간을 정하고 가로등 점등식에 참석하도록 오렌지카운티 전역에 전갈을 보냈다. 그는 인부들을 늪지로 보내서 가장 곧고 훌륭한 삼나무를 찾아 가로등 기둥용으로 잘라오게 한 다음 마음에 드는 것이 발견될 때까지 인부들을 돌려보내서 다른 것을 계속 찾아오게 만들었다. 그는 그 행사에서 어떻게 손님을 접대할 것인지 이미 마을 주민들에게 말해뒀다.

"우리 마을에 손님들을 초대해놓고 오랫동안 맨입으로 있다 가게 해서는 안 된다는 걸 여러분 모두 알 것이오. 그럼, 절대 안 되죠. 우리는 그들에게 음식을 대접해야 하고 바비큐보다 사람들이 더 좋아하는 것은 없소. 난 혼자서 돼지 한 마리를 통째로 내놓겠소. 여러분 모두는 합쳐서 두 마리를 장만해야 할 것 같소. 안식구들한테는 파이와 케이크, 고구마옥수수빵을 모아보라고 시키시오."

66

바로 그런 식으로 그 일 역시 진행되었다. 여자들은 단 음식을 모았고 남자들은 고기를 담당했다. 점화식 전날 그들은 상점 뒤편에 커다란 구덩이를 파고 떡갈나무를 가득 채운 다음 평평한 숯불 판이 될 때까지 불을 지폈다. 돼지 세 마리를 굽는 데 꼬박 하룻밤이 걸렸다. 햄보와 피어슨이 이 일을 도맡았고 다른 사람들은 햄보가 소스를 구석구석 바르는 동안 고기 돌리는 일을 이따금씩 거들었다. 중간 중간 그들은 이야기를 하고, 웃음을 터뜨리며 더 많은 이야기를 하고, 노래를 불렀다. 그들은 온갖 장난을 쳤고 양념이 뼈에 스며들면서 천천히 고기가 완성되는 동안 냄새를 맡았다. 어린 소년들은 여자들이 식탁으로 쓸 수 있도록 널빤지로 간이 식탁을 조립해야 했다. 그러다 해가 떴고 할 일이 없는 사람들은 모두 집으로 돌아가서 잔치를 벌이기 전에 휴식을 취했다.

다섯 시쯤 되자 마을은 온갖 종류의 차량으로 넘쳐났고 사람들로 우글거렸다. 그들은 해 질 무렵 가로등이 점등되는 것을 보러 온 사람들이었다. 그 시간이 다가오자 조는 거리에 있는 사람들을 모두 상점 앞에 모아놓고 연설을 했다.

"여러분, 해가 지고 있습니다. 태양을 창조하신 조물주께서는 아침이면 태양을 건져 올리시고 밤이 되면 태양을 잠자리에 보내십니다. 우리 불쌍한 약한 인간들은 태양의 속도를 재촉하거나 늦추기 위해 아무것도 할 수 없습니다. 우리가 할 수 있는 일이라고는 기껏해야 해가 지거나 뜨기 전에 빛이 필요하면 우리 스스로 약간의 빛을 만들어내는 것뿐입니다. 그래서 바로 그렇게 등불이 만들어졌습니다. 오늘 저녁 우리 모두는 가로등에 점화하기 위해 이곳에 모였습니다. 이번 행사는 우리 모두가 죽는 날까지 기억할 특별한 일입니다. 흑인 마을에 세워진 최초의 가로등. 눈을 들어 그것을 바라보십시오. 그리고 그 가로등 심지에 제가 성냥불을 붙이면 불빛이 여러분 마음속을 뚫고 들어가서 환하게 빛나게 하십시오. 환하게 빛나게 하십시오. 환하게 빛나게 하십시오. 데이비스 형제님, 우리를 기도로 이끌어주십시오. 가장 특별한 방식으로 이 도시에 축복을 내려주시길 빌어주십시오."

데이비스가 전통적인 기도 시에 나름대로 변형을 가해 읊는 동안 조는 그 목적을 위해 놓아둔 상자 위로 올라가서 가로등의 놋쇠 문을 열었다. 아멘이라는 단어가 나오자 그는 성냥불을 심지에 댔고 보글 부인의 알토가 터져 나왔다.

우리는 빛 속을 걸으리라, 아름다운 빛 속을.
자비의 이슬방울이 밝게 빛나는 곳으로 오라.
낮이고 밤이고 우리를 감싸고 빛나는 곳으로.
예수, 세상의 빛이여.

그들, 그들 모두, 사람들 모두가 이어서 부르기 시작했고 음색이나 템포를 새롭게 생각해내는 것이 불가능해질 때까지 노래를 계속 반복해서 불렀다. 그러다가 그들은 노래를 멈추고 바비큐를 먹었다.

그날 밤 모든 것이 끝나고 잠자리에 들었을 때 조디가 재니에게 물었다. "그런데 여보, 시장 사모님이 된 소감이 어때?"

"괜찮긴 한데 그것 때문에 우리가 계속 긴장하면서 살아야 할 것 같지 않아요?"

"긴장이라고? 음식 마련하고 사람들 대접하는 걸 말하는 거야?"

"그게 아니고요, 조디. 서로에게 자연스럽게 대할 수 없는 방식으로 계속 우리가 지내야 할 것 같아요. 당신은 사람들과 이야기를 나누고 여러 가지 일들을 해결하느라 항상 밖에 나가 있고 나는 그저 시간을 때우고 있는 것처럼 느껴져요. 임기가 빨리 끝나면 좋겠어요."

"끝나다니, 재니? 세상에, 나는 아직 시작도 안 했는데. 큰소리치며 사는 사람이 되고 싶다고 내가 처음부터 당신한테 말했을 텐데. 오히려 당신이 기뻐해야 해. 그것 때문에 당신이 대단한 여자 대접을 받으니 말이야."

그녀는 언짢고 두려운 기분에 사로잡혔다. 사방의 모든 것에서 멀어져서 혼자가 된 것처럼 느껴졌다.

*

재니는 곧 자신의 감성에 맞지 않는 두려움과 시기심의 여파를 느끼기 시작했다. 시장 사모님이란 그녀가 생각했던 것처럼 그저 평범한 여자가 아니었다. 그녀는 권력을 가진 사람과 잠을 잤고 그래서 마을 주민들의 마음속에서 그녀는 그 권력자의 일부였다. 그녀는 정신적으로 그들 대부분에게 그렇게 가까이 다가갈 수 없는 존재였다. 조가 상점 앞길의 물을 빼내기 위해 마을에 배수구 공사를 강행하고 난 후 이것이 특히 눈에 띄게 드러났다. 그들은 노예제도는 끝났다며 몹시 성을 내며 투덜댔지만 모두 자기에게 부과

된 일을 해냈다.

조 스탁스에게는 마을 사람들을 굴복시키는 뭔가가 있었다. 그것은 신체적인 두려움 때문이 아니었다. 그는 주먹질을 하며 싸우는 사람이 결코 아니었다. 그의 체격이 남들보다 위압적인 것도 아니었고 그가 다른 사람들보다 유식한 것도 아니었다. 다른 뭔가가 그 앞에서 남자들을 굴복하게 만들었다. 그의 얼굴에는 몸을 굽히라는 명령이 서려 있었고 그가 취한 모든 조치는 그 점을 더욱더 명백하게 만들었다.

그의 새 집을 예로 들어보자. 그 집은 현관이 있고 난간과 그런 것들이 딸린 이층집이었다. 마을의 나머지 지역은 '대저택'을 둘러싸고 있는 하인 숙소처럼 보였다. 그리고 마을의 다른 모든 주민들과 달리 그는 집 안팎으로 페인트칠이 모두 끝날 때까지 입주를 미뤘다. 그리고 그의 집에 어떻게 페인트칠이 되었는지 보라―의기양양하게 반짝이는 흰색으로 칠해졌다. 휘플 주교와 W. B. 잭슨, 밴더풀가(家) 저택에 칠해진 것과 같은 종류의 뽐내는 듯한 그런 흰색이었다. 그것 때문에 마을 사람들은―마치 그가 여느 보통 사람인 것처럼―그와 이야기를 나누는 것에 묘한 기분을 느꼈다. 그리고 타구의 문제가 있었다. 그는 시장―우체국장―지주―상점 주인으로 모두 자리를 잡자마자 메이트랜드의 힐 씨나 갤러웨이 씨처럼 회전의자가 딸린 책상을 샀다. 한편으로는 시가를 꼬나물고 말을 아끼면서 의자를 빙글빙글 돌리며 앉아 있는 그의 모습에 사람들은 기가 죽었다. 그러다가 그는 다른 사람들이라면 모두 자기 집 응접실 테이블 위에 기꺼이 올려놓았을 그 금처럼 보이는 화병에 가래를 뱉었다. 그것은 애틀랜타에 있는 은행에서 그의 예전 주

70

인이 가지고 있었던 것과 똑같이 생긴 타구였다고 했다. 가래를 뱉을 때마다 일어나서 문간까지 나갈 필요가 없었다. 바닥에 침을 뱉을 필요도 없었다. 바로 가까이에 그 도금된 타구가 있었다. 그러나 그는 그 이상의 일을 했다. 그는 재니가 쓸 수 있도록 작은 숙녀용 크기의 타구를 샀다. 사면에 작은 꽃가지들이 그려진 그것을 거실에 떡하니 놓아두었다. 대부분의 여자들이 침을 뱉었고 당연히 집에 가래를 뱉는 잔이 있었기 때문에 사람들은 그것을 보고 깜짝 놀랐다. 신식 사람들이 그렇게 작은 꽃무늬 타구에 침을 뱉는다는 걸 그들이 어떻게 알 수 있겠는가? 그 일 때문에 그들은 자신들이 그동안 속아온 것 같은 기분을 느끼게 되었다. 마치 많은 것들이 그들에게 감춰진 것 같았다. 그들이 가래는 토마토 깡통에 뱉으라는 말보다 나은 말을 듣지 못하고 있을 때 어쩌면 세상에는 타구 외에도 더 많은 것이 그들에게 숨겨져왔는지도 모른다. 백인들이 그렇게 해도 충분히 기분 나쁘지만 같은 피부색을 지닌 사람이 너무 다르게 굴면 사람들은 놀라게 된다. 그것은 마치 누이가 악어로 변하는 모습을 보는 것 같았다. 친숙한 낯섦. 악어에게서 계속 누이의 모습이 보이고 누이에게서 악어의 모습이 보이지만 사람들은 차라리 보지 않으려 한다.

분명히 마을 사람들은 그를 존경했고 어떤 면에서는 그를 숭배하기조차 했다. 그러나 권력과 재산의 길을 따라가는 사람은 누구나 미움을 받게 되어 있다. 그래서 상황에 따라 필요하면 연사들이 일어서서 "친애하는 시장님"이라고 말할 때, 그것은 "하느님은 무소부재하시다"라는 말처럼 사실은 누구나 입으로는 말하지만 아무도 믿지 않는 그런 말 중 하나였다. 그것은 말문을 열기 위한 구

실일 뿐이었다. 시간이 지나면서 그가 도시에 부여한 혜택이 줄어들자 곧 그들은 그가 상점 안에서 바쁘게 일하는 동안 그의 상점 현관에 앉아서 그에 대해 토론을 벌였다. 예를 들어 사탕수수를 트럭 가득 훔치고 있는 헨리 피츠를 붙잡아서 그에게서 사탕수수를 뺏은 다음 마을에서 내쫓은 다음 날도 그랬다. 몇몇 사람들은 스탁스가 그렇게 하지 말았어야 했다고 생각했다. 그는 사탕수수도 매우 많이 가지고 있었고 다른 모든 것을 가지고 있지 않은가. 그러나 그들은 조 스탁스가 현관에 나와 있는 동안에는 그런 말을 하지 않았다. 메이트랜드에서 온 우편물을 정리하러 그가 안으로 들어갔을 때 모두 하고 싶은 말을 하기 시작했다.

심 존스는 스탁스가 자기 말을 들을 수 없다는 것을 확인하자마자 말을 시작했다.

"그 불쌍한 사람을 그런 식으로 여기서 내쫓는 것은 죄악이자 수치요. 같은 흑인들끼리 너무 모질게 대해서는 안 되지."

"내 생각은 그렇지 않아." 샘 왓슨이 퉁명스럽게 말했다. "흑인들 역시 다른 모든 사람들과 마찬가지로 일해서 얻는 법을 배워야 해. 피츠가 원했다면 사탕수수 재배하는 걸 말릴 사람이 누가 있었겠어? 스탁스가 일자리를 줬는데 도대체 뭘 더 바란 거지?"

"그건 나도 알고 있소." 존스가 말했다. "그러나 샘, 조 스탁스는 사람들한테 너무 깐깐하게 굴어. 그가 가진 것은 전부 우리한테서 나온 것인데 말이야. 그가 처음 여기 왔을 때 그 모든 것을 다 가지고 있지는 않았잖아."

"그렇지. 그렇지만 그가 처음 여기 왔을 때는 눈앞의 모든 것과 자네들이 앉아 있는 곳 역시 없었어. 아무리 마음에 안 드는 사람이라도 공정하게 평가는 해줘야지."

"그렇지만 지금은 샘, 그가 하는 일이라곤 거들먹거리면서 다른 사람들한테 일이나 시키는 것뿐이라는 걸 자네도 알잖아. 그는 자기 목소리에 모두가 복종하는 걸 좋아해."

"그와 이야기를 나눌 때면 그가 손으로 회초리를 휘두르는 것 같이 느껴진다니까." 오스카 스코트가 불평을 토로했다. "그에게 풍겨 나오는, 매질로 응징하는 것 같은 느낌은 속을 거북하게 하고 사람을 긴장하게 만들어."

"그는 미풍들 사이에서 부는 회오리바람이야." 제프 브루스가 불쑥 끼어들었다.

"바람 이야기가 나왔으니 말인데 그는 바람이고 우리는 풀이지. 우리는 그가 부는 대로 구부러지니까." 샘 왓슨이 맞장구를 쳤다. "그러나 그렇다 해도 우리에게는 그가 필요해. 그가 없으면 이 도시는 아무것도 아니야. 그가 어느 정도 잘난 체하는 건 어쩔 수 없지. 어떤 사람들에게는 자신의 영향력을 인정받기 위해 왕좌와 지배자의 자리, 왕관이 필요하지만 그는 그렇지 않아. 그가 앉는 자리가 곧 지배자의 자리니까."

"내가 그 사람을 좋아하지 않는 점은 그가 무식한 사람들한테 문자를 써서 이야기한다는 거야." 힉스가 불만을 토로했다. "자기의 유식함을 과시하면서 말이오. 날 보면 그런 생각이 안 들겠지만 나한테도 오칼라에서 목사로 일하는 학식 많은 동생이 있어. 걔가 여기 있다면 지금 조 스탁스가 그렇듯 자네들 모두를 바보 취급하진 못할 텐데."

"그 조그만 부인이 어떻게 그를 참고 사는지 가끔 궁금해진다니까. 그 사람은 모든 것을 자기 마음대로 바꿀 수 있는 사람이지만 그 어느 것도 그를 바꿀 수는 없으니 말이야."

"나도 그 생각을 여러 번 해봤어. 그 여자가 이따금씩 상점에서 작은 실수라도 하면 그가 그녀를 쥐 잡듯이 한다니까."

"무엇 때문에 그 여자는 상점에서 늙은 여자처럼 머리를 묶어서 올리고 있는 거지? 나한테 그런 머리카락이 있다면 어느 누구라도 내 머리에 그런 넝마를 묶게 **만들 수는** 없을 거야."

"어쩌면 그가 그 여자한테 그렇게 하라고 시키는 건지도 모르지. 우리 남자들 중 누군가가 그 상점에서 그 머리를 건드리기라도 할까 봐 그가 겁을 내는 것인지도 모르고. 그건 분명히 나한테 풀리지 않는 수수께끼야."

"그 여자는 확실히 말이 별로 없어. 그 여자가 어쩌다 실수를 할 때 그가 상점에서 으르렁대며 목청을 높이는 모습은 가히 꼴불견이라 할 수 있는데 그 여자는 전혀 개의치 않는 것 같아. 그들은 서로 이해하는 것 같아."

마을 사람들은 조의 지위와 재산에 대해 좋고 나쁜 감정을 한 광주리 가득 지니고 있었지만 어느 누구도 그에게 도전할 배짱이 없었다. 그가 이 모든 것이었기 때문에 그들은 오히려 그에게 굽실거렸고, 다시 생각해보면 마을 사람들이 굽실거렸기 때문에 그는 이 모든 것이었다.

6

매일 아침 세상은 자신을 활짝 펼쳐서 태양 앞에 마을을 드러
내 보였다. 그러면 재니는 또 하루를 맞았다. 그리고 일요일을 제
외하고 날마다 그 일과에는 상점이 들어 있었다. 물건을 팔 필요만
없다면 그녀에게 상점 자체는 기분 좋은 곳이었다. 사람들이 현관
에 앉아 다른 사람들이 보고 알 수 있도록 생각의 그림들을 돌려
가며 보여줄 때면 좋았다. 생각의 그림들이 항상 삶을 크레용으로
확대해 그린 그림이라는 사실 때문에 듣는 것이 훨씬 좋았다.

매트 보너의 누런 노새를 예로 들어보자. 그들은 주님이 보내주
신 매일매일 그 노새를 화젯거리로 내세웠다. 만약 매트가 그 자리
에 있으면 특히 더 그랬다. 샘과 리지, 월터가 노새 이야기를 주도
했다. 다른 사람들은 기회가 생길 때마다 끼어들었지만 샘과 리지
와 월터는 군 전체를 합쳐놓은 것보다 그 노새에 대해 더 많이 보
고 듣는 것 같았다. 그들에게 필요한 것은 매트의 길고 여윈 형체
가 길을 따라 내려오는 것을 보는 것이었고, 그가 현관에 이를 때
쯤이면 그들은 그를 위해 준비를 마친 후였다.

"어서 와, 매트."

"안녕, 샘."

"바로 지금 와줘서 정말 다행이야, 매트. 나랑 몇 사람이 자넬 찾으러 가려던 참이었어."

"왜, 샘?"

"엄청나게 심각한 문제야, 이보게. 심각해!!"

"정말이야." 리지가 슬픈 표정으로 끼어들곤 했다. "자네의 엄한 응급조치가 필요해. 지체할 시간이 없어."

"그런데 무슨 일인데? 빨리 말해봐."

"여기 상점에서는 말하지 않는 게 좋을 것 같아. 너무 멀어서 아무 소용이 없을 테니까. 우리 모두 사벨리아 호수까지 걸어 내려가는 게 좋을 것 같아."

"뭐가 문젠데, 이봐? 이제는 자네들 모두의 바보 같은 짓거리를 절대 따르지 않을 거야."

"자네의 그 노새 말이야, 매트. 가서 찾아보는 게 좋을 거야. 상태가 안 좋던데."

"뭐가 어떻게 되었는데? 호수로 들어가서 악어한테 잡히기라도 했나요?"

"그것보다 안 좋아. 여자들이 자네 노새를 데려갔거든. 내가 정오 무렵 호숫가를 돌아오는데 우리 마누라랑 다른 여자 몇 명이 노새를 바닥에 납작하게 눕혀놓고 노새 옆구리를 빨래판으로 쓰고 있었어."

그동안 참고 있던 웃음이 터져 나왔다. 샘은 절대 미소를 짓지 않았다.

"맞아, 매트. 노새가 너무 말라서 여자들이 노새 갈비뼈를 빨래 판으로 쓰고 무릎뼈에 빨래를 널어서 말리고 있다니까."

매트는 사람들이 자기를 다시 놀렸다는 것을 깨닫고 그 웃음소 리에 화가 났지만 화가 나면 그는 말을 더듬거렸다.

"자네는 지독한 거짓말쟁이야, 샘. 그리고 양발이 짝짝이인 자 네 말을 어떻게 믿나. 자-아-아-자네를!"

"아, 이봐. 화 내봐야 무슨 소용이 있어? 자네가 노새에게 먹이 를 주지 않는다는 건 자네도 알잖아. 그런데 어떻게 살이 찌겠어?"

"나-아-아는 먹이를 주-우-운-단 말이야! 먹이를 줄 때마 다 옥수수를 한 바가지 가득 주-우-운-다고."

"리지가 그 옥수수 바가지에 대해 다 알고 있어. 자네 헛간 뒤에 숨어서 자네를 봤다고. 그게 옥수수를 퍼 담는 먹이 바가지야? 찻 잔이지."

"정말로 노새한테 먹이를 준다고. 그놈이 성질이 너무 고약해서 살이 안 찌는 거지. 성깔 부리느라고 계속 살도 안 찌고 깡말라 있 다고. 일하는 게 싫어서 말이지.""맞아, 자네가 노새한테 먹이는 게 있긴 하지. '이랴'를 주고 생가죽 채찍으로 양념을 하니까."

"그 고집 센 녀석에게 먹이를 준다고요! 내가 뭘 하건 그놈은 신경도 안 쓴다고. 노새랑 잘 지낼 수가 없어. 쟁기 앞에서 계속 대 들고 심지어는 먹이를 주려고 외양간에 들어가면 귀를 뒤로 젖히 고 나를 발로 차고 물어뜯으려고 한다니까."

"진정해, 매트." 리지가 달랬다. "우리 모두 그놈 성미가 고약하 다는 걸 알고 있어. 그놈이 길에서 로버츠네 애를 쫓아가는 걸 본 적이 있어. 갑자기 바람 방향이 바뀌지 않았다면 그 애가 붙잡혀서 짓밟혀 죽었을 거야. 그 꼬마 애는 스탁스의 양파 밭 울타리를 향해 도망치고 있었고 노새는 그 애 뒤를 바싹 뒤쫓으며 펄쩍펄쩍 뛰면서 점점 더 가까이 다가가고 있었어. 바로 그때 갑자기 바람 방향이 바뀌면서 노새를 반대 방향으로 날려 보내 버렸어. 노새가 너무 형편없이 말랐으니까. 그리고 그 못된 놈이 달려들기 전에 그 꼬마 녀석은 담장을 넘어가버렸지." 현관에 있던 사람들은 웃음을 터뜨렸고 매트는 다시 화를 냈다.

"어쩌면 그 노새 녀석은 누구한테나 달려들 거야." 샘이 말했다. "누가 다가오건 매트 보너가 밥도 굶겨놓고는 일을 시키러 다가오는 소리라고 생각할 테니까."

"아, 아니야. 아, 아니라니까. 당장 그런 말은 관두라고." 월터가 반대했다. "그 노새 녀석은 내가 마크 보너하고 닮았다고 절대 생각하지 않아. 그놈이 그렇게까지 멍청하진 않으니까. 그놈이 멍청하다는 생각이 들었다면 더 잘 알아두라고 사진을 찍어서 보여 줬을 거야. 나는 그놈이 그런 식으로 나한테 대드는 걸 절대 두고 보지 않을 거야."

매트는 무슨 말인가를 하려고 애를 썼지만 혀가 뜻대로 따라주지 않자 불같이 화를 내며 현관에서 풀쩍 뛰어내려서 가버렸다. 그러나 그것 때문에 절대 노새 이야기가 중단되지는 않았다. 그 짐승이 얼마나 말랐고 나이가 얼마나 되었으며 성질은 얼마나 못됐고 최근에는 어떤 사고를 쳤는지 이야깃거리가 더 이어졌다. 모두 노새 이야기에 즐거워했다. 노새는 시장 다음으로 유명 인사였고 더 좋은 이야깃거리였다.

재니는 그 대화를 좋아했고 이따금 노새에 대한 좋은 이야깃거리를 생각해냈지만 조는 그녀에게 그 이야기에 끼지 말라고 시켰다. 그는 그녀가 그런 허접쓰레기 같은 사람들을 따라 이야기하는 것을 원치 않았다. "당신은 스탁스 시장의 부인이오, 재니. 나 참, 당신 같은 능력을 가진 여자가 잠잘 집도 없는 사람들에게서 나오는 그 모든 시답잖은 소리를 왜 마음에 담아두고 싶어 하는지 그 이유를 알 수가 없어. 그건 세상에 쓸모라고는 눈곱만큼도 없어. 그들은 시간의 발가락 주변에서 어정대는 보잘것없는 인간들일 뿐이야."

재니는 그가 직접 노새 이야기를 하진 않지만 앉아서 그 이야기에 웃음을 터뜨리는 것을 보았다. 그는 특유의 헤헤헤 소리를 내며 크게 웃었다. 그러나 리지나 샘, 월터, 혹은 삶을 확대해 그려내는 다른 이야기꾼들이 세상의 일면을 캔버스로 사용하고 있을 때면 조는 그녀를 상점 안으로 서둘러 들여보내서 뭔가를 팔게 했다. 그는 그렇게 하면서 즐거움을 느끼는 것 같았다. 왜 가끔은 그가 들어갈 수 없다는 건가? 어쨌든 그녀는 이미 상점 안이 싫어진 상태였다. 우체국도 마찬가지였다. 사람들은 항상 안 좋은 때에 찾아와서 우편물을 달라고 요구했다. 뭔가를 세거나 장부를 적으려고 하고 있는 딱 그런 때에 말이다. 그러면 그녀는 너무 뒤죽박죽이 되어서 우표를 팔고 거스름돈을 잘못 내주곤 했다. 또한 그녀는 모든 사람의 글씨를 읽을 수가 없었다. 어떤 사람의 글씨체는 너무 괴상했고 그녀가 알고 있던 것과는 다르게 철자를 썼다. 대개는 조가 직접 우편 업무를 맡았지만 그가 출타 중이면 그녀 자신이 그 일을 해야 했고 그것은 항상 엉망으로 끝났다.

상점 자체는 그녀에게 계속 심한 두통을 안겨주었다. 선반에서 물건을 내리거나 통에서 꺼내는 일은 아무 것도 아니었다. 그리고 사람들이 토마토 깡통 한 개나 쌀 1파운드만을 원하는 한 괜찮았다. 그러나 그들이 계속해서 베이컨 1.5파운드와 돼지기름 반 파운드를 원한다면? 그러면 약간의 걷기와 손 뻗기에서 수학적인 딜레마로 모든 것이 변해버렸다. 아니면 1파운드에 37센트 하는 치즈를 누군가 와서 10센트어치 달라고 한다면 어떨까? 그녀는 마음속으로 그런 일들에 대해 수많은 침묵의 반란을 겪었다. 인생과 시간을 이렇게 허비하다니. 그러나 조는 그녀가 원하기만 하면 그런 일을 해낼 수 있으며, 그녀 자신의 특권을 사용하면 좋겠다고 계속 말했다. 그것은 그녀가 맞닥뜨려 부딪히는 바윗덩어리였다.

머리에 두건을 쓰는 일에 대해서 그녀는 계속 질색했다. 그러나 조디는 그것에 대해 단호했다. 상점 안에서는 **절대** 그녀의 머리카락이 보여서는 안 된다는 것이었다. 그것은 도무지 이해할 수 없는 말이었다. 그것은 조가 얼마나 질투심에 사로잡혀 있는지 재니에게 한 번도 대놓고 말한 적이 없었기 때문이었다. 그는 그녀가 상점 안에서 물건들 사이를 돌아다닐 때 다른 남자들이 그녀의 머릿결에 넋을 잃고 있는 모습을 얼마나 자주 목격했는지 그녀에게 한 번도 말하지 않았다. 그리고 어느 날 밤 그는 월터가 재니의 등 뒤에 서서 무슨 짓을 하는지 들키지 않은 채 그녀의 땋은 머리카락 끝부분에 손등을 대고 너무나 가볍게 문지르며 그 촉감을 음미하고 있는 모습을 딱 포착했다. 월터는 조가 상점 뒤편에 있었기 때문에 그를 보지 못했다. 그는 고기 칼을 들고 달려가서 못된 짓을 하는 그 손을 잘라버리고 싶었다. 그날 밤 그는 재니에게 상점에서는 머리를 묶어서 올리고 있으라고 명령했다. 그게 전부였다. 그녀가 상점에 나와 있는 것은 그가 보기 위한 것이지 그런 다른 사람들을 위한 것이 아니었다. 그러나 그는 그런 말을 한 번도 하지 않았다. 그것은 그의 천성에 맞지 않았다. 누런 노새 문제를 예로 들어보자.

어느 늦은 오후에 매트가 고삐를 손에 들고 서쪽에서 왔다. "노새를 찾아다녔어. 누구 본 사람 있어?" 그가 물었다.

"학교 뒤 저 위쪽에서 오늘 아침에 보았는데." 럼이 말했다. "열 시가량 되었을 거야. 그렇게 이른 시각에 저 위에 올라가 있는 걸 보면 밤새 밖에 나와 있었던 게 틀림없어."

"맞아." 매트가 대답했다. "어젯밤에 그 녀석을 봤는데 잡을 수가 있어야지. 내일 쟁기질을 해야 해서 오늘 밤에는 꼭 그놈을 붙잡아 매둬야 해. 톰슨네 과수원에 쟁기질을 해주겠다고 약속을 했거든."

"노새가 그런 몰골로는 그 일을 절대 끝낼 수 없을 것 같은데?" 리지가 물었다.

"아, 저 노새 녀석은 상당히 힘이 세다고. 그저 못되게 굴면서 끌려가고 싶어 하지 않는 것일 뿐이야."

"그게 맞아. 사람들이 그러는데 저 노새가 자네를 이 마을로 데려왔다고 하던군. 자네는 미캐노피*로 향하고 있었는데 저 노새가 더 똑똑해서 자네를 여기로 데려왔다면서?"

"그건 거 – 거 – 거짓말이야! 웨스트플로리다를 떠날 때부터 나

_____

* 플로리다 북부의 도시

는 이 마을을 향해 온 거라고."

"웨스트 플로리다에서 여기까지 줄곧 저 노새를 타고 왔다는 말인가?"

"분명히 그랬대, 리지. 그렇지만 매트는 그럴 작정은 아니었다는군. 그는 저 위쪽에 사는 것에 만족하고 있었는데 노새 놈이 그러질 않았대. 그래서 어느 날 아침 매트가 노새에 안장을 얹었는데 노새 놈이 그를 태우고 여기로 와버렸대. 노새 녀석이 똑똑하니까. 저기 위쪽 사람들은 비스킷 브레드를 일주일에 한 번씩 밖에 안 먹는다잖아."

매트를 놀리는 말 속에는 항상 약간의 진담이 들어 있었기 때문에 그가 성을 내며 자리를 박차고 가버려도 아무도 신경 쓰지 않았다. 그는 베이컨을 조각으로 산다고 알려져 있었다. 그는 옥수수와 밀가루를 작은 봉지로 사서 손에 들고 집으로 들고 갔다. 그는 돈만 들지 않는 한 크게 신경 쓰지 않는 것 같았다.

그가 떠나고 난 후 반 시간가량 지났을 때 숲 가장자리에서 노새가 시끄럽게 우는 소리가 들려왔다. 노새는 상점 옆을 매우 빠르게 지나가고 있었다.

"매트를 위해 노새를 붙잡아주면서 재미도 약간 보자고."

"싫어, 럼. 저 노새가 절대 붙잡히려 하지 않을 거라는 걸 알잖아. 어디 **자네가** 붙잡는지 보자고."

노새가 상점 앞으로 오자 럼이 밖으로 나가서 노새에게 달려들었다. 그 짐승은 머리를 위로 쳐들고 두 귀를 뒤로 젖힌 채 공격자에게 달려들었다. 럼은 안전을 위해 도망쳐야만 했다. 다른 남자들 대여섯 명이 현관을 떠나서 성마른 짐승을 에워싸고 옆구리를 찌르며 부아를 돋우었다. 그러나 노새에게는 체력보다 기백이 더 많이 남아 있었다. 노새는 늙은 몸을 이리저리 움직이려고 애쓰느라 곧 숨을 헐떡이며 신음 소리를 냈다. 모두 노새를 괴롭히는 일을 재미있어 하고 있었다. 재니를 제외한 모두가 그랬다.

그녀는 그 광경에서 고개를 홱 돌리고는 혼자 중얼거리기 시작했다. "저 사람들은 부끄러운 줄 알아야 해! 이렇게 저 불쌍한 짐승을 놀려대다니! 죽을 때까지 일을 시켰잖아. 학대해서 노새의 성질을 망쳐놓고는 이제는 놀려대서 노새를 죽이는 걸로 끝장을 내려고 하잖아. 저 사람들 모두를 내 마음대로 할 수 있다면 좋을 텐데."

그녀는 현관에서 걸어 들어와서 상점 뒤쪽에서 일부러 바쁘게 일할 거리를 찾아냈다. 그래서 조디가 웃음을 멈추는 것을 듣지 못했다. 그가 그녀의 혼잣말을 들었는지 알 수는 없었지만 그가 외치는 소리가 분명히 들려왔다. "럼, 제발, 그걸로 충분해! 자네들 모두 이제는 충분히 재미를 봤잖아. 실없는 짓 그만하고 매트 보너에게 가서 지금 당장 내가 이야기를 나누고 싶어 한다고 전해주게."

재니는 앞으로 돌아와서 앉았다. 그녀는 아무 말도 하지 않았고 조도 마찬가지였다. 그러나 잠시 후 그가 자기 발을 내려다보며 말했다. "재니, 가서 오래된 낡은 검은 장화를 가져다주면 좋을 것 같아. 이 황갈색 구두 때문에 발에 불이 나는 것 같아. 신발이 넉넉한데도 발이 아파."

그녀는 아무 말 없이 일어나서 신발을 가지러 갔다. 무력한 것들을 변호하는 작은 전쟁이 그녀의 마음속에서 벌어지고 있었다. 사람들은 무력한 존재들에 대해 배려하는 마음을 조금은 가져야 한다. 그녀는 그것에 대해 싸우고 싶었다. "그렇지만 나는 싸움과 혼란이 싫어. 그래서 아무 말도 하지 않는 편이 나아. 안 그러면 지내기만 힘들어질 테니까." 그녀는 서둘러 돌아가지 않았다. 그녀는 찡그린 얼굴이 펴질 때까지 충분히 오랫동안 더듬거리며 찾았다. 그녀가 돌아갔을 때 조는 매트와 이야기를 나누고 있었다.

"15달러라고? 빈대처럼 미쳤군. 5달러로 하지."

"타-타-타협을 합시다, 시장 형제. 10달러로 합시다."

"5달러." 조가 입 안에서 담배를 돌려 물며 무심하게 시선을 돌렸다.

"그 노새가 **당신** 시장 형제에게 뭔가 가치가 있다 해도 나한테 더 가치가 있소. 내일 해야 할 일이 있어서 더 특별하다고요."

"5달러요."

"좋소, 시장 형제. 당신이 나처럼 가난한 사람에게서 생계를 꾸려나갈 모든 수단을 강탈하고 싶다면 5달러 받겠소. 저 노새는 나와 이십삼 년을 함께했소. 그건 대단히 힘든 일이오."

스탁스 시장은 돈을 꺼내기 위해 호주머니에 손을 뻗기 전에 일부러 신발을 바꿔 신었다. 그때쯤 매트는 뜨거운 벽돌 위의 암탉처럼 몸을 비비 꼬고 있었다. 그러나 손에 돈을 쥐자마자 그의 얼굴에 웃음이 번졌다.

"저 늙은 걸 팔아치우다니 당신을 이겼소, 스탁스! 저 노새는 이번 주가 지나기도 전에 죽기 십상이오. 절대 그놈을 부려먹지 못하고 말 거요."

"부려먹으려고 노새를 산 게 아니오. 세상에, 나는 저 짐승을 쉬게 해주려고 산 거야. 자네한테는 그렇게 할 상식이 없으니 말이지."

그곳에 경의를 표하는 침묵이 흘렀다. 샘이 조를 보고 말했다.

"그건 짐승에 대한 새로운 생각이오, 스탁스 시장. 그러나 나는 그게 마음에 들어요. 당신이 한 일은 훌륭한 일이오." 모든 사람이 그것에 동의했다.

그들 모두가 의견을 말하는 동안 재니는 가만히 서 있었다. 그것이 모두 끝나자 그녀는 조 앞에 서서 말했다. "조디, 당신이 한 일은 정말로 훌륭한 일이에요. 그런 생각은 아무나 할 수 있는 게 아니에요. 그게 일상적인 생각은 아니니까요. 저 노새를 자유롭게 해줌으로써 당신은 대단한 사람이 된 거예요. 조지 워싱턴과 링컨 같은 대단한 존재 말이에요. 에이브러햄 링컨은 미국 전체를 지배하면서 흑인들을 자유롭게 해줬잖아요. 당신은 한 도시를 가졌고 그래서 노새를 자유롭게 해주는 거예요. 뭔가를 자유롭게 해주려면 권력을 가져야만 하고 그러면 어떤 것에 대해 왕 같은 존재가 되는 거예요."

햄보가 말했다. "당신 부인은 타고난 웅변가요, 스탁스. 예전에는 미처 그걸 몰랐소. 우리의 생각을 정확히 말로 표현해주었소."

조는 시가를 꽉 깨물며 만면에 웃음을 지었지만 아무 말도 하지 않았다. 마을 사람들은 그 일에 대해 사흘 동안 이야기했고 자기들이 조 스탁스처럼 부자였다면 똑같이 했을 것이라고 말했다. 어쨌든 마을을 자유롭게 돌아다니는 노새는 뭔가 새로운 이야깃거리가 되었다. 스탁스는 현관 가까운 커다란 나무 아래 마초를 쌓아두었고 노새는 다른 주민들처럼 항상 상점 주변을 맴돌았다. 거의 모든 사람이 건초를 한 줌씩 가져와서 건초 더미에 던져주는 습관을 갖게 되었다. 노새는 살이 올라 거의 뚱뚱해 보일 정도가 되었고 사람들은 그것을 매우 뿌듯하게 생각했다. 이제는 자유의 몸이 된 노새가 한 일들에 대해 새로운 거짓말들이 속속 만들어졌다. 노새가 린드세이의 부엌문을 밀어제치고 들어가서 그곳에서 하룻밤을 지낸 다음 아침 식사로 그들이 커피를 타줄 때까지 싸움을 했다거나, 피어슨 가족이 식탁에서 밥을 먹고 있을 때 노새가 피어슨 가족의 창문에 고개를 들이밀었고 피어슨 부인은 그를 피어슨 목사로 착각해서 접시를 건넸다는 거짓말, 너무 못생겼다며 노새가 털리 부인을 크로켓 경기장에서 내쫓았다거나 머리에 내리쬐는 햇살을 피하기 위해 메이트랜드로 가던 베키 앤더슨을 쫓아가서 그녀의 양산 밑으로 뛰어들었다는 거짓말, 레드먼드의 장황한 기도가 지겨워져서 침례교 교회 안으로 들어가서 모임을 깨버렸다는 거짓말이 만들어졌다. 고삐에 매어 매트 보너를 찾아가는 것을 제외하고 노새는 온갖 짓을 다 했다.

그러나 얼마 지나지 않아 노새가 죽었다. 커다란 나무 아래에서 네 다리를 허공에 치켜 올린 채 앙상한 등을 바닥에 대고 누워 죽어 있는 것을 럼이 발견했다. 그 모습이 자연스럽고 정상적으로 보이지 않았지만 샘은 만약 노새가 다른 짐승처럼 옆으로 누워서 죽었다면 오히려 더 부자연스러웠을 것이라고 말했다. 보통 사람처럼 노새는 죽음이 오는 것을 보고 자기 자리를 고수하면서 맞서 싸웠다. 그는 마지막 숨을 거둘 때까지 죽음에 맞섰다. 당연히 그에게는 몸을 바로 세울 시간이 없었다. 죽음은 그를 발견했을 때와 같은 모습으로 그를 데려가야만 했다.

그 소식이 전해졌을 때 그것은 전쟁이 끝났다거나 그 비슷한 소식 같았다. 일을 잠시 쉴 수 있었던 사람들은 모두 서서 이야기를 나눴다. 그러나 결국 다른 모든 죽은 짐승들과 마찬가지로 노새를 끌어내는 것 말고는 할 일이 없었다. 마을의 위생 상태를 만족시킬 수 있을 정도로 충분히 멀리 떨어진 언덕 가장자리로 끌고 가는 일밖에 없었다. 나머지는 독수리들에게 맡겨졌다. 모든 사람이 노새를 끌어내는 일에 참여했다. 그 소식 때문에 스탁스 시장은 평소보다 일찍 잠자리에서 일어났다. 재니가 조의 아침을 가지고 상점에 도착했을 때는 그의 잿빛 말 한 쌍이 나무 아래 나와 있었고 남자들이 마구를 만지작거리고 있었다.

"이보게, 럼. 나가기 전에 상점 문을 닫아. 알겠나?" 그는 빠르게 먹으면서 한쪽 눈을 문 밖에서 벌어지고 있는 일에 고정한 채 말했다.

"무엇 때문에 상점 문을 닫으라고 하는 거예요, 조디?" 재니가 놀라서 물었다.

"여기서 상점을 볼 사람이 아무도 없으니까 그렇지. 내가 직접 노새를 끌어내야겠어."

"내가 오늘 해야 할 일은 그렇게 중요한 일이 아니에요, 조디. 노새 끌어내는 일에 나도 함께 가면 안 돼요?"

조가 잠깐 동안 아무 말도 하지 못했다. "아니, 재니! 설마 노새를 끌어내는 곳에 가겠다는 건 아니겠지, 그렇소? 예의라고는 눈곱만큼도 차리지 않는 어중이떠중이들하고 밀고 끌고 하는 일에 말이오? 아니, 안 돼!"

"당신도 거기 함께 갈 거잖아요, 안 그래요?"

"맞아. 그렇지만 내가 시장이라 해도 나는 남자야. 그러나 시장 부인은 달라. 어쨌든 이건 특별한 경우이기 때문에 분명히 사람들이 나한테 죽은 노새에 대해 몇 마디 하라고 시킬 거야. 그러나 **당**

신은 중요하지도 않은 일에 대해 떨어대는 그 온갖 소란에 굳이 나서지 않아도 돼. 당신이 물어봐서 내가 놀랐어."

그는 햄 고기 국물이 묻은 입술을 문질러 닦고는 모자를 썼다.

"당신이 나갈 때 문을 닫도록 해, 재니. 럼은 말들 때문에 무척 바쁘니까."

충고와 명령, 쓸데없는 말들을 큰 소리로 더 주고받은 후 마을 사람들은 시체를 호위해서 떠났다. 아니 시체가 마을 사람들을 끌고 떠났고 재니는 문간에 남아 서 있었다.

늪지에서 그들은 노새에게 거창한 의식을 행했다. 그들은 죽음에서 인간적인 모든 것을 조롱했다. 스탁스는 우리를 떠난 시민, 우리의 가장 훌륭한 시민과 그가 남겨준 슬픔에 대해 거창한 추도사를 시작했고 사람들은 그 연설을 마음에 들어 했다. 그 연설 덕에 학교 교사를 완공했을 때보다 지금의 그가 훌륭해 보였다. 그는 노새의 부푼 배를 연단 삼아 서서 여러 가지 몸짓을 하며 연설했다. 그가 내려오자 그들은 샘을 단상에 올라가게 했고 그는 먼저 학교 선생으로서 노새에 대해 연설했다. 그런 다음 그는 존 피어슨 목사처럼 모자를 쓰고 그의 설교를 흉내냈다. 그는 사랑하는 형제가 이 슬픔의 골짜기를 떠나 찾아간 노새 천국의 기쁨에 대해 연설했다. 노새 천사들이 이리저리 날아다니고, 푸르른 옥수수 밭과 시원한 물길이 몇 마일에 걸쳐 펼쳐져 있으며, 왕겨 목초지에는 당밀 강이 흐르고 있고, 무엇보다도 가장 영광스러운 점은 쟁기 줄과 고삐를 들고 들어와서 더럽힐 매트 보너가 없다는 것에 대해 연설했다. 그곳에서는 노새 천사들이 사람들을 타고 다닐 것이며 우리 곁을 떠난 친애하는 형제는 빛나는 보좌 옆자리에 앉아 지옥을 내려다보면서 악마가 지옥처럼 뜨거운 햇볕 속에서 매트 보너에게 쟁기질을 시키며 그의 등을 생가죽 채찍으로 때리는 것을 바라볼 것이다.

그 말에 여자들은 즐거운 척하며 소리를 질러댔고 남편들이 나서서 그들을 제지해야 했다. 모두 최고로 즐거운 시간을 보낸 다음 마침내 노새는 이미 조바심을 내고 있던 독수리들에게 맡겨졌다. 독수리들은 애도하는 사람들의 머리 위로 날면서 크게 무리를 지어 날고 있었고 가까운 곳에 있는 몇몇 나무들은 이미 덤벼들 자세로 몸을 웅크린 형체들이 차지하고 있었다.

사람들 무리가 시야에서 사라지자마자 독수리들은 원을 그리며 좁혀왔다. 가까이 있던 것들은 더 가까이 다가왔고 멀리 있던 것들은 가까이 왔다. 그들은 원을 그리며 돌고, 급강하하고, 날개를 활짝 펼치고 뛰어올랐다. 점점 더 좁혀 들어오다가 마침내 배가 더 고프거나 용감한 일부 독수리들이 시체 위에 올라앉았다. 그들은 시작하고 싶었지만 아직 목사가 도착하지 않았기 때문에 나무 위에 앉아 있는 우두머리에게 사자를 보냈다.

백발의 지도자를 기다려야 했지만 무리에게는 그것이 힘든 일이었다. 그들은 배고픔에 짜증이 나서 서로 몸을 부딪치고 머리를 쪼아댔다. 어떤 독수리들은 죽은 짐승의 머리에서 꼬리까지 몸 위를 오르락내리락 걸어다녔다. 목사는 2마일 떨어진 죽은 소나무에 꼼짝도 하지 않고 앉아 있었다. 그는 나머지 무리의 어느 누구 못지않게 재빨리 상황을 감지했지만 예법에 따라 통지를 받을 때까지 안중에 없다는 듯이 앉아 있어야 했다. 그런 다음 그가 육중하게 날아올라 빙글빙글 원을 그리며 내려가면 마침내 다른 독수리들은 가까이 다가오는 그를 보며 기쁨과 허기에 차서 춤을 췄다.

마침내 그는 땅 위에 가볍게 내려앉아서 시체 주변을 걸어다니며 정말로 죽었는지 살펴보았다. 그는 시체의 코와 입 속을 들여다보았다. 머리끝에서 발끝까지 시체를 잘 검사한 다음 그는 시체에 펄쩍 뛰어올라 고개를 숙여 인사를 했고 다른 독수리들은 춤으로 응답했다. 그것이 끝나자 그는 몸을 바로잡고 물었다.

"이자는 무엇 때문에 죽었습니까?"

무리가 대답했다. "순전히, 순전히 비만 때문에 죽었습니다."

"이자는 무엇 때문에 죽었습니까?"

"순전히, 순전히 비만 때문에 죽었습니다."

"이자는 무엇 때문에 죽었습니까?"

"순전히, 순전히 비만 때문에 죽었습니다."

"누가 그의 장례식을 치를 것입니까?"

"우립니다!"

"자, 그럼 지금부터 시작합시다."

그렇게 그는 의례에 따라 두 눈을 파냈고 축제는 계속되었다. 사람들이 현관에 모여 그에 대해 이야기를 나누거나 아이들이 모험심에서 하얗게 변해가는 그의 뼈를 이따금씩 찾아가는 것을 제외하고 누런 노새는 마을에서 사라졌다.

*

조는 즐겁고 유쾌한 기분으로 상점에 돌아왔지만 재니가 그것을 눈치채지 않길 바랐다. 그녀가 부루퉁해 있는 것을 보았고 그런 모습이 싫었기 때문이었다. 그가 생각하기에 그녀에게는 그렇게 부루퉁해 있을 권리가 없었다. 그녀는 그의 노고를 감사하게 여기지도 않았지만 사실 그녀에게는 감사해야 할 이유가 많았다. 이곳에서 그는 그녀의 온몸에 명예를 쏟아부어주고 있었다. 높은 자리에 앉아서 세상을 내려다볼 수 있게 만들어주었는데도 그녀는 지금 오히려 그것 때문에 부루퉁해 있었다! 그가 다른 어떤 사람을 원한 것은 아니었지만 그녀의 자리를 차지하고 싶어 할 여자들이 수두룩할 것이다. 이럴 때는 그녀의 턱을 한 대 갈겨야 하는데! 그러나 그는 오늘은 싸우고 싶지 않아서 그녀의 태도에 대해 간접적으로 공격을 가했다.

"오늘 아침 저기 숲으로 나간 사람들을 보고 웃어야만 했어, 재니. 그들의 장난에 웃지 않을 수가 없었지. 그런데 동시에 우리 마을 사람들에게 사업적인 재능이 더 많아서 그렇게 많은 시간을 실없는 짓에 쓰지 않으면 좋겠어."

"모든 사람이 당신 같을 수는 없어요, 조디. 누군가는 웃고 놀고 싶어 하게 되어 있어요."

"웃고 노는 걸 좋아하지 않는 사람이 누가 있어?"

"당신은 그러지 않는 척하잖아요, 어쨌든."

"나 원 참, 나는 그 따위 거짓말을 하진 않아! 그러나 모든 일에는 때가 있어. 그런데도 너무나 많은 사람이 그저 배나 채우고 드러누워 잠잘 곳이나 바라는 걸 보면 한심하기 짝이 없어. 그것 때문에 때로는 슬프기도 하지만 한편으로는 화가 나. 웃다가 숨이 넘어갈 정도로 웃기는 말을 가끔 하기도 하지만 그 사람들 기 좀 죽으라고 앞으로는 절대 웃지 않을 거야." 재니는 소란을 피하는 쉬운 방법을 택했다. 그녀는 생각이 바뀌진 않았지만 입으로는 그의 말에 동의했다. 그녀의 마음은 말했다. "그렇다 해도 당신이 그것에 대해 고함을 지를 필요는 없잖아요."

그러나 샘 왓슨과 리지 모스가 끊임없이 논쟁을 벌여서 조에게 폭소를 끌어내는 경우가 간혹 있었다. 그들의 싸움은 도달할 끝이 없었기 때문에 절대 끝나지 않았다. 그것은 과장하기 대결일 뿐 달리 다른 이유가 있어서 계속된 것이 아니었다.

가령 리지가 걸어오고 있을 때 샘이 현관에 앉아 있었을 것이다. 그곳에 이야깃감이 될 만한 사람이 없으면 아무 일도 일어나지 않았다. 그러나 마을 사람들이 토요일 밤 같은 때 그곳에 나와 있으면 리지가 매우 침통한 표정을 짓곤 했다. 생각에 너무 골몰해 있느라 하루 중 그 시간도 그냥 보낼 수가 없다는 것이었다. 그러다 누군가 그에게 무슨 일이냐고 물어서 말을 시키면 그는 말하곤 했다. "이 문제가 나를 거의 미치게 한다네. 그리고 샘, 여러 가지 일들에 대해 매우 많이 알고 있으니까 내가 그 문제에 대해 자네한테 문의를 좀 하겠네."

월터 토마스가 나서서 그 문제를 부추기곤 했다. "그래, 샘은 항상 주체할 수 없을 정도로 많은 걸 알고 있지. 자네가 뭘 알고 싶건 그가 알려줄 걸세."

샘은 싸움을 피하기 위해 정교한 연극을 시작한다. 그러면 현관에 있던 모든 사람이 그 연극 속으로 끌려 들어온다.

"어떻게 자네가 나한테 물어볼 생각을 하는 거지? 하느님이 모퉁이에서 자네를 만나 속마음을 털어놓으신다고 자네가 항상 주장하곤 했잖아. **나한테** 뭘 물어봐도 소용없네. 내가 **자네한테** 질문을 할 테니까."

"내가 바로 이 대화를 시작한 사람인데 어떻게 그렇게 할 건가, 샘? 내가 **자네한테** 질문을 할 거야."

"나한테 뭘 질문하겠다는 건가? 자네는 아직 나한테 주제가 뭔지도 말해주지 않았네."

"자네한테 말해줄 생각이 전혀 없어! 계속 자네가 모르는 상태에 있도록 내버려둘 작정이야. 자네가 똑똑한 체하는 것만큼 정말로 똑똑하다면 알아낼 수 있을 거야."

"그게 뭔지 나한테 알려주는 게 두려운가 보군. 내가 그것을 난도질할 걸 자네가 아니까 말이야. 이야기할 주제가 없으면 이야기를 할 수 없는 법이지. 경계가 없는 사람은 어디서 멈춰야 하는지 모른다고."

이때쯤이면 그들이 세상의 중심이 된다.

"그렇다면 좋아. 내가 무슨 말을 하고 있는지 알아낼 만큼 자네가 충분히 똑똑하지 않다는 걸 자네 입으로 시인했으니까 내가 말해주겠네. 사람이 빨갛게 달아오른 난로에 데지 않는 것은 무엇 때문인가? 조심성 때문일까 아니면 본성 때문일까?"

"빌어먹을! 나는 나한테 물어볼 게 어려운 건줄 알았지. 그건 월터라도 답을 알려줄 수 있을 거야."

"대화가 자네한테 너무 어렵다면 그냥 나한테 그렇다고 말하고 입 닥치고 있는 게 어떻겠나? 그런 문제라면 월터는 나한테 아무 도움도 줄 수가 없어. 나는 배운 사람이니까 내 손으로 해결하려고 해. 그리고 내가 밤새 고민한 문제라면 절대 월터가 나한테 도움을 줄 수 없어. 나한테는 자네 같은 사람이 필요하네."

"그렇다면, 리지, 내가 알려주겠네. 나는 이 대화를 큰 문제부터 아주 작은 문제에 이르기까지 다 살펴볼 거야. 벌겋게 타오르는 난로에 가까이 다가가지 못하게 막아주는 것은 바로 본성이야."

"저런! 나는 자네가 그 구멍 속으로 기어들어 올 줄 알았어! 그렇지만 내가 연기를 피워서 자네를 확 내쫓을 거야. 그건 절대 본성이 아니라 조심성이네, 샘."

"절대 그런 게 아니야! 본성이 우리에게 벌겋게 타오른 난로로 바보짓하지 말라고 알려주고 우리 역시 그렇게 하지 않는 거야."

"들어봐, 샘. 그것이 본성이라면 아기들이 난로를 만지는지 어느 누구도 조심할 필요가 없게 될 거야. 그렇지 않나? 아기들이 본능적으로 난로를 만지지 않을 것이니까. 그러나 아기들은 분명히 만지려고 하지, 그러니까 답은 조심성이네."

"아니, 그렇지 않네. 그건 본성 때문이야. 본성이 조심성을 만드니까 말이네. 그것은 하느님이 창조하신 것들 중에서 가장 강한 것이지. 사실 그것이야말로 하느님이 만드신 유일한 것이야. 하느님은 본성을 만드셨고 본성이 다른 모든 것을 만들었네."

"아니, 본성이 다른 모든 걸 만들진 않았어. 엄청나게 많은 것들이 아직 만들어지지 않았네."

"자네가 알고 있는 것 중에서 아직 만들어지지 않은 그런 본성에 대해 나한테 좀 말해주게."

"주인 말 안 듣는 고집 센 암소는 사람들이 올라타서 고삐를 잡을 수 있게 만들어지지 않았어."

"맞아, 그래도 그것이 자네 요점은 아니네."

"맞아, 그것도 요점이야."

"아니, 그렇지 않네."

"그렇다면 무엇이 내 요점이란 말인가?"

"지금까지는 아무 요점도 없었어."

"아니, 그에게도 역시 요점이 있었지." 월터가 끼어들었다. "벌겋게 타오르는 난로가 그의 요점이네."

"샘은 아는 건 엄청나게 많은데 아직 그것을 증명하지 못했어."

"샘, 나는 본성이 아니라 조심성 때문에 사람들이 벌겋게 타오르는 난로에 다가가지 않는 거라고 말하는 거야."

"어떻게 아들이 아버지보다 앞서 존재한다는 건가? 본성이 모든 것의 처음이네. 본성이 존재한 이후 본성 때문에 사람들이 벌겋게 타오르는 난로에 가까이 다가가지 않는 거야. 자네가 말하고 있는 조심성이란 사기꾼일 뿐이야. 조심성은 가진 것 중에서 제대로 자기 것이라 할 게 아무것도 없는 벌레 같은 거야. 눈은 다른 것과 비슷하고 날개도 다른 것과 비슷하지……. 모든 게 다 그래! 흠흠 하며 주저하는 소리조차도 다른 사람의 소리라니까."

"이봐, 무슨 소리를 하는 거야? 조심성이야말로 세상에서 제일 훌륭한 거야. 조심성이 없다면……."

"조심성이 만들어낸 것이 있으면 어디 한 번 나한테 보여주게! 본성이 시작해서 한 걸 보게. 본성이 검은 암탉 속에 그렇게 가득 들어 있기 때문에 암탉은 하얀 알을 낳아야 한다네. 자, 이제는 왜, 무엇이 남자에게 자리 잡고 있어서 입 주변에도 털이 나는지 자네가 나한테 말해보게. 본성이네!"

"그건 아니지……."

현관은 이제 들끓고 있었다. 스탁스는 상점을 사환인 헤제키아

포츠에게 맡겨두고 와서 높은 자기 의자에 자리를 잡았다.

"홀 주유소 위에 있는 저 커다란 늙은 악당 짐승*을 보게……
커다란 늙은 악당 말이야. 그놈은 집에서 나오는 사람들을 모두 잡
아먹고 집도 먹어 치우네."

"집을 먹어 치우는 그런 짐승은 없어! 그건 거짓말이야. 어제
거기 갔는데 그런 건 보지도 못했어. 그놈이 어디 있는데?"

"나도 그놈을 보지 못했지만 뒷마당 어디엔가 있는 것 같아. 그
러나 사람들이 그곳 앞에다 그놈 그림을 세워뒀어. 오늘 저녁 내가
그곳을 지나오는데 사람들이 그걸 높이 박아 걸고 있더라고."

"그래, 됐다 치고 만약 집도 먹어 치운다면 왜 그놈이 주유소는
먹어치우지 않는 거지?"

"그건 그러지 못하게 사람들이 그놈을 묶어놓았으니까. 그놈이
한 번에 몇 통이나 되는 싱클레어 고압축 석유를 들이마시고, 백만
살도 더 먹었다는 걸 알려주는 무지 큰 그림이 있잖아."

"백만 살을 먹도록 사는 건 **어디에도** 없어!"

"누구나 볼 수 있도록 그곳에 그림이 떡 하니 걸려 있다니까. 직
접 보지 않고서 그 그림을 그릴 수는 없는 거잖아. 안 그런가?"

"그놈이 백만 살이라는 걸 어떻게 알 수 있는데? 그렇게 오래전
에 태어난 사람은 아무도 없어."

"그놈 꼬리에 난 나이테로 알 수 있을 거야. 어쨌든 이 백인들은

---

* 싱클레어 석유 회사 광고판에 그려진 거대한 공룡 그림을 언급한 것이다. 공룡은
싱클레어 사의 로고로 주유소마다 눈에 잘 띄는 곳에 설치되었다. 사람들은 그것
이 공룡이라는 것을 모르는 것 같다.

자기네가 알고 싶어 하는 것은 뭐든지 알아낼 방법을 찾아내니까."

"그렇다면 그놈은 줄곧 어디에 있었는데?"

"사람들이 그놈을 저기 이집트에서 붙잡았대. 거기서 어슬렁거리면서 파라오의 묘비를 먹어 치우곤 했나 봐. 그러는 걸 그려놓은 그림이 있대. 본성은 그렇게 짐승 속에 가득 들어 있어. 본성과 소금 같은 기지. 그것이 바로 정복자 빅 존* 같은 강한 사람을 만들어내는 거야. 그는 소금 같은 기지를 지닌 남자였네. 그는 **모든 것**에 풍미를 가할 수 있었어."

"맞아, 그러나 그는 인간 이상인 남자였어. 그 같은 사람은 더이상 없네. 그는 감자를 캐지도 않으려 했고 건초를 긁어모으려 하지도 않았지. 채찍질을 당하려 하지도 않았고 도망치려고도 하지 않았어."

"아니, 그렇지 않아. 다른 누구라도 열심히 노력하면 그렇게 될 수 있어. 나 자신만 해도 **내** 안에 소금 같은 기지를 가지고 있지. 내가 만약 사람 고기를 좋아한다면 나는 날마다 누군가를 잡아먹을 수 있어. 어떤 사람들은 너무 쓸모가 없는 사람들이라 기꺼이 나한테 잡아먹힐 거야."

"이런, 나는 빅 존에 대해 이야기하는 게 너무 좋아. 올드 존에 대한 이야기를 더 해보자고."

그러나 이때 부치와 테디, 빅 우먼이 예쁜 척하는 걸음걸이로

---

* 아프리카의 왕자로 아메리카 대륙에 노예로 끌려왔지만 그의 기백은 조금도 꺾이지 않았다. 백인 주인들을 따돌리기 위해 그가 부린 여러 가지 속임수 때문에 흑인 민담에서 일종의 책략가로 남아 있는 인물이다.

길을 따라 내려오고 있었다. 그들은 봄날의 겨자채처럼 신선하고 상큼한 맛을 온몸으로 풍기고 있었고 현관 위의 젊은 남자들은 그들에게 그것에 대해 말해주고 뭔가를 대접해주고자 했다.

"지금 내가 주문받을 손님들이 납시는군." 찰리 존스가 이렇게 선언하고는 그들을 맞으러 서둘러 현관을 떠났다. 그러나 그에게는 경쟁자가 많았다. 서로 밀고 제치면서 친절함을 베풀려는 온갖 촌극이 벌어졌다. 그들 모두 아가씨들에게 자신들이 생각해낼 수 있는 모든 것을 대접해주겠다고 애걸했다. 그들은 제발 자신들에게 돈을 내게 해달라고 애걸했다. 조에게는 상점 안에 있는 사탕을 모조리 포장해주고 더 많은 주문을 해달라고 청했다. 땅콩과 소다수를 전부 싸달라는 청도 했다…… 모조리!

"아가씨, 나는 당신한테 홀딱 반했어요." 찰리가 모두를 즐겁게 해주면서 말을 이어나갔다. "당신을 위해 일하는 것과 당신에게 내돈을 주는 것만 제외하고는 세상의 무슨 일이나 하겠소."

아가씨들과 다른 모든 사람들은 웃지 않을 수가 없다. 그들은 그것이 진짜 구애가 아니라는 것을 알고 있었다. 그것은 구애를 하는 척 연기하는 것일 뿐이었고 모든 사람이 그 연극에 가담했다. 세 아가씨들은 데이지 블런트가 달빛을 받으며 길을 따라 걸어 내려올 때까지 무대의 중심을 차지했다.

데이지는 독주 고수(鼓手)처럼 정확하고 절도 있게 걸어오고 있었다. 그녀가 걷는 모습만 봐도 북소리가 들리는 것 같았다. 그녀는 흑인이지만 흰옷이 자기에게 잘 어울린다는 것을 알고 있었기 때문에 멋을 부릴 때는 흰옷을 입었다. 그녀의 커다란 검은 눈동자는 반짝이는 큰 흰자위 때문에 갓 주조된 동전처럼 반짝였고, 하느님이 여자들에게 속눈썹을 주신 뜻도 잘 알고 있었다. 그녀의 머릿결은 곧다고 할 수 없는 흑인 머릿결이었지만 약간 흰빛을 띠고 있었다. 마치 햄을 묶는 끈 조각 같았다. 끈은 절대 햄이 될 수 없지만 계속 햄을 두르고 있다 보니 그 향이 배어 있었다. 어깨 위로 풍성하게 풀어내린 그녀의 머리는 커다란 흰 모자 아래서 아주 곧아 보였다.

"저런, 저런, 저런." 아까 나섰던 찰리 존스가 데이지에게 달려가며 외쳤다. "성 베드로가 자기 천사들을 이렇게 내보낸 걸 보면 천국이 휴식 시간인 게 확실하오. 당신 주변에는 벌써 죽음의 문턱에서 누워 있는 남자들이 셋이나 있고 기꺼이 당신의 추종자 무리에 서둘러 끼고 싶어 하는 바보 하나도 여기 있소."

이때쯤에는 나머지 총각들 모두가 데이지 주변으로 몰려들었다. 그녀는 으스대면서 동시에 부끄러워했다.

"나 때문에 죽으려고 하는 사람을 혹시나 여러분이 알고 있다면 여러분이 나보다 더 잘 아는 거네요." 데이지가 콧방귀를 뀌며 말했다. "그게 누구인지 좀 알면 좋겠어요."

"자, 데이지. 당신 때문에 짐이랑 데이브랑 럼이 서로 죽이려고 하는 건 **당신이** 알고 있을 거요. 여기 서서 그건 몰랐다고 말하진 말아요."

"그게 사실이라면 그 사람들 입이 정말 무겁네요. 나한테 그런 말을 한 적이 없거든요."

"어허, 성미가 급하군요. 자, 짐과 데이브는 현관에 있고 럼은 상점 안에 있어요."

불편해하는 데이지의 모습에 폭소가 터져 나왔다. 이제는 총각들이 서로 경쟁하는 것처럼 연기를 벌여야 했다. 단지 이번 경우에는 그것이 어느 정도 진심이라는 것을 모두가 알고 있었다. 그러나 여전히 현관에 있던 사람들은 이 연극을 즐겼고 보조 역할이 필요할 때마다 거들었다.

데이빗이 말했다. "짐은 데이지를 사랑하지 않아요. 그는 나만큼 당신을 사랑하지 않아요."

짐이 분개해서 으르렁댔다. "누가 데이지를 사랑하지 않다는 거야? 지금 내 얘기를 하고 있는 건 아니겠지?"

데이브가 말했다. "아, 좋아. 그럼 당장 그걸 증명해 보이세. 누가 이 아가씨를 더 사랑하는지 말이야. 자네는 데이지를 위해 얼마나 기다릴 수 있나?"

짐이 말했다. "이십 년!"

데이브가 말했다. "들었죠? 저 흑인은 당신을 사랑하지 않는다고 내가 말했죠? 나로 말하자면 죽을 때까지 당신을 기다리지 않는다면 하느님께 날 목매달아 달라고 간청하겠소."

현관에서 오랫동안 큰 웃음이 터져 나왔다. 이제는 짐이 데이브에게 시험을 요구해야만 했다.

"데이브, 데이지가 자네와 결혼하는 어리석음을 범한다면 자네는 그녀를 위해 무슨 일을 해줄 건가?"

"그 문제에 대해서는 데이지랑 이미 이야기를 해보았는데 자네가 꼭 알아야겠다면 알려주지. 나는 데이지에게 여객 열차를 사줄 거야."

"홍, 그게 전부인가? 나는 증기선을 사주고 그녀를 위해 배를 운행할 선원들을 고용해줄 거야."

"데이지, 짐의 말에 속지 말아요. 그는 당신을 위해 아무것도 하지 않을 작정인 거요. 진짜로 낡은 증기선이겠지! 데이지, 나는 당신이 원한다고 말만 하면 언제든지 당신을 위해서 대서양을 휩쓸고 다니는 일을 하겠소." 큰 웃음이 터져 나왔고 사람들은 다음 말을 듣기 위해 숨을 죽였다.

"데이지." 짐이 말을 시작했다. "당신은 내 마음과 내 모든 생각을 알고 있어요. 그리고 내가 하늘 높이 비행기를 타고 아래를 내려다보다 당신을 발견하고 당신이 집까지 10마일이나 걸어가야 한다는 걸 알게 되면 나는 비행기에서 내려서 당신과 함께 걸을 거요."

다시 박장대소가 터져 나왔고 재니도 함께 웃음을 터뜨렸다. 그러나 조디는 그녀에게 그 모든 것을 망쳐놓았다.

보글 부인이 현관을 향해 길을 따라 걸어 내려왔다. 보글 부인은 할머니의 몇 배나 되는 나이였지만 그녀의 푹 꺼진 뺨에는 교태를 부리며 얼굴을 붉히는 분위기가 감돌고 있었다. 그녀가 걸을 때면 그녀의 얼굴 앞에 펄럭이는 부채가 보였고 달빛 어린 목련꽃과 고요한 호수가 보였다. 왜 그런지 명확한 이유는 없었지만 그냥 그랬다. 그녀의 첫 남편은 마부였지만 그녀를 얻기 위해 '법을 공부했다'. 결국 그는 전도사가 되어서 죽을 때까지 그녀를 붙잡아두었다. 그녀의 두 번째 남편은 폰즈 오렌지 농장에서 일했지만 그가 그녀의 눈에 띄었을 때는 전도사가 되려고 애를 썼다. 그는 결코 반장 이상은 되지 못했지만 그것은 그녀에게 내놓을 수 있는 특별한 것이었다. 그것은 그의 사랑과 자부심을 증명했다. 그녀는 바다에 부는 바람이었다. 그녀는 남자들을 움직였지만 항구를 결정하는 것은 키였다. 지금 이 밤에 그녀가 계단을 올라왔고 남자들은 그녀가 문 안으로 들어갈 때까지 그녀를 지켜보았다.

"나 참, 재니." 스탁스가 성마르게 말했다. "가서 보글 부인 주문을 받아. 뭘 꾸물거리고 있는 거야?"

재니는 연극의 나머지와 결말을 듣고 싶었지만 시무룩하게 일어서서 안으로 들어갔다. 그녀는 온몸을 짜증으로 곤두세우고 얼굴 가득 불만스러운 표정을 지은 채 현관으로 돌아왔다. 그것을 본 조도 신경질이 조금 났다.

짐 웨스턴은 몰래 10센트를 빌린 다음 곧 큰 소리로 데이지에게 자기가 한 턱 내겠다고 간청하고 있었다. 마침내 그녀는 그에게 족발을 얻어먹겠다고 동의했다. 그들이 들어왔을 때 재니는 큰 주문을 받고 있었기 때문에 럼이 그들을 상대했다. 즉 그가 작은 통이 있는 뒤편으로 갔지만 돼지 족발 없이 되돌아왔다.

"스탁스 부인, 족발이 하나도 없어요!" 그가 소리를 질렀다.

"그럴 리가 없는 걸 내가 아는데, 럼. 지난번에 잭슨빌에서 주문할 때 새 족발을 한 통 샀어요. 그게 어제 들어왔는데."

조가 와서 럼을 도와 찾아보았지만 새 통도 찾을 수가 없자 서류를 꽂아두는 책상 위 못으로 가서 주문을 찾았다.

"재니, 그 마지막 주문서를 어디에 뒀지?"

"바로 거기 못에 꽂아두었어요. 없어요?"

"아니, 없어. 당신은 내가 꽂아두라고 한 곳에다 꽂아두질 않아. 밖에서 벌어지는 일에 신경 쓰지 않고 당신 일에만 전념한다면 일을 똑바로 할 수도 있을 텐데."

"아이 참, 그 근처를 찾아 봐요, 조디. 그 계산서에 발이 달려 어디로 가진 않았을 거예요. 거기 못에 꽂혀 있지 않으면 당신 책상 위에 있겠죠. 잘 찾아보면 나올 거예요."

"당신이 여기 있으면 내가 둘러보고 찾아보고 할 필요가 없어야 하는 거잖아. 서류는 전부 저 못에 꽂아두라고 당신한테 골백번도 말했을 텐데. 왜 내가 시킨 대로 하질 않는 거야?"

"당신은 정말로 나한테 뭘 해야 할지 명령하는 걸 좋아해요. 그런데도 나는 당신한테 내가 본 것을 전혀 말할 수가 없고요!"

"그건 당신한테는 명령할 필요가 있기 때문이야." 그가 몹시 성을 내며 대꾸했다. "내가 그러지 않으면 한심한 일이 벌어질 거야. 여자들과 아이들, 닭과 암소들에게는 대신 생각해 줄 사람이 있어야 해. 그럼, 분명히 그것들은 스스로 생각할 줄을 몰라."

"나도 아는 게 있고 여자들도 때로는 생각을 한다고요!"

"그렇지 않아. 자기들이 생각하고 있다고 착각할 뿐이지. 나는 하나를 보면 열을 알아. 당신은 열을 보고 하나도 이해하지 못하고."

그런 때와 장면들을 겪으면서 재니는 결혼 생활의 내적인 상태에 대해 생각해보게 되었다. 그녀가 있는 힘을 다해 혀로 맞서 싸우는 때도 있었지만 그것은 그녀에게 아무런 득이 되지 못했다. 오히려 그 때문에 조가 더 많은 것을 하게 되었을 뿐이었다. 그는 그녀의 복종을 원했고 그것을 얻었다고 느껴질 때까지 계속해서 싸웠다.

그래서 점차 그녀는 이를 악물고 아무 말도 하지 않는 법을 배웠다. 결혼의 정령은 침실을 떠나 거실에서 살기 시작했다. 그것은 손님들이 찾아올 때마다 그곳에서 악수를 했지만 다시는 침실 안으로 되돌아가지 않았다. 그래서 그녀는 교회 안의 성모 마리아 상처럼 그 정령을 나타내는 것을 침실에 놓아두었다. 침대는 이제 그녀와 조가 노는 데이지 꽃밭이 아니었다. 그것은 그녀가 졸리고 피곤할 때 들어가서 눕는 곳이었다.

그와 함께 있을 때 그녀에게 더는 꽃잎이 열리지 않았다. 그것을 깨달았을 때 그녀는 스물네 살이었고 결혼한 지 칠 년이 되었다. 어느 날 부엌에서 조에게 뺨을 맞았을 때 그녀는 그것을 깨달았다. 모든 여자들을 가끔 고생시키는 그런 저녁 식사 문제가 발단이었다. 여자들은 계획을 짜고 음식을 준비하고 만든다. 그러면 부엌에 사는 마귀가 바싹 탔거나 설구워지거나 맛없는 형편없는 음식을 냄비와 팬 속에 밀어 넣는다. 재니는 요리를 잘했고 조는 다른 일에서 벗어날 수 있는 안식처로서 저녁 식사를 고대했다. 그래서 빵이 부풀어 오르지 않고 생선 뼈 부분이 제대로 익지 않고 밥이 탔을 때 그는 고막에서 울리는 소리가 날 때까지 그녀의 따귀를 때리고 그녀의 머리에 대해 잔소리를 한 다음 상점으로 성큼성큼 걸어가버렸다.

재니는 그가 가버리고 난 자리에 서서 시간이 얼마나 지나는지 모르는 채 생각에 잠겼다. 그녀는 마음속 선반에서 무엇인가가 떨어질 때까지 그곳에 서 있었다. 그러자 그녀는 그것이 무엇인지 보러 안으로 들어갔다. 그것은 조디에 대해 그녀가 지니고 있던 이미지가 굴러떨어져서 산산조각 난 것이었다. 그러나 그것을 보면서 그녀는 그것이 자신의 꿈을 생생하게 구현해준 형체가 결코 아니라는 사실을 깨달았다. 그것은 그녀가 자신의 꿈에 드리우기 위해 움켜쥐고 있었던 어떤 것일 뿐이었다. 그래서 그녀는 그 이미지가 놓여 있던 곳에 등을 돌리고 더 먼 곳을 바라보았다. 그녀에게는 자기 남자 위에 꽃가루를 뿌려주기 위해 활짝 열린 꽃잎들이 더는 존재하지 않았고 예전에 꽃잎들이 피었던 곳에는 눈부신 어린 열매도 맺혀 있지 않았다. 그녀는 그에게 한 번도 표현한 적이 없었던 수많은 생각과 알리지 않았던 무수한 감정들이 자신에게 있는 것을 발견했다. 꽁꽁 싸매서 그가 절대 찾을 수 없는 그녀의 마음속 여러 곳에 따로 쌓아놓은 것들. 그녀는 한 번도 만난 적이 없는 어떤 남자를 위해 감정들을 간직해두고 있었다. 그녀는 이제 내면과 외면을 갖게 되었고 그것들이 섞이지 않게 하는 방법을 불현듯 깨달았다.

그녀는 목욕을 한 다음 깨끗한 옷을 입고 머리 수건을 쓰고서 조디가 사람을 보내기 전에 상점으로 갔다. 그것은 사물의 외면에 대한 복종이었다.

조디는 현관에 있었고 현관은 하루 중 그맘때쯤 평소와 마찬가지로 이튼빌 사람들로 가득 차 있었다. 그녀가 상점에 도착할 때 항상 그랬던 것처럼 그는 토니 로빈스 부인과 지분거리고 있었다. 재니는 조디가 로빈스 부인과 설렁설렁 농담을 주고받으며 자기를 힐끔거리며 보는 것을 볼 수 있었다. 그는 그녀와 화해하고 싶어 했다. 그의 매우 요란한 웃음소리는 지분거림을 위한 것만큼 그녀를 위한 것이기도 했다. 그는 화해를 원하고 있었지만 자기 방식으로 화해를 원했다.

"저런, 로빈스 부인. 내가 신문을 읽고 있는 걸 보면서 왜 여기로 와서 날 귀찮게 하는 겁니까?" 스탁스 시장은 짜증난 체하면서 신문을 내려놓았다.

로빈스 부인은 불쌍한 표정을 짓고 목소리를 냈다.

"배가 고파서 그러는 거예요, 스탁스 씨. 정말이에요. 저와 우리 애들이 배가 고파요. 토니가 나한테 바-압을 안 줘요!"

이것은 현관에 있던 사람들이 기다리고 있던 말이었다. 그들이 웃음을 터뜨렸다.

"로빈스 부인, 토니가 토요일마다 여기 와서 사내 대장부처럼 식료품을 사 가는데 어떻게 배가 고픈 척합니까? 삼 주 동안 부끄러운 줄 아세요!"

"당신이 말하는 그 모든 것을 정말로 그이가 사 간다면요, 스탁스 씨. 도대체 그걸 어떻게 하는지 하느님만 아실 거예요, 스탁스 씨. 집에는 그걸 가져오지 않아서 저와 애들이 쫄쫄 굶고 있어요! 스탁스 씨, 제발 저와 우리 애들을 위해서 고기 한 조각만 주세요."

"당신한테 그게 필요하지 않은 줄은 알지만 안으로 들어와요. 그걸 주기 전까지는 신문을 읽게 날 가만히 내버려두지 않을 테니까요."

토니 부인의 기쁨은 대단했다. "고마워요, 스탁스 씨. 당신은 훌륭해요! 당신은 내가 지금까지 본 남자 중에서 가장 신사다워요! 당신은 왕이에요!"

베이컨 상자는 상점 뒤편에 있었고 걸어가는 동안 토니 부인은 너무 간절한 나머지 때로는 조의 발꿈치를 밟기도 하고 때로는 그보다 조금 앞서 가기도 했다. 누군가 고기를 담은 밥그릇을 들고 다가오고 있을 때의 배고픈 고양이 같았다. 살짝 뛰기도 하고, 살짝 만지기도 하면서, 줄곧 재촉하듯이 작은 울음소리를 냈다.

"그래요, 정말이에요. 스탁스 씨, 당신은 훌륭해요. 저와 불쌍한 우리 애들에게 동정심을 베풀어줬어요. 토니가 아무것도 가져다주질 않아서 우리는 배가 **너무** 고파요. 토니가 먹을 것을 가져다주질 않아요!"

이러다 보니 그들은 베이컨 상자에 이르렀다. 조는 커다란 고기 칼을 들고 잘라낼 옆구리 살 한 덩어리를 골랐다. 토니 부인은 그의 주변에서 거의 춤을 추고 있었다.

"그래요, 스탁스 씨! 이만 한 크기로 한 조각만 줘요." 그녀가 손바닥 너비만큼을 가리켰다. "저와 우리 애들이 배가 **너무** 고파요!"

스탁스는 그녀가 제시한 크기를 거의 거들떠보지도 않았다. 이미 너무 자주 그것을 보아왔기 때문이었다. 그는 훨씬 작은 조각에 선을 그은 다음 칼끝을 찔러 넣었다. 토니 부인은 낙담해서 바닥에 주저앉을 뻔했다.

"이런, 세상에! 스탁스 씨, 설마 저와 우리 애들에게 그 작은 조각을 주려는 건 아니죠, 그렇죠? 아이고, 우리는 배가 **너무** 고파요!"

스탁스는 계속 고기를 자른 다음 포장지를 집어 들었다. 토니 부인은 그가 내민 고기 조각이 마치 방울뱀이라도 되는 양 펄쩍 뒷걸음질 쳤다.

"그걸 안 받겠어요! 저와 우리 애들에게 눈곱만큼도 안 되는 그 베이컨을 주겠다고요! 세상에, 어떤 사람들은 모든 걸 다 가졌는데도 너무 움켜쥐고 너무 인색하게 군다니까요!"

스탁스는 고기를 다시 상자 안에 집어 던지고 상자를 닫으려는 척했다. 토니 부인이 번개처럼 달려들어 그것을 낚아채고는 문을 향해 재빨리 뛰어갔다.

"어떤 사람들은 가슴에 따뜻한 마음씨라곤 눈곱만큼도 지니고 있지 않아요. 불쌍한 여자와 아무것도 할 수 없는 그 자식들이 굶어 죽어도 눈 하나 깜빡하지 않는다니까요. 인색하고 악착스러운 그런 사람들은 조만간 하느님이 붙잡아갈 거예요."

그녀는 씩씩거리며 상점 현관을 내려가서 씩씩하게 걸어가버렸다.

"저 여자가 **내** 마누라라면 말이야." 월터 토마스가 말했다. "죽여서 무덤에 묻어버릴 거야."

"토니처럼 내 월급을 몽땅 털어서 그 여자한테 모든 것을 사줬다면 특히 더 그렇지." 코커가 말했다. "무엇보다도 나는 토니가 자기 마누라한테 돈을 쓰듯이 어떤 여자한테도 절대 돈을 쓰지 않을 거야."

스탁스가 돌아와서 자기 자리에 앉았다. 그는 오다가 멈춰서 토니의 외상 장부에 고기 값을 더해야 했다.

"어쨌든 토니는 자기 마누라 비위를 맞춰달라고 하더라고. 그 여자를 바꿔보겠다는 희망을 품고 북부에서 여기로 왔는데 소용이 없대. 그 여자를 떠나는 건 할 수 없고 그렇다고 죽일 수도 없어서 그냥 참고 사는 수밖에 없다고 하더군."

"그건 바로 토니가 그 여자를 무척 사랑하기 때문이오." 코커가 말했다. "만약 그 여자가 내 마누라라면 박살을 낼 텐데. 모든 사람들 앞에서 남편을 놀림감으로 만들다니!"

"토니는 그 여자를 절대 때리지 않을 거야. 여자를 때리는 것은 병아리를 밟는 것이나 다름없다고 말하니까. 여자를 때릴 데가 어디 있느냐고 말이야." 조 린드세이가 빈정대며 인정할 수 없다는 듯이 말했다. "그러나 나는 그런 일에 대해서라면 오늘 아침에 갓 태어난 아기라도 죽여버릴 거야. 그 여자가 그런 짓을 하는 건 순전히 남편에 대한 비열한 악의 때문이야."

"절대적으로 맞는 말이야." 짐 스톤이 동의했다. "바로 그 때문이야."

재니는 전에 한 번도 안 하던 일을 했다. 즉 그들의 대화에 끼어든 것이었다.

"때로는 하느님이 우리 여자들과 매우 친해져서 속마음을 털어놓기도 하신답니다. 만들 때는 달랐는데 여러분 모두가 그렇게 똑똑해진 것을 보고 얼마나 놀라셨는지 모른다고 하느님이 저한테 말씀해주시더군요. 그리고 여러분이 생각하는 것의 반 정도밖에 우리 여자에 대해 알지 못한다는 것을 여러분이 알게 되면 여러분 모두 얼마나 놀랄 것인가에 대해서도 말씀하셨어요. 괴롭힐 게 여자들과 닭밖에 없으면 여러분은 너무나 쉽게 전능하신 하느님처럼 굴죠."

"말이 너무 많아, 재니." 스탁스가 그녀에게 말했다. "가서 내 체스판하고 병정을 가져와. 샘 왓슨, 나하고 한 판 두세."

7

　세월은 재니의 얼굴에서 투지를 전부 가져가버렸다. 한동안 그녀는 자신의 영혼에서 그것이 다 사라졌다고 생각했다. 조디가 무슨 일을 하건 그녀는 아무 말도 하지 않았다. 그녀는 어떤 일에 대해서는 어떻게 말해야 하고, 어떤 일에 대해서는 내버려두는 법을 배웠다. 그녀는 길에 난 바퀴 자국 같았다. 표면 아래에는 많은 생명력이 존재했지만 그것은 바퀴들로 끊임없이 짓밟혔다. 때때로 그녀는 자신의 삶이 현재와 다를 것이라 상상하면서 미래에 집착했다. 그러나 햇살과 더불어 숲 속에 나타났다 사라지는 그림자의 형태처럼 감정의 동요를 겪으며 그녀는 대체적으로 반복적인 일상을 보냈다. 그녀는 돈으로 살 수 있는 것을 제외하고는 조디에게서 아무것도 받지 않았고 그녀는 별로 중요하게 여기지 않는 것만을 그에게 주었다.

　이따금씩 그녀는 해 뜰 무렵의 시골길을 생각하면서 도망치는 것을 고려해보았다. 어디로? 무엇에게? 그러다가 그녀는 서른다섯이 열일곱의 두 배이고 둘이 결코 같지 않다는 것을 참작했다.

"어쩌면 그는 별 볼 일 없는 사람일지 몰라." 그녀는 스스로에게 경고했다. "그러나 입으로는 그를 대단한 존재라고 말해야 해. 그렇지 않으면 내가 살아야 할 의미가 완전히 없어질 테니까. 거짓말로라도 그를 대단한 존재라고 말할 거야. 그렇지 않으면 삶이 상점과 집 말고는 아무것도 아닌 게 되겠지."

그녀는 책을 읽지 않았기 때문에 자신이 한 방울로 졸아든 세상이자 하늘이라는 것을 알지 못했다. 거름 두덩에서 고통 없는 언덕으로 오르려고 애쓰는 인간이라는 것을.

그러던 어느 날 그녀는 앉아서 자기 그림자가 상점을 지키며 이리저리 돌아다니기도 하고 조디 앞에 불쑥불쑥 모습을 드러내는 것을 바라보았다. 그러나 줄곧 그녀 자신은 머리와 옷 사이로 스며드는 바람을 맞으며 나무 그늘 아래 앉아 있었다. 외로움에서 여름날을 만들어내는 경지에 이른 대단한 사람이 되었다.

이런 일이 일어난 것은 이번이 처음이었지만 얼마 후에는 너무 빈번해져서 그녀는 놀라지도 않게 되었다. 그것은 마약 같았다. 그 덕에 그녀가 상황과 타협할 수 있었기 때문에 어떤 면에서 그것은 좋은 것이었다. 오줌과 향수를 똑같이 무심하게 빨아들이는 대지처럼 그녀는 둔감하게 모든 것을 받아들였다.

어느 날 그녀는 조디가 자연스럽게 앉지 않는다는 것을 눈치챘다. 그는 그저 의자 앞에 서 있다가 의자에 털썩 주저앉았다. 그것을 계기로 그녀는 그의 몸 전체를 훑어보게 되었다. 조는 더 이상 예전의 젊은 조가 아니었다. 그에게는 이미 무엇인가가 죽어 있었다. 그는 무릎을 더는 곧추세우질 못했다. 걸을 때면 발목 윗부분이 휘어졌다. 그의 목덜미 뒷부분의 그 뻣뻣함이란. 싸울 것처럼 불쑥 튀어나와서 사람들을 위협하곤 했던 그의 부유해 보이는 배는 허리에 짐처럼 축 늘어져 있었다. 그것은 더는 그의 일부처럼 보이지 않았다. 눈도 역시 조금은 멍해 보였다.

조디 역시 틀림없이 그것을 눈치챈 것 같았다. 어쩌면 재니보다 오래전부터 그것을 알고 있었고 그녀에게 들키지 않을까 두려워하고 있었을 것이다. 자기는 나이가 드는데 그녀는 계속 젊은 상태를 유지하는 것을 바라지 않는 것처럼 그가 항상 그녀의 나이를 들먹이기 시작했기 때문이었다. 항상 "밖에 나갈 때는 어깨에 무엇이든 걸쳐야 해. 당신은 이제 영계가 아니야. 당신은 이제 늙은 암탉이라고"라는 식이었다. 어느 날 그는 크로켓 운동장에 있는 그녀를 불러들였다. "저건 젊은 사람들을 위한 거야, 재니. 그렇게 깡충거리며 뛰어다니다가는 내일 아침에 자리에서 못 일어날걸." 그가 그녀를 속여 넘겼다고 생각한다면 그건 오산이었다. 처음으로 그녀는 남자의 머릿속을 훤히 들여다볼 수 있었다. 그녀는 교활한 생각이 그의 마음속 동굴과 골짜기들을 이리저리 들락날락거리다가 굴 같은 입을 빠져나오는 것을 보았다. 그가 마음속으로 상처를 받고 있는 것을 알았기 때문에 그녀는 아무 말 없이 그것을 못 본 체하고 넘어갔다. 그녀는 그저 그에게 남은 시간을 조금 할당해놓고 기다리도록 그것을 밀쳐놓았다.

상점 안에서는 상황이 끔찍해졌다. 등의 통증이 더욱 심해지고 근육이 풀려서 지방이 되고 그 지방이 뼈에서 녹아내릴수록 그는 그녀에게 더욱더 까다롭게 굴었다. 특히 상점 안에서 더 그랬다. 그곳에 사람이 많으면 많을수록 그는 그 자신에게 관심을 돌리기 위해서 그녀의 몸에 더 많은 조롱을 쏟아부었다. 그러던 어느 날

스티브 믹슨이 씹는 담배를 사러 왔을 때 재니는 그것을 잘못 자르고 말았다. 그녀는 어쨌든 그 담배칼이 마음에 들지 않았다. 칼이 잘 들지 않았다. 그녀는 엉성하게 칼을 들고 금에서 한참 벗어난 곳을 잘랐다. 믹슨은 개의치 않았다. 그는 그것을 들고 장난삼아 재니를 약간 놀렸다.

"이것 좀 보시오, 시장 양반. 담배를 가지고 당신 부인이 무슨 일을 저질러놓았는지." 잘린 모습이 우스꽝스러워서 모든 사람이 웃음을 터뜨렸다. "여자와 칼이라…… 어떤 종류의 칼이라도 절대 어울리지 않지." 여자들을 깎아내리면서 조금 더 온화한 웃음이 터져 나왔다.

조디는 웃지 않았다. 그는 우체국 쪽에서 서둘러 상점을 가로질러 가서는 믹슨에게서 담배 토막을 낚아채 다시 잘랐다. 그는 금을 정확하게 자른 다음 재니를 노려보았다.

"나 원 참! 예루살렘만큼이나 나이를 먹을 때까지 상점 일을 해온 여자가 아직도 담배 같은 작은 것도 제대로 못 자르다니! 엉덩이 살은 거의 무릎까지 늘어뜨린 채 튀어나온 눈알을 굴리면서 거기 서 있지 말라고!"

상점 안에서 요란한 웃음이 터져 나왔지만 사람들은 생각하기 시작하면서 웃음을 멈췄다. 그것은 재빨리 힐끗 바라보면 웃기지만 잠깐 생각해보면 민망해지는 일이었다. 마치 사람들로 붐비는 길에서 여자가 안 보는 사이에 누군가가 여자의 옷을 휙 들춰보는 것 같았다. 그런데 또한 재니가 마루 한가운데로 나서서 조디의 면전에 대놓고 말했다. 그것은 예전에는 한 번도 없었던 일이었다.

"내가 하는 일과 내 외모를 더는 엮어서 말하지 말아요, 조디.

담배를 어떻게 자르는지 알려주고 난 다음에 내 엉덩이가 똑바로 붙어 있는지 아닌지 말해줄 수 있잖아요."

"무 - 무슨 말을 하는 거지, 재니? 당신 제정신이 아니군……."

"아니요. 말짱해요."

"틀림없이 제정신이 아니야. 그런 말을 하는 걸 보면."

"사람들 옷 밑에 대해 들먹이기 시작한 사람은 당신이에요. 내가 아니고요."

"뭘 잘못 먹은 거 아냐, 지금? 외모에 대해 뭐라 한다고 기분 나빠 할 만큼 당신이 젊은 아가씨도 아니면서. 당신은 연애하는 어린 아가씨가 아니라고. 마흔이 다 된 늙은 여자야. 마흔이 다 되었다고."

"그래요. 나는 마흔이 다 됐고 당신은 이미 쉰이에요. 왜 항상 내 나이만 들먹이면서 가끔이라도 당신 나이에 대해선 아무 말도 못하는 거죠?"

"당신이 더는 젊은 아가씨가 아니라고 내가 말했다 해서 그렇게 펄펄 뛰며 화를 내봐야 소용없어, 재니. 여기서 당신을 마누라 삼으려고 하는 사람이 어디 있겠어. 당신처럼 늙은 여자를 말이야."

"맞아요. 나는 이제 젊은 아가씨도 아니지만 그렇다고 늙은 여자도 아니에요. 내 나이만큼 보인다고 생각해요. 그러나 나는 머리 끝부터 발끝까지 속속들이 여자답고 나 자신도 그걸 알아요. 그 점에 대해서는 **당신이** 도저히 말할 수가 없겠죠. 당신은 여기서 거물 행세를 하면서 위세를 부리지만 당신은 목소리 큰 걸 제외하고는 아무것도 아니라고요. 흥! **나더러** 늙어 보인다고요! 바지를 내려놓고 보면 당신이야말로 세월의 변화를 보여주면서."

"오, 맙소사!" 샘 왓슨이 놀라서 헐떡이며 말했다. "당신들 두 사람 모두 오늘 밤 서로 상대방을 욕보이는 게임을 벌이고 있군요."

"뭐 - 뭐라고 했지?" 조는 자신이 잘못 들었기를 바라면서 되물었다.

"그녀가 한 말을 들었잖소. 장님이 아니니까." 월터가 비웃었다.

"나는 그런 말을 듣느니 차라리 압정으로 온몸을 찔리고 말겠어." 리지 모스가 딱하다는 듯이 말했다.

그러자 조 스탁스는 모든 의미를 깨달았고 그의 허영심은 홍수처럼 피를 흘렸다. 재니는 모든 남자들이 소중하게 간직하는, 저항할 수 없는 남성성에 대한 환상을 그에게서 박탈해버렸고 그것은 끔찍한 일이었다. 그것은 사울의 딸이 다윗에게 했던 짓이었다.* 그러나 재니는 더 끔찍한 일을 저질렀다. 그녀는 그의 텅텅 빈 갑옷을 다른 남자들 앞에서 발가벗겨버렸다. 그들은 웃음을 터뜨렸고 앞으로도 계속 웃어댈 것이다. 앞으로 그가 자신의 재산을 아무리 과시한다 해도 그들은 그 두 가지를 별개의 것으로 취급할 것이다. 그들은 그가 가진 물건들은 부러워하겠지만 그것을 소유한 남자는 불쌍하게 여길 것이다. 그가 판단하는 자리에 있을 때도 마찬가지일 것이다. 데이브와 럼과 짐 같은 변변치 못한 인간들조차 그와 자리를 바꾸려 하지 않을 것이다. 다른 사람들의 눈에 힘이 없어

---

* 〈사무엘서〉 상권 18~19장에 보면 사울에게는 두 딸, 메랍과 미갈이 있었다. 사울은 미갈을 다윗에게 주었고 그녀는 그의 목숨을 구했다. 사울은 다윗의 젊음과 아름다움, 지성과 잠재적인 힘 때문에 다윗을 매우 질투했다. 사울은 다윗을 죽이고 싶었지만 미갈이 그 계획을 좌절시켰다.

보인다는 것이 그 무엇으로 변명이 될 수 있겠는가? 열예닐곱 살 건방진 풋내기들조차 입으로는 겸손하게 말하면서 눈으로는 그에게 가차 없이 동정하는 눈빛을 보낼 것이다. 살면서 더는 할 일이 없어져버렸다. 야망도 쓸모없어졌다. 그리고 재니의 그 잔인한 속임수란! 복종하는 척 그 모든 연극을 하면서 줄곧 그를 비웃어 왔다니! 그를 비웃었고 이제는 마을 사람들 모두에게 똑같은 일을 하게 만들어놓았다. 조 스탁스는 이 모든 것을 어떻게 말로 표현해야 할지 몰랐지만 그 느낌은 알고 있었다. 그래서 그는 있는 힘을 다해 재니를 내리친 다음 상점에서 쫓아냈다.

8

그날 밤 조디는 자기 물건을 아래층 방으로 옮기고 그곳에서
잤다. 사실 재니를 미워하지는 않았지만 그는 그녀가 그렇게 생각
해주길 바랐다. 그는 살그머니 멀리 기어가서 상처를 핥았다. 그들
은 상점에서도 이야기를 많이 나누지 않았다. 너무나 조용하고 평
화로웠기 때문에 잘 모르는 사람들은 상황이 종료되었다고 생각했
을 것이다. 그러나 그 고요함은 칼들이 잠깐 멈춰 선 상태와 같았
다. 그래서 새로운 생각을 하고 새로운 말을 해야 했다. 그녀는 그
렇게 살고 싶지 않았다. 조는 항상 그녀를 무시하면서 그녀가 그에
게 그렇게 한 것에 대해서는 왜 그렇게 화를 낼까? 그는 여러 해 동
안 그렇게 해왔다. 글쎄, 만약 그녀가 손잡이가 긴 숟가락으로 먹어
야 한다면 그녀는 그래야만 했다.* 조디가 계속 노여워하던 상태에

---

* 초서의 《켄터베리 이야기》와 셰익스피어의 《실수연발》에 나온 '악마와의 식사에
  서는 손잡이가 긴 숟가락을 사용해야 한다'는 표현을 인용한 것이다. 이것은 조가
  병에 걸려서 거의 악마처럼 못되게 굴었기 때문에 재니가 그를 대할 때 매우 조심

서 벗어나 완전히 딴사람처럼 그녀를 대할 날이 언젠가 올지도 모르는 일이었다.

그러다가 그녀는 조디의 온몸이 불룩불룩해지고 있다는 것도 깨닫게 되었다. 마치 다리미판에 주머니들이 대롱대롱 매달려 있는 것 같았다. 그의 양쪽 눈가에는 작은 주머니가 달려서 광대뼈 위에 얹혀 있었고 느슨하게 채워진 깃털 주머니는 그의 양쪽 귀부터 늘어져서 턱 밑의 목살에 얹혀 있었다. 흐물흐물 늘어진 정체불명의 주머니는 허리춤부터 늘어져 있다가 그가 자리에 앉으면 허벅지 위에 얹혔다. 그러나 시간이 지나면서 이런 것들조차 촛농처럼 줄어들고 있었다.

그는 새로운 동맹들을 만들었다. 어떤 식으로건 전혀 거들떠보지도 않았던 사람들이 이제는 그의 주의를 끌게 된 것 같았다. 그는 예전에는 기 치료사나 비슷한 부류들을 모두 경멸했지만 이제는 알타몬트 스프링스에서 온 돌팔이 의사가 거의 날마다 집에 와서 죽치고 있었다. 두 사람은 그녀가 가까이 다가가면 항상 목소리를 낮추거나 아예 입을 다물어 버렸다. 그가 예전의 몸으로 그녀에게 보이고 싶다는 간절한 바람을 품고 있다는 것을 그녀는 미처 알지 못했다. 조에게 필요한 것은 의사, 그것도 유능한 의사인데 그가 돌팔이에 기대서 나으려 하고 있는 것은 아닐까 우려했기 때문에 그녀는 기 치료사 문제에 대해서는 딱하게 생각했다. 그녀는 자기가 해준 밥을 그가 먹지 않자 걱정을 했지만 그가 데이비스 노부인

스럽게 처신해야 했다는 것을 의미한다.

118

에게 요리를 맡겼다는 사실을 알게 되었다. 그녀는 자신이 그 노인보다 훨씬 요리를 잘하고 부엌을 더 깨끗하게 쓴다는 것을 알고 있었다. 그래서 그녀는 소뼈를 사다가 그에게 수프를 끓여줬다.

"아니, 됐어." 그가 그녀에게 퉁명스럽게 말했다. "당신도 알다시피 나는 지금 나으려고 충분히 힘든 시간을 보내고 있어."

그녀는 처음에는 놀랐다가 나중에는 마음이 상했다. 그래서 그녀는 막역한 친구인 피비 왓슨에게로 곧장 가서 그 이야기를 했다.

"내가 자기를 해치려고 한다는 생각을 조디가 하다니 차라리 내가 죽어버리는 게 나을 것 같아." 그녀는 피비에게 흐느끼며 말했다. "항상 썩 행복하지만은 않았어. 조가 자기 손으로 직접 이룬 것들을 얼마나 떠받드는지 너도 알잖아. 그러나 내가 어느 누구에게라도 상처 주는 일을 절대 하지 않으리라는 것을 하늘에 계신 하느님은 아실 거야. 그건 너무 비열하고 치사하니까."

"재니, 나는 그 일이 사그라져서 네가 그 일에 대해 아무것도 모르고 지나갈 거라고 생각했어. 그런데 상점에서 그 큰 소동이 벌어진 이후로 조가 '병신'이 됐고 그렇게 만든 게 바로 너라는 말이 이곳에 돌고 있어."

"피비, 나는 오랫동안 덫에 걸린 것 같은 기분이었어. 그렇지만 이건…… 이건…… 아, 피비! 어떻게 하지?"

"네가 할 수 있는 건 아무것도 없어. 그냥 모르는 체해. 너희 두 사람이 헤어져서 이혼하기에는 너무 늦었으니까. 그냥 집으로 돌아가서 시장 부인 자리에 눌러 앉아서 아무 말도 하지 마. 지금은 무슨 말을 해도 아무도 안 믿을 거야."

"조디와 이십 년을 살았는데 이제 와서 그를 망쳐놓았다는 오명을 쓰게 됐어. 죽을 것 같아, 피비. 내 마음속에 슬픔이 연달아 쌓이고 있어."

"자기를 마법을 부리는 의사라고 부르는 그 쓰레기 같은 흑인 작자가 조디의 환심을 사려고 지어낸 거짓말이야. 조디가 아픈 걸 알고 있었는데─사람들은 이미 오래전부터 그 사실을 알고 있었으니까─너희 두 사람이 사이가 안 좋다는 말을 듣고서 자기한테 기회가 왔다는 걸 안 것 같아. 지난여름에 목숨 질긴 그 바퀴벌레 같은 작자가 여기 와서 마법의 약을 팔려고 했잖아!"

"피비, 나는 조디가 그런 거짓말을 믿는다고는 생각하지 않아. 그는 그런 이상한 사람들의 말을 신용한 적이 없었어. 나한테 상처를 주려고 믿는 척하는 것일 뿐이야. 가만히 서서 웃음을 지으려고 하다 보니 내가 완전히 죽겠어."

그 후 몇 주 동안 재니는 자주 울었다. 조는 몸이 너무 약해져서 상점 일을 볼 수가 없었고 자리에 눕고 말았다. 그러나 그는 단호하게 재니를 자기 병실에 들어오지 못하게 했다. 많은 사람이 집 안을 드나들었다. 이 사람 저 사람이 조의 부인인 그녀를 거들떠보지도 않은 채 고깃국이나 다른 환자용 음식이 담긴 접시에 덮개를 씌워서 집 안으로 들고 들어왔다. 허드렛일을 하러 오는 경우가 아니라면 시장의 마당 대문을 들어서는 것이 어떤 것인지 알지도 못했던 사람들이 이제는 그의 절친한 친구로서 뻐기며 들락거렸다. 그들은 과시하듯이 상점에 가서 그녀가 무슨 일을 하고 있는지 살펴본 다음 집에 있는 그에게 돌아가서 보고했다. 그들은 "스탁스 씨가 다시 일어나서 직접 관리할 수 있을 때까지 그를 대신할 **누군가가** 필요합니다" 같은 말을 했다.

그러나 조디는 다시 일어나지 못했다. 재니는 샘 왓슨에게 병실의 소식을 알려달라고 부탁했고 그에게 상황을 전해 들었을 때 조에게 거절할 기회를 주지 않은 채, 그리고 의사를 부르러 보냈다는 것도 알리지 않은 채, 올란도에서 의사를 모셔오게 했다.

"시간문제일 뿐입니다." 의사가 그녀에게 말했다. "콩팥이 완전히 작동을 멈추면 살 수 있는 길이 전혀 없습니다. 이 년 전에 치료를 받았어야 했어요. 지금은 너무 늦었습니다."

그래서 재니는 죽음에 대해 생각하기 시작했다. 멀리 서쪽에 산다는 커다란 네모난 발가락의 그 이상한 존재인 죽음. 벽도 지붕도 없이 단상처럼 네모반듯한 집에 산다는 그 큰 존재. 죽음에게 지붕이 무슨 필요가 있으며 어떤 바람이 그에게 맞서 불겠는가? 그는 세상이 내려다보이는 높은 집에 서 있다. 칼을 뽑아든 채 하루 종일 감시하는 눈초리로 꼼짝도 하지 않고 서서 자신을 부르는 사자(使者)의 명령을 기다리고 있다. 공간이나 시간이 존재하기 전부터 그는 그곳에 서 있었다. 그녀는 이제 어느 날에건 자기 집 마당에서 죽음의 날개 깃털을 발견하게 될 것이다. 그녀는 슬프고 또한 두려웠다. 불쌍한 조디! 저 안에서 혼자 씨름할 필요가 없었다. 그녀는 샘을 안으로 들여보내서 찾아가겠다는 의향을 전했지만 조디는 거절했다. 이 현대의 의사들은 신앙심 깊은 병자들에게는 잘 듣지만 조디 같은 경우에 대해서는 잘 알지 못한다. 어딘가에 숨어서 자기 몸을 해치고 있는 것이 무엇인지 마법사 의사가 찾아내자마자 자신은 괜찮아질 것이다. 절대 죽지 않을 것이다. 이것이 그의 생각이었다. 그러나 샘의 말은 그의 생각과 달랐고 그녀는 샘의 말을 믿었다. 그러나 다시 생각해보면 설사 샘이 말해 주지 않았다 해도 다음 날 아침 그녀는 알게 되어 있었다. 사람들이 앞마당의 야자나무와 멀구슬나무 아래로 모여들기 시작했기 때문이다. 전에는 그곳에 감히 발을 들여놓지 못했을 사람들이 살그머니 들어와서 집 안으로 들어오지는 않았다. 그들은 나무 아래 쭈그리고 앉아서 기다렸다. 그 날개 없는 새인 소문이 마을 위로 그림자를 드리우고 있었다.

그녀는 안으로 들어가서 조디와 허심탄회하게 대화를 나누겠다는 굳은 결심을 하고 그날 아침에 일어났다. 그러나 사방에서 벽이 자신을 조금씩 압박해 들어오기 시작했다. 네 벽이 그녀의 숨통을 조여왔다. 자신이 위층에서 떨며 앉아 있는 동안 그가 떠날지 모른다는 두려움에 그녀는 용기를 내서 한순간에 방 안으로 들어갔다. 그녀는 생각했던 것처럼 명랑하고 자연스럽게 말을 시작하지 못했다. 혀에 황소 발이 서 있는 것처럼 무거웠다. 그리고 또한 조, 아니 조디가 그녀를 매섭게 노려보았다. 우주의 상상할 수조차 없는 온갖 차가움이 담긴 눈빛이었다. 그녀는 열 번의 영겁이나 멀리 떨어진 곳에 가 있는 남자에게 말을 붙여야 했다.

그는 누군가 혹은 무엇인가를 기다리는 것처럼 문 쪽을 향해 옆으로 누워 있었다. 그의 얼굴에는 변하고 있는 표정이 나타났다. 힘은 없어 보였지만 눈매는 날카로웠다. 얇은 이불 속에 남아 있는 그의 배가 안식처를 찾는 힘없는 짐승처럼 그의 몸 앞에 웅크리고 있는 것이 보였다.

반쯤 빨다 만 것 같은 침대보가 조디에 대한 그녀의 자부심에 상처를 냈다. 그는 항상 매우 깔끔했다.

"여기서 뭘 하는 거지, 재니?"

"당신이 어떻게 지내는지 보러 왔어요."

그는 수렁에 빠져 죽어가면서 불안감을 몰아내려고 애쓰는 돼지처럼 낮게 으르렁거리는 소리를 냈다. "당신에게서 벗어나고 싶어서 이리 왔는데 아무 소용이 없는 것 같군. 여기서 나가. 난 쉬어야 해."

"아니요, 조디. 나는 당신과 이야기를 나누려고 여기 왔고 또 그렇게 할 작정이에요. 내가 이렇게 이야기를 하는 것은 우리 두 사람 모두를 위해서예요."

그는 다시 낮게 신음 소리를 내면서 등을 대고 편하게 누웠다.

"조디, 어쩌면 내가 당신한테 그렇게 좋은 아내가 아니었을지 몰라요. 그렇지만 조디……."

"그것은 당신이 어느 누구에게도 올바른 감정을 갖고 있지 않아서야. 조금이라도 동정심을 가져봐. 당신이 돼지는 아니니까."

"그렇지만 조디, 나는 정말 잘하고 싶었어요."

"당신을 위해 그만큼 해줬는데. 나를 웃음거리로 만들다니. 동정심이라고는 눈곱만큼도 없어!"

"아니에요, 조디. 그건 내가 동정심이 없어서가 아니에요. 동정심을 발휘할 기회가 한 번도 없었어요. 당신이 그러지 못하게 했잖아요."

"그래. 전부 내 탓으로 돌리라고. 내가 당신한테 감정을 절대 드러내지 말라고 시켰어! 재니, 그게 내가 유일하게 원하고 바랐던 거였는데. 이제 당신이 날 비난하러 왔군!"

"그게 아니에요, 조디. 여기에 누구를 비난하러 온 게 아니에요. 그저 너무 늦기 전에 내가 어떤 사람인지 당신에게 알려주려는 것

뿐이에요."

"너무 늦다고?" 그가 속삭였다.

멍하게 공포에 사로잡혀서 그의 두 눈이 뒤틀렸고 그녀는 그의 얼굴에 나타난 끔찍한 두려움을 보고 그것에 대답했다.

"그래요, 조디. 그 목숨 질긴 바퀴벌레 같은 놈이 당신 돈을 뜯어내기 위해 하는 말에 신경 쓰지 말아요. 당신은 죽어요. 살 수 없어요."

약한 조디의 몸에서 깊은 흐느낌이 흘러나왔다. 그것은 닭장 속에서 큰 북을 두드리는 것과 같았다. 그러다가 그 소리가 트럼본 소리처럼 높이 올라갔다.

"재니! 재니! 내가 죽는다는 소리는 하지 마. 나는 그런 생각을 해본 적이 없어."

"당신이 의사를 데려다 치료를 받았다면, 조디, 사실 죽게 되지는 않았을 거예요. 지금 그 이야기를 꺼내봐야 무슨 소용이 있겠어요. 바로 그 말을 하고 싶었어요, 조디. 당신은 절대 남의 말을 들으려 하지 않아요. 당신은 나와 이십 년을 살았으면서도 나를 절반도 알지 못해요. 사실 그럴 수도 있었는데 당신은 자기 손으로 이룬 것들을 숭배하고 주변 사람들과 마음속으로 맞붙어 싸우느라 바빠서 볼 수 있었던 수많은 것들을 놓치고 말았어요."

"여기서 나가, 재니. 여기로 오지 마……."

"당신이 내 말을 듣지 않을 거라는 걸 알았어요. 당신은 모든 것을 바꾸지만 어느 것도 당신을 바꾸진 못하니까요…… 죽음조차도요. 그러나 나는 여기서 나가지도, 조용히 입 다물고 있지도 않을 거예요. 아니, 당신도 죽기 전에 한 번은 내 말을 들어요. 평생 당신이 하고 싶은 대로 하고 짓밟고 짓이기고 했으면서 그런 말을 듣느니 차라리 죽겠다는 거죠? 잘 들어요, 조디. 당신은 나와 함께 도망쳤던 그 조디가 아니에요. 당신은 그가 죽고 남겨놓은 것이에요. 나는 당신과 멋지게 가정을 만들기 위해서 도망쳤어요. 그러나 당신은 있는 그대로의 나에게 만족하지 않았어요. 그랬어요! 당신 마음이 내 안에 들어올 자리를 만들기 위해 내 자신의 마음은 미어터지려 했어요."

"닥쳐! 벼락이나 맞아 죽어버려!"

"나도 알아요. 그런데 지금 당신이 죽는 것은 이 세상에서 어떤 사랑이나 동정을 원한다면 당신 자신 외에 누군가의 마음을 달래주어야 한다는 것을 깨닫기 위해서예요. 당신은 당신 자신 말고는 **어느 누구의** 마음도 달래주려고 노력해본 적이 없어요. 당신 자신의 큰 목소리를 듣느라 너무 바빠서요."

"온통 남을 모략하는 말뿐이군!" 조가 작은 소리로 말했다. 그의 온 얼굴과 팔에 송글송글 땀방울이 맺혔다.

"당신 목소리에 대한 이 모든 순종, 이 모든 복종⋯⋯. 당신에 대해 이런 걸 알고 싶어서 내가 당신을 따라 도망친 건 아니었어요."

조디의 목소리에서 싸우는 듯한 소리가 들렸지만 그의 눈은 반항하듯이 방구석을 뚫어지게 바라보고 있었다. 그래서 재니는 그 헛된 싸움이 자신과 벌이는 것이 아니라는 것을 알았다. 네모난 발가락을 가진 존재의 얼음 같은 칼날이 그의 숨통을 끊었고 그의 두 손은 고통스러워하며 항변하는 자세를 취하고 있었다. 재니는 그의 두 손을 가슴 위에 편안하게 올려놓고 난 다음 그의 죽은 얼굴을 오랫동안 자세히 들여다보았다.

"지배자의 의자에 이렇게 앉아 있는 일이 조디에게 힘들었던 거야." 그녀는 크게 중얼거렸다. 몇 년 만에 처음으로 그녀의 마음은 연민으로 가득 찼다. 조디는 그녀와 다른 사람들에게 가혹하게 굴었지만 삶은 그에게도 혹독했다. 불쌍한 조! 어쩌면 그녀가 다른 방법을 찾아내서 노력했다면 그의 얼굴이 달라졌을지도 모른다. 그러나 어떤 다른 방법이 있었을지 그녀는 알지 못했다. 그녀는 남자가 자신의 목소리를 만들어낼 때 무슨 일이 일어나는지 곰곰이 생각해보았다. 그런 다음 그녀 자신에 대해서도 생각해보았다. 소녀 적 자신의 모습을 거울 속에서 마지막으로 비춰본 지 여러 해가 지났다. 그것은 오래전 일이었다. 어쩌면 지금 거울을 들여다보는 게 좋을 것 같았다. 그녀는 옷장 앞으로 가서 자기 피부와 생김새를 찬찬히 바라보았다. 어린 소녀의 모습은 사라지고 없었지만 아름다운 여인이 그 자리를 차지하고 있었다. 그녀는 두건을 벗어 던지고 풍성한 머리카락을 풀어 내렸다. 그 무게와 길이, 영광이 거기에 있었다. 그녀는 자기 자신을 찬찬히 뜯어본 다음 머리를 빗어서 다시 높이 틀어 올렸다. 그런 다음 그녀는 얼굴을 가다듬고 딱딱하게 굳힌 다음 사람들이 보고 싶어 하는 모습을 짓고는 창문을 열고 소리쳤다.

"여기로 와봐요! 조디가 죽었어요. 내 남편이 나를 두고 떠났어요."

9

조의 장례식은 오렌지카운티에 사는 흑인들이 본 것 중에서 가장 훌륭한 장례식이었다. 운구차에, 캐딜락과 뷰익 승용차들, 링컨 차를 타고 온 핸더슨 박사와 각지에서 온 많은 조문객. 그리고 신도가 아닌 사람들은 꿈도 꿀 수 없는 권력과 영예를 암시하는 비밀 조합의 금색과 붉은색, 자주색.* 농사꾼들과 노새들, 형제자매의 등에 업혀 있는 아기들. 교회 문간에 정렬해 서서 길게 줄지어 선 행렬이 멋지게 발을 맞춰 안으로 들어갈 수 있도록 북장단이 두드러진, '주의 품에 평안히'를 연주하는 엘크 협회** 밴드. 이렇게 교차로의 작은 황제는 이곳에 처음 왔을 때처럼 — 권세를 떨치며 — 오렌지카운티를 떠나고 있었다.

재니는 위엄 있고 굳은 표정으로 얼굴에 베일을 쓴 채 장례식

---

* 조가 비밀 종교 단체인 프리메이슨의 여러 우애 조합에 속해 있었다는 것을 보여 주는 대목으로 각 우애 조합은 회원이 세상을 떠날 때마다 다른 의식을 거행했다.
** 프리메이슨에 속한 우애 조합 중 하나

에 가서 자리를 잡았다. 그것은 돌과 강철로 된 벽 같았다. 장례식은 그 벽 밖에서 진행되고 있었다. 죽음과 매장에 관한 모든 것이 이야기되고 행해졌다. 끝. 마지막. 더는 없음. 어둠. 깊은 구멍. 소멸. 영원함. 밖에서는 울음과 울부짖음이 있었다. 값비싼 검은 장막 안에서는 부활과 삶이 있었다. 그녀는 어느 것을 향해서도 밖으로 손을 뻗지 않았고 죽음에 관한 일들도 안으로 들어와서 그녀의 평온함을 흩어놓지 못했다. 그녀는 조의 장례식에 자기 얼굴을 보내고 그녀 자신은 온 세상에 가득한 봄날과 신나게 즐기러 갔다. 얼마 후 사람들은 의식을 마쳤고 재니는 집으로 돌아갔다.

그날 밤 잠자리에 들기 전에 그녀는 머리 두건을 모조리 불에 태워버렸고 다음 날 아침에는 머리를 하나로 굵게 땋아 허리 아래까지 찰랑거리면서 집 안을 돌아다녔다. 그것은 사람들이 그녀에게서 볼 수 있는 유일한 변화였다. 그녀는 똑같은 방식으로 상점일을 보았고 저녁에만 현관에 앉아서 사람들의 이야기를 들으며 늦게 찾아오는 손님이 있으면 헤제키아를 상점 안으로 들여보내서 시중을 들게 했다. 그녀는 서둘러서 주변 환경을 바꿀 이유가 없다고 생각했다. 그녀는 앞으로 평생 하고 싶은 대로 하면서 살 수 있었다.

하루 중 대부분을 상점에서 보냈지만 밤이면 그녀는 큰 집에서 혼자 보냈다. 때로는 외로움의 무게 때문에 집이 밤새 삐걱거리며 울었다. 그러면 그녀는 잠에서 깨어나 침대에 누워 외로움에게 질문을 던졌다. 이곳을 떠나 고향으로 되돌아가서 어머니를 찾아보고 싶은가? 할머니 묘지를 돌보고 싶은가? 어릴 적 잘 갔던 곳을 두루 둘러보고 싶은가? 그렇게 자신의 마음속을 파헤쳐보면서 그녀는 제대로 보지도 못한 그런 어머니에게 아무런 관심이 없다는 것을 알았다. 그녀는 할머니가 미웠지만 그 모든 시간 동안 연민이라는 외투 아래 그 미움을 자신에게 숨겨왔었다. 그녀는 **사람들을** 찾아 지평선까지 큰 여행을 떠날 준비를 갖추고 있었다. 그녀가 사람들을 발견하고 사람들이 그녀를 발견하는 것이 온 세상에 중요한 일이었다. 그러나 그녀는 **사물들을** 쫓도록 개처럼 채찍질을 당했고 뒷길로 떠밀렸다. 그것은 모두 사물을 바라보는 방식에 달려 있었다. 어떤 사람들은 진흙탕 물웅덩이를 보고도 배들이 떠다니는 대양을 볼 수 있었다. 그러나 내니는 단편적인 조각들을 다루기 좋아했던 다른 부류에 속해 있었다. 여기서 내니는 하느님이 만드신 것 중에서 가장 큰 것, 즉 지평선—사람이 아무리 멀리 간다 해도 지평선은 여전히 저 너머에 있기 때문이다—을 떼어내서 너무나 작은 물건에 맞춰 줄여서는 숨이 막힐 정도로 단단하게 손녀의 목에 묶어두었다. 그녀는 사랑이라는 이름으로 자신을 그렇게 옭매어 비틀어놓은 그 노인네가 미웠다. 대부분의 사람들은 서로 사랑하지 않지만 이런 잘못된 사랑은 너무 강해서 같은 피를 나눈 사이에서조차 그것을 극복할 수가 없었다. 그녀는 자기 자신의 마음속에서 보석을 발견했고 사람들이 자신을 볼 수 있는 곳을 걸어다니면서 그것을 번쩍이며 드러내고 싶었다. 그러나 그녀는 팔리기 위해 시장에 내다 놓이게 되었다. 낚시 미끼로 시장에 내다 놓이게 된 것이다. 하느님은 인간을 만드실 때 항상 노래하며 온통 반짝거리는 재료로 인간을 만드셨다. 그러나 그 후 몇몇 천사들이 질투심에 사로잡혀서 인간을 몇백만 개의 조각으로 산산조각을 내버렸지만 인간은 여전히 반짝거리며 노래를 흥얼거렸다. 그래서 천사들은 그것을 부수어 불티들로 만들어버렸지만 각각의 작은 불꽃 모두 반짝거리며 노래했다. 그래서 천사들은 각 불꽃을 진흙으로 발라버렸다. 불꽃들은 외로움 때문에 서로를 찾아 헤맸지만 진흙은 귀도 멀고 말도 하지 못했다. 굴러다니는 다른 모든 진흙덩이처럼 재니는 자신의 빛을 보여주려고 애썼다.

재니는 자신이 과부에다 재산을 가지고 있다는 것 때문에 사우스플로리다에서 대단한 도전거리가 되었다는 것을 곧 알게 되었다. 조디가 죽은 지 채 한 달도 되기 전에 조와 별로 친하지도 않았던 남자들이 상당한 거리를 달려 와서는 그녀의 안부를 묻고 조언을 자청하는 일이 굉장히 빈번하게 일어났다.

"혼자 사는 여자는 불쌍합니다." 그녀는 이런 말을 반복해서 들었다. "그들에게는 도움과 원조가 필요해요. 하느님은 그들 혼자 서려고 노력하게끔 만들지 않으셨습니다. 당신은 혼자 이리저리 부딪히며 일하는 것에 익숙하지 않아요, 스탁스 부인. 당신은 보살핌을 잘 받으며 살아왔고 당신에게는 남자가 필요합니다."

재니는 그 남자들이 혼자 사는 여자들을 많이 알고 있으며 자신이 그들이 기웃거린 첫 번째 여자가 아니라는 것을 알고 있었기 때문에 이 모든 호의에 콧방귀를 뀌었다. 그러나 다른 여자들은 대부분 가난했다. 게다가 그녀는 기분 전환 삼아 혼자 있는 것이 좋았다. 이런 자유로운 느낌이 좋았다. 이 남자들은 그녀가 알고 싶어 했던 것을 단 한 가지도 구현하지 못했다. 그녀는 로건과 조를 통해 이미 그들을 경험했다. 그녀는 사랑하는 것처럼 보이려고 애쓰면서 체셔 고양이* 무리처럼 그녀를 보고 히죽거리며 죽치고 앉아 있는 그들 중 몇 사람을 갈겨주고 싶었다.

어느 날 저녁 아이크 그린은 상점 현관에 운 좋게 그녀와 단둘이 있게 되었을 때 진지하게 그녀의 상황에 대해 잔소리를 해댔다.

"당신은 누구와 결혼할지 신중을 기해야 합니다, 스탁스 부인. 이 낯선 남자들이 당신의 조건을 이용하려고 여기로 몰려들고 있으니까요."

"결혼이라니요!" 재니가 거의 비명을 질렀다. "조의 체온이 아직 채 식지도 않았는데요. 결혼 같은 건 생각도 하지 않아요."

"그래도 그렇게 될 겁니다. 당신은 독신으로 살기에는 너무 젊어요. 그리고 당신이 너무 예뻐서 남자들이 당신을 가만히 안 놔둘 겁니다. 당신은 결혼하게 될 겁니다."

"그렇게 되지 않길 빌어요. 내 말은, 지금은 그런 생각이 머리에 떠오르지 않아요. 조가 세상을 떠난 지 두 달도 안 되었어요. 무덤 속에서 아직 자리도 못 잡았어요."

"당신이 지금은 그렇게 말하지만 두 달만 더 있으면 다른 말을 하게 될 겁니다. 그러면 조심해야 합니다. 여자들은 쉽게 이용당하거든요. 당신은 여기 죽치고 앉아 있는 이 떠돌이 흑인들 중 어느 누구도 당신을 이용하지 못하게 하는 법을 알아야 해요. 그들은 구유가 가득 찬 걸 본 돼지 무리처럼 구니까요. 당신에게 필요한 건 당신 곁에서 당신을 위해 재산을 관리해줄 줄 알고 전반적으로 그렇게 해줄 남자입니다."

---

* 《이상한 나라의 앨리스》에서 모든 것을 아는 듯한 미소를 짓는 체셔 고양이에 대한 언급이다. 여기서 재니는 이 남자들이 모두 점잔을 빼며 너무도 뻔뻔한 웃음을 짓고 있다는 것을 말하고 있다.

재니가 벌떡 일어섰다. "어머나, 아이크 그린. 당신이야말로 정말로 귀찮은 골칫거리군요. 당신이 거론하고 있는 주제는 입에 담기에 아주 적절하지 않아요. 안으로 들어가서 방금 들어온 저 설탕통 재는 일을 하는 헤제키아를 도울 거예요." 그녀는 상점 안으로 재빨리 들어가서 헤제키아에게 속삭였다. "나는 집에 갈 거야. 저 늙은 오줌싸개가 가면 나한테 알려줘. 그럼 바로 돌아올게."

검은 상복을 입는 여섯 달이 지났지만 구혼자 단 하나도 집 안에 발을 들여놓지 못했다. 재니는 상점 안에서는 가끔 이야기를 나누고 웃었지만 그 이상은 원하지 않는 것 같았다. 그녀는 상점 일을 제외하고는 행복했다. 그녀는 머리로는 자신이 완전한 주인이라는 것을 알고 있었지만 항상 자신이 여전히 조를 위해 점원 노릇을 하고 있고 곧 그가 들어와서 자기가 저지른 잘못을 찾아낼 것 같이 보였다. 그녀는 처음 집세를 받을 때 세입자들에게 거의 사과를 할 뻔했다. 약탈자가 된 것 같은 기분이 들었다. 그러나 그녀는 열일곱 살짜리가 할 수 있는 한 가장 잘 조를 흉내 낼 수 있었던 헤제키아를 보냄으로써 그런 감정을 숨겼다. 그는 조가 죽은 후 담배를, 시가를 피우기 시작했고 조처럼 한쪽 입으로 시가를 꽉 그러물었다. 기회가 있을 때마다 그는 조의 회전의자에 등을 기대고 홀쭉한 배를 볼록해지도록 내밀었다. 그녀는 그의 악의 없는 몸짓에 조용히 웃으며 그것을 못 본 척했다. 어느 날 그녀가 상점의 뒷문으로 들어갔을 때 트립 크로퍼드에게 호통 치는 소리가 들려왔다. "나 원 참, 정말로 그렇게는 못 해요! 나 원 참, 당신이 낼 수 있는 돈 이상의 물건은 이 상점에서 절대 가져갈 수 없소. 나 원 참, 여기는 플로리다의 김미가 아니라 이튼빌이오." 또 한번은 조

132

가 자신과 태평하게 살면서 말만 많은 마을 사람들의 차이점을 지적할 때 잘 쓰는 표현을 헤제키아가 써먹는 것을 엿듣게 되었다. "나는 유식한 사람이야. 모든 일을 내 손으로 해결하지." 그녀는 그 말에 대놓고 웃음을 터뜨렸다. 그의 연기는 아무에게도 피해를 주지 않았고 그녀는 그가 없으면 어떻게 해야 할지도 몰랐을 것이다. 그는 그것을 감지했고 그녀를 어린 누이동생처럼 취급했다. 마치 "이 불쌍한 꼬마, 오빠한테 다 맡겨. 오빠가 널 위해 다 해결해줄게"라고 말하는 것 같았다. 또한 그는 주인 의식 때문에 이따금씩 눈깔사탕이나 구강 청정제 한 통을 슬쩍 가져가는 것을 제외하고 정직해졌다. 구강 청정제는 다른 남자애들과 그가 술 냄새를 풍기며 안는 어린 암탉만 한 여자애들에게 몰래 주기 위한 것이었다. 상점과 상점 여주인을 관리하는 일은 남자의 신경을 피곤하게 하고 있었다. 기운을 차리기 위해서는 이따금씩 술을 한 잔씩 하는 것이 필요했다.

재니가 흰옷을 입고 애도하는 시기로 접어들게 되자 그녀에게는 마을 안팎으로 수많은 숭배자가 생겼다. 모든 것이 노골적이고 솔직했다. 몰려드는 사람들 중에는 재산을 가진 남자들도 있었지만 어느 누구도 상점 이상을 넘어서서 더 멀리까지 진척을 이루지는 못한 것처럼 보였다. 그녀는 항상 너무 바빠서 그들을 집에서 대접할 수가 없다고 했다. 그들은 그녀가 일본의 황후라도 되는 것처럼 그녀에게 너무나 공손하게 대했고 뻣뻣하게 굳어 있었다. 그들은 조셉 스탁스의 미망인에게 욕망을 언급하는 것이 적절하지 않다고 생각했다. 그들은 명예와 존경에 대한 말이 어울린다고 생각했다. 그러나 그들의 말과 행동은 모두 그녀의 무관심에 부딪혀서 비켜나갔고 무한한 우주로 던져졌다. 재니와 피비 왓슨은 서로 왕래하면서 이따금씩 호숫가에 앉아 낚시를 했다. 그녀는 아무 생각 없이 그저 자유를 만끽하고 있었다. 샌포드의 한 사업가가 피비를 통해 자기 뜻을 전달하고 있었고 재니는 그것을 기분 좋게, 그러나 아무런 동요 없이 듣고 있었다. 그 말을 듣고 보니 그 사람하고 결혼하는 것도 괜찮겠다. 그러나 서두를 필요는 없어. 그런 문제는 생각할 시간이 필요하니까. 아니, 그녀는 피비에게 자신이 생각을 하고 있는 척했다.

"죽은 조 때문에 고민하는 게 아냐, 피비. 그저 이 자유가 좋아."

"쉬잇! 어느 누구에게도 그런 말은 하지 마, 재니. 사람들은 그가 죽은 걸 네가 슬퍼하지 않는다고 말할 거야."

"자기들 마음대로 말하게 내버려둬, 피비. 나는 슬픔이 느껴지는 때까지만 애도를 해야 한다고 생각해."

10

어느 날 헤제키아가 야구 원정 경기를 보러 간다며 휴가를 달라고 요청했다. 재니는 그에게 서둘러 돌아오지 않아도 된다고 말했다. 그녀는 이번 한번은 직접 상점 문을 닫을 수도 있었다. 그는 그녀에게 창문과 출입문에 걸쇠 잠그는 걸 잊지 말고 당부한 다음 윈터파크로 으스대며 떠났다.

많은 사람들이 경기장에 갔기 때문에 하루 종일 장사가 부진했다. 이런 날 오후에 계속 문을 열어두는 수고를 감수할 가치가 거의 없었기 때문에 그녀는 일찍 문을 닫기로 결정했다. 그녀는 여섯 시를 문 닫는 시간으로 정해놓았다.

5시 반에 키 큰 남자가 상점 안으로 들어왔다. 재니는 카운터에 기대서 포장지 조각에 할 일 없이 연필로 낙서를 하고 있었다. 이름은 알지 못했지만 그의 낯이 익었다.

"안녕하세요, 스탁스 부인." 그가 함께 재미있는 농담을 주고받는 것처럼 장난스럽게 씩 웃으며 말했다. 무슨 이야기인지 들어보기도 전에 그녀는 그를 웃게 만든 그 이야기가 마음에 들었다.

"안녕하세요." 그녀가 기분 좋게 대답했다. "나는 당신 이름을 모르니까 당신이 유리하네요."

"사람들이 **부인**을 아는 것처럼 나를 알진 못할 거예요."

"상점 안에 항상 서 있어야 하니까 근방에 알려질 수밖에 없어요. 당신을 어디선가 본 적이 있는 것 같아요."

"아, 그리 멀다고 할 수 없는 올란다에 삽니다. 거의 날마다 밤이건 낮이건 처치가(街)에서 절 쉽게 볼 수 있습니다. 담배 있습니까?"

그녀는 유리로 된 진열 상자를 열었다. "어떤 거로요?"

"카멜요."

그녀는 담배를 건네주고 돈을 받았다. 그는 담뱃갑을 뜯어서 담배 하나를 두툼한 자줏빛 입술 사이에 밀어 넣었다.

"혹시 불 좀 갖고 계신가요, 부인?"

두 사람 모두 웃음을 터뜨렸고 그녀는 불을 붙이도록 성냥갑에서 부엌용 성냥 두 개비를 건네주었다. 가야 할 시간이었지만 그는 가지 않았다. 그는 한쪽 팔꿈치를 계산대 위에 괴고 그녀를 빤히 쳐다보았다.

"**부인은** 왜 야구 경기를 보러 안 가셨어요? 다른 사람들 모두 거기 갔는데요."

"글쎄요. 나 말고도 그곳에 가지 않은 사람이 있는 것 같은데요. 방금 전에 담배도 팔았고요." 그들은 다시 웃었다.

"그건 제가 좀 모자라기 때문입니다. 착각을 했어요. 경기가 헝거포드에서 열리는 줄 알았거든요. 그러니까 차를 얻어 타고 딕시 고속도로로 오다가 이튼빌로 갈라지는 교차점에서 내려서 여기까지 걸어왔는데 와서 보니까 윈터파크에서 경기를 한다는 거예요."

두 사람 모두 다시 웃음을 터뜨렸다.

"그러면 이제 어떻게 할 건가요? 이튼빌에 있는 차들은 전부 거기로 가버렸는데요."

"**부인이랑** 체스를 두는 건 어떤가요? 부인을 이기기가 힘들 것 같은데요."

"그럴 거예요. 체스를 둘 줄 모르니까요."

"그렇다면 체스에 관심이 없으신 거죠?"

"아니요, 좋아해요. 아니 다시 생각해 보니까 좋아하는 건지 아닌지 잘 모르겠어요. 아무도 체스 두는 걸 가르쳐주지 않았으니까요."

"**그런** 변명은 오늘이 마지막이에요. 여기에 체스판은 있겠죠?"

"네, 있어요. 여기 남자들이 체스를 정말 좋아해요. 저는 그걸 어떻게 하는지 배우질 않았을 뿐이에요."

그는 체스판을 차려놓고 그녀에게 설명을 시작했고 그녀는 마음이 타오르는 것을 느꼈다. 그녀가 놀기를 원하는 누군가가 있다. 그녀가 노는 것을 당연하다고 생각하는 누군가가 있다. 그것은 정말 기분 좋은 일이었다. 그녀는 그를 건너다보면서 그가 지닌 좋은 점들 하나하나에서 작은 전율을 느꼈다. 뽑아든 반월도처럼 심하게 말려 올라간 속눈썹에 크고 나른한 두 눈. 말랐지만 넓은 어깨와 가는 허리. 정말 보기 좋았다!

그는 그녀의 왕을 잡으려 하고 있었다! 그녀는 어렵게 얻어낸 왕을 잃는 것이 분해서 비명을 질렀다. 그녀는 자신도 모르게 그의 손을 잡고 막았다. 그는 벗어나려고 신사답고 정중하게 몸싸움을 벌였다. 즉 몸싸움을 하긴 했지만 숙녀의 손가락을 비틀 만큼 세게 하지는 않았다.

"제가 그걸 먹을 권리가 있습니다. 당신이 바로 내 코앞에다 그걸 뒀잖아요."

"맞아요, 그렇지만 당신이 내 피스들 바로 옆에 당신 피스들을 딱 붙였을 때 내가 딴 곳을 보고 있었어요. 억울해요!"

"딴 곳을 봐서는 안 돼죠, 스탁스 부인. 잘 살펴보는 것이 이 게임의 가장 중요한 부분이거든요! 이 손 놓으세요."

"싫어요! 내 왕은 안 돼요. 다른 건 가져가도 돼요. 그렇지만 그건 안 돼요."

그들은 서로 빼앗으려고 다투다가 장기판을 엎었고 두 사람은 그것을 보고 웃음을 터뜨렸다.

"마침 코카콜라를 마시고 싶었는데 잘됐군요." 그가 말했다. "다음에 와서 더 가르쳐드릴게요."

"절 가르쳐주러 오는 건 괜찮은데 사기를 치러 오진 말아요."

"여자들을 절대 이길 수가 없어요. 지는 걸 못 견뎌 하니까요. 그렇지만 다시 와서 가르쳐드릴게요. 조금 지나면 부인도 체스를 잘 두게 될 겁니다."

"그렇게 생각해요? 조디는 나더러 절대 못 배울 거라고 말하곤 했어요. 내 머리로는 너무 힘들다고요."

"어떤 사람들은 그걸 감각으로 하고 어떤 사람들은 감각이 없어도 해요. 그렇지만 부인은 머리가 좋아요. 곧 배우게 될 겁니다. 시원한 음료수는 제가 사드릴게요."

"아, 좋아요. 고마워요. 오늘은 시원한 음료수가 많아요. 아무도 사러 오지 않았으니까요. 전부 경기를 보러 갔거든요."

"부인도 다음 경기에는 꼭 가보세요. 다른 사람들 모두 가고 없는데 **부인만** 여기 남아 있으면 소용이 없잖아요. 돈을 내고 자기 물건을 사진 않죠, 그렇죠?"

"그럼요! 당연히 안 그렇죠. 그렇지만 당신이 조금 걱정이 되네요."

"왜요? 이 음료수 값을 내지 않을 것 같아서요?"

"아, 아니에요! 어떻게 집에 돌아갈 거예요?"

"여기서 차가 올 때까지 기다려야죠. 차가 오지 않는다 해도 튼튼한 가죽 구두가 있어요. 여기서 기껏해야 7마일밖에 안 되는걸요. 그쯤이야 단숨에 걸어갈 수 있어요. 식은 죽 먹기예요."

"나라면 기차를 기다리겠어요. 7마일이면 상당히 오래 걸어야 하니까요."

"당신은 익숙하지 않아서 그게 나을 겁니다. 그러나 여자들이 그보다 먼 거리도 걷는 걸 본 적이 있어요. 어쩔 수 없는 상황이면 당신도 역시 할 수 있습니다."

"어쩌면 그럴 거예요. 그래도 저는 기차 요금이 있는 한은 기차를 탈 거예요."

"저는 여자처럼 기차를 타기 위해 호주머니 가득 돈이 있을 필요가 없답니다. 그럴 마음만 있다면 어쨌든 탑니다…… 돈이 있건 없건요."

"이제 보니 대단한 사람이군요! 성함이…… 당신 이름을 안 알려줬어요."

"맞아요. 이름이 필요할 거라고 미처 생각하지 않았으니까요. 어머니가 지어주신 이름은 버저블 우즈입니다. 그런데 사람들은 줄여서 티 케이크라고 절 부릅니다."

"티 케이크요! 그럼 당신이 그렇게 달콤한가요?" 그녀가 웃었고 그는 그녀의 말이 무슨 뜻인지 확인하기 위해 눈을 가늘게 뜨고 그녀를 쳐다보았다.

"제가 유죄일 수도 있습니다. 절 심리해보는 게 좋을 것 같은데요."

그녀는 웃는 듯 찡그린 듯 어중간한 표정을 지었고, 그는 곧 모자를 썼다.

"제가 실수를 한 게 분명합니다. 그래서 바람이나 쐬는 게 좋을 것 같습니다." 그는 발끝으로 살금살금 문 쪽으로 가는 시늉을 했다. 그런 다음 저항할 수 없이 매력적인 웃음을 얼굴에 띠고 그녀를 뒤돌아보았다. 재니는 자기도 모르게 웃음을 터뜨렸다. "당신은 못 말리는 사람이에요!"

그가 돌아서서 모자를 그녀의 발치에 던졌다. "만약 그녀가 그걸 나한테 던지지 않으면 다시 돌아가는 모험을 해보겠습니다." 그는 이렇게 선언하며 기둥 뒤에 숨어 있는 척했다. 그녀는 모자를 집어 들고 웃으면서 그를 향해 던졌다. "저 여자분이 벽돌을 가지고 있다 해도 너를 다치게 하진 않을 거야." 그가 보이지 않는 동행에게 말했다. "저 숙녀분은 던질 줄을 모르거든." 그가 동행에게 손짓을 하고는 가상의 가로등 기둥 뒤에서 걸어 나와 외투와 모자를 걸치고 마치 상점에 막 들어온 것처럼 재니가 있는 곳으로 천천히 되돌아왔다.

"안녕하십니까, 스탁스 부인. 주먹치기를 1파운드어치 주시겠어요? 토요일까지 돈은 꼭 내겠습니다."

"당신에게는 10파운드어치가 필요할 것 같아요, 티 케이크 씨.

제가 가진 주먹치기를 전부 당신에게 줄게요. 그리고 굳이 갚을 필요는 없어요."

그들은 사람들이 들어오기 시작할 때까지 농담을 계속 주고받았다. 그러자 그는 자리를 잡고 앉아서 문 닫을 시간까지 다른 사람들과 이야기를 나누고 웃었다. 다른 사람들이 모두 떠났을 때 그가 말했다. "제가 진작 떠났어야 했다는 건 압니다. 그렇지만 상점 문을 닫는 걸 도와줄 사람이 필요할 것 같다는 생각이 들어서요. 다른 사람이 아무도 없으니까 제가 그 일을 해드리겠습니다."

"고마워요, 티 케이크 씨. 그게 저한테는 좀 힘든 일이거든요."

"티 케이크에 씨를 붙이는 사람이 어디 있습니까? 정말로 고상하게 대하고 싶어서 저를 우즈 씨라고 부른다면 그거야 당신 마음이죠. 그런데 절 친하게 대하고 싶어서 티 케이크라고 불러 주신다면 정말 좋을 것 같아요." 그는 말하는 내내 창문들을 닫고 걸쇠를 잠갔다.

"좋아요, 그렇다면. 고마워요. 티 케이크. 이건 어때요?"

"부활절 드레스를 입은 꼬마 아가씨 같아요. 아주 좋아요!" 그가 문을 잠근 다음 잘 잠겼는지 흔들어보고는 그녀에게 열쇠를 건네주었다. "자, 가시죠. 댁까지 모셔다 드리고 저는 딕시 로를 따라 내려갈 겁니다."

재니는 야자수가 늘어선 길을 따라 반쯤 내려가다가 비로소 자신의 안전에 대한 생각이 들었다. 어쩌면 이 낯선 남자에게는 무슨 꿍꿍이가 있을 것이다! 그러나 집과 상점 사이의 어둠 속에서는 두려움을 드러내는 것이 적절하지 않았다. 그는 그녀의 팔도 붙잡고 있었다. 그러자 곧 두려움이 사라졌다. 티 케이크는 낯설지가 않았다. 평생 그를 알고 지낸 것 같은 기분이 들었다. 그와 곧바로 이야기가 통했던 걸 보라고. 그는 대문에서 모자를 살짝 들어 올리며 재빨리 작별 인사를 하고는 떠났다.

그녀는 현관에 앉아서 달이 떠오르는 것을 보았다. 곧 노란 달빛이 대지를 적시고 하루의 갈증을 풀어주고 있었다.

11

재니는 헤제키아에게 티 케이크에 대해 물어보고 싶었지만 혹시 그에게 관심이 있다고 오해하지 않을까 걱정이 되었다. 처음에 그는 그녀에 비해 너무 어려 보였다. 그는 스물다섯 살 정도밖에 안 된 것이 분명했지만 **그녀는** 마흔 살 정도였다. 다시 생각해보니 그가 재산을 아주 많이 가지고 있는 것처럼 보이지는 않았다. 어쩌면 그녀의 재산을 몽땅 털어가려고 그녀에게 접근해서 얼쩡거린 것인지도 모른다. 그를 다시 못 본다 해도 괜찮았다. 어쩌면 여러 여자들과 살지만 결혼은 한 번도 하지 않는 그런 부류의 남자인지도 모른다. 사실 그녀는 그가 그곳에 다시 발을 들여놓는다 해도 매우 쌀쌀맞게 대해서 다시는 그곳에 얼쩡거리지 못하게 만들어주자고 작정했다.

정확히 한 주가 지났을 때 그는 재니의 냉대를 받으러 다시 나타났다. 이른 오후였고 상점에는 그녀와 헤제키아만 있었다. 그들이 노랫가락을 듣고 싶어 하기라도 하듯 누군가가 콧노래를 흥얼거리는 소리가 들려와서 그녀는 문 쪽을 바라보았다. 티 케이크가 그곳에 서서 기타를 조율하는 흉내를 내고 있었다. 그는 얼굴을 찡그리고 만면에 은밀한 장난기를 발산하면서 곁눈질로 그녀를 바라보며 가상의 기타 줄감개와 씨름하고 있었다. 결국 그녀는 미소를 지었고 그는 가온 다 음을 노래하고는 기타를 옆구리에 끼고 그녀가 있는 곳으로 다시 걸어왔다.

"안녕하세요, 여러분. 여러분 모두 오늘 밤에 음악을 약간 듣고 싶어 하지 않을까 해서 기타를 들고 와보았습니다."

"못 말려요!" 재니가 환한 얼굴로 말했다.

그는 미소로 칭찬을 받아들인 다음 상자 위에 앉았다. "저랑 코카콜라 드실 분 있어요?"

"나는 방금 전에 마셨어요." 재니는 양심과 타협했다.

"그럼 다시 마셔야겠는데요, 스탁스 부인."

"왜요?"

"지난번에는 제대로 마시질 못 했어요. 헤제키아, 상자 밑부분에서 두 병 가져다줘요."

"그동안 어떻게 지냈어요, 티 케이크?"

"불평할 정도는 아니었어요. 더 나쁠 수도 있으니까요. 이번 주에는 나흘을 일했고 번 돈은 호주머니 속에 들어 있죠."

"그렇다면 여기 부자가 한 분 계신 거군요. 이번 주에 전함을 사실 건가요? 아니면 여객 열차를 사실 건가요?"

"부인은 어느 걸 원하십니까? 모든 건 **부인께** 달려 있어요."

"아, 저한테 사주실 거라면 여객 열차로 하겠어요. 설사 폭발이 일어나도 땅 위에서 일어날 테니까요."

"정말로 원하는 것이 전함이라면 그걸 고르세요. 지금 당장 어디에 전함이 있는지 알고 있거든요. 며칠 전에 키웨스트 근처에서 한 척을 봤어요."

"그걸 어떻게 얻을 건데요?"

"아, 까짓. 그 장군이라는 분들은 항상 나이 든 노인네들이거든요. 만약 당신이 원하는 게 그것이라면 당신을 위해 내가 배를 얻겠다는데 어느 노인이 그걸 막겠어요? 노인이 미처 눈치채지도 못하는 사이에 늙은 베드로처럼 물 위를 걷고 있는 신세로 만들어놓고 감쪽같이 배를 빼내 올게요."

그들은 그날 저녁 다시 게임을 하며 보냈다. 모두 재니가 장기 두는 것을 보고 놀라면서도 좋아했다. 서너 사람은 그녀 뒤에 서서 그녀에게 훈수를 두면서 은근하게 그녀와 대체로 즐거운 시간을 보냈다. 마침내 티 케이크를 제외하고 모두 집으로 돌아갔다.

"문을 닫아, 헤제키아." 재니가 말했다. "나는 집에 갈게."

티 케이크는 그녀 곁을 따라 들어가서 이번에는 현관 위까지 올라갔다. 그래서 그녀는 그에게 자리를 권했고 그들은 아무것도 아닌 일에도 많은 웃음을 터뜨렸다. 11시가 다 되었을 때 그녀는 남겨둔 파운드케이크가 한 조각 있다는 것을 떠올렸다. 티 케이크는 부엌 모퉁이에 있는 레몬 나무에서 레몬을 몇 개 따다가 그녀를 위해 짜주었다. 그래서 그들은 레모네이드도 마셨다.

"달빛이 너무 아름다워서 그냥 잠이나 자기에는 아깝네요." 두 사람이 접시와 잔을 씻은 후에 티 케이크가 말했다. "낚시하러 갑시다."

"낚시라고요? 이 밤에요?"

"그래요, 낚시요. 잉어가 있는 곳을 알고 있어요. 오늘 밤에 호수를 지나오면서 봤어요. 낚싯대가 어디 있죠? 호수로 가서 낚시를 합시다."

자정이 지난 시간에 등잔불에 비춰서 지렁이를 잡고 사벨리아 호수로 낚시하러 간다는 것이 너무 황당해서 그녀는 규칙을 어긴 아이가 된 기분이 들었다. 바로 그 점이 재니는 마음에 들었다. 그들은 잉어 두세 마리를 잡은 다음 해 뜨기 직전에 집으로 돌아왔다. 그런 다음 그녀는 뒷문으로 몰래 티 케이크를 내보내야 했고 그 때문에 그녀는 마을 사람들이 모르는 큰 비밀을 하나 간직하고 있는 것처럼 느끼게 되었다.

"재니 마님." 다음 날 헤제키아가 시무룩하게 말을 시작했다. "그 티 케이크더러 집까지 바래다 달라고 하시면 안 돼요. 밤길이 무서우시면 이제부터는 제가 바래다 드릴게요."

"티 케이크하고 가는 게 무슨 문제인데, 헤제키아? 그가 무슨 도둑이라도 된다는 거야?"

"그가 뭘 훔쳤다는 말은 들어본 적이 없는데요."

"그렇다면 사람들을 해치려고 총이나 칼을 들고 다니는 나쁜 사람이야?"

"그가 사람을 찔렀다거나 누구를 쐈다는 말은 안 들어보았어요."

"그렇다면 그에게…… 그에게…… 부인이나 그 비슷한 사람이 있어? 물론 그게 내가 신경 쓸 일은 아니지만 말이야." 그녀는 대답을 기다리며 숨을 죽였다.

"아니요. 꼭 그와 꼭 같은 처지가 아니라면 어느 누구도 굶어 죽으려고 티 케이크와 결혼하려 하진 않을걸요……. 그는 어느 것에도 진득하질 못하거든요. 물론 옷은 항상 갈아입고 다니죠. 그 긴

146

다리 티 케이크는 가축 축사 같은 집 한 칸도 없어요. 그는 마님 같은 분하고 친해질 자격이 눈곱만큼도 없어요. 마님이 이런 걸 아시도록 말씀드리고 싶었어요."

"아, 좋아. 헤제키아, 정말 고마워."

다음 날 밤 그녀가 계단을 올라갔을 때 티 케이크가 어둠 속 현관에 앉아 있었다. 그는 갓 잡은 송어를 한 꿰미 선물로 가져왔다.

"내가 그걸 씻을 테니까 당신이 튀겨서 함께 먹읍시다." 그는 거절당하지 않을 것이라고 확신하면서 말했다. 그들은 부엌으로 들어가서 뜨거운 생선 요리와 옥수수 머핀을 만들어 먹었다. 그런 다음 티 케이크는 피아노로 가서 물어보지도 않은 채 블루스를 연주하고 노래를 부르면서 어깨 너머로 웃음을 지어 보였다. 그 소리에 재니는 부드러운 잠에 빠져들었고 잠에서 깨어났을 때는 티 케이크가 그녀의 머리를 빗겨주면서 두피를 긁어주고 있었다. 그것 때문에 그녀는 더 편안하고 졸렸다.

"티 케이크, 어디서 빗이 나서 내 머리를 빗겨주고 있는 거예요?"

"내가 가져왔어요. 오늘 밤에는 당신 머리를 만져보려고 빗을 가지고 왔어요."

"왜요, 티 케이크? 내 머리를 빗겨주는 게 **당신에게** 좋을 게 뭐가 있나요? 나는 편안하지만 당신은 아니잖아요."

"나도 편안해요. 당신 머리를 너무 만지고 싶어서 일주일 이상 잠을 잘 못 잤어요. 머리가 너무 예뻐요. 비둘기 날개 아래 털에 얼굴을 갖다 댄 것 같은 느낌이에요."

"참! 당신은 정말 쉽게 만족을 하는군요. 나는 태어나서 첫 울음을 터뜨린 이후 줄곧 이 머리를 기르고 있었는데도 한 번도 감동한 적이 없어요."

"당신이 나한테 말한 것처럼 나도 당신한테 말해볼게요……. 당신은 만족시키기가 무지 어려운 사람이에요. 그 입술도 당신에게는 만족스럽지 못할걸요?"

"맞아요, 티 케이크. 입술은 거기 있을 뿐이고 나는 필요할 때마다 입술을 쓰지만 나한테 특별한 것은 없어요."

"쯧! 쯧! 쯧! 거울 속의 당신 눈을 보면서 즐기지 못하는 것 같군요. 당신 자신은 그 눈에서 즐거움을 조금도 얻어내지 못하면서 다른 사람들한테만 그 즐거움을 전부 차지하게 하잖아요."

"아니에요. 거울 속에서 내 눈을 들여다본 적이 한 번도 없어요. 설사 내 눈을 보고 다른 사람들이 즐거워한다 해도 나는 그런 말을 들어본 적이 없어요."

"그거 알아요? 당신은 물병 속에 세상을 다 가지고 있으면서 그걸 모르는 척하고 있어요. 그러나 당신에게 그것을 알려주게 되어서 기뻐요."

"수많은 여자들한테 그런 말을 했을 것 같은데요."

"나는 이방인들에게 보내진 사도 바울이에요. 그들에게 말해주고 또 보여주기도 하죠."

"나도 그렇게 생각했어요." 그녀가 하품을 하며 소파에서 일어나려 했다. "당신이 머리를 긁어주니까 너무 졸려서 침대까지도 가지 못 할 것 같아요." 그녀는 즉시 일어나서 머리를 묶었다. 그는 가만히 앉아 있었다.

"아니오. 당신은 졸리지 않아요, 재니. 그저 내가 가길 바라는 거예요. 당신은 내가 건달에다 바람둥이라 생각하고는 나와 이야기하느라 너무 많은 시간을 허비했다고 생각하는 거죠."

"어머, 티 케이크! 도대체 왜 그런 생각을 하게 된 거예요?"

"내가 한 일에 대해 말할 때 당신이 날 바라보는 모습 때문에요. 당신 얼굴이 너무 무서워서 내 수염이 곤두섰어요."

"당신의 행동과 말에 대해 내가 화낼 이유가 어디 있겠어요? 그건 당신이 전부 오해한 거예요. 나는 전혀 화나지 않았어요."

"나도 그걸 알아요. 그리고 그 때문에 나 자신이 부끄러워졌어요. 당신은 그저 나를 싫어하는 거예요. 당신 얼굴은 여기를 떠나 딴 곳에 가 있었어요. 아니, 당신은 나한테 화를 내고 있는 게 아니에요. 당신이 화를 낸다면 오히려 내가 기쁠 거예요. 그러면 당신을 즐겁게 해주기 위해 뭔가를 할 수 있을 테니까요. 그러나 마치 그것이……."

"내가 좋아하고 싫어하는 것에 신경 쓰지 말아요, 티 케이크. 그건 당신 여자 친구가 해야 할 일이죠. 나는 그저 이따금씩 만나는 친구일 뿐이잖아요."

재니는 천천히 계단을 향해 걸었고 티 케이크는 일단 일어서고 나면 다시는 그곳에 돌아올 수 없을까 두려워하면서 그 자리에 얼어붙은 것처럼 꼼짝도 하지 않고 앉아 있었다. 그는 침을 꿀꺽 삼키며 그녀가 걸어가는 것을 바라보았다.

"당신에게 털어놓을 생각은 눈곱만큼도 없었어요. 적어도 지금 당장은요. 그렇지만 당신이 지금처럼 절 대하는 걸 보느니 압정에 찔리는 게 낫겠어요. 난 당신의 포로예요."

계단 맨 위쪽 난간에서 재니는 획 몸을 돌렸고 한 가지 생각이 스쳐 지나가는 동안 그녀의 얼굴은 변신하는 것처럼 환하게 밝아졌다. 그러나 다음 생각에 그녀는 무너져 내렸다. 그는 내가 자기한테 반해 있으니까 자기 말을 믿을 것이라 생각하고서 지금 아무 말이나 하고 있는 거야. 이런 생각이 들자 다 쓸데없는 짓이라는 냉정한 기분이 그녀를 무겁게 내리눌렀다. 그는 나보다 젊다는 걸 이용하고 있는 거야. 나를 늙은 바보라고 비웃을 채비를 하고 말이야. 아, 그렇지만 내가 열두 살 젊어서 그의 말을 믿을 수만 있다면 무엇인들 못 내놓겠어!

"아, 티 케이크. 생선이랑 옥수수빵 맛이 너무 좋아서 오늘 밤에 당신이 그런 말을 한 것일 뿐이에요. 내일은 당신 마음이 바뀔 거예요."

"아니요, 그러지 않을 겁니다. 내가 더 잘 알아요."

"어쨌든 아까 부엌에서 당신이 한 말로 따져보면 나는 당신보다 거의 열두 살이 많아요."

"나도 그것에 대해 전부 따져보고 마음을 돌리려고 애썼지만 허사였어요. 내가 젊다는 생각은 당신이 곁에 있는 것만큼 나를 만족시켜 주지 않아요."

"대부분의 사람들에게는 그것이 엄청나게 중요해요, 티 케이크."

"그런 것들은 편의와 연관이 있지 사랑하고는 아무 상관이 없어요."

"글쎄요. 내일 해가 뜨고 난 후 당신이 무슨 생각을 할지 알고 싶군요. 이것은 오늘 밤의 생각일 뿐이에요."

"당신한테는 당신 생각이 있고 나한테는 내 생각이 있어요. 당신이 틀렸다는 쪽에 1달러 걸게요. 그러나 당신은 돈 내기도 하지 않을 거예요."

"지금까지 한 번도 해보지 않았어요. 그러나 노인들이 항상 말씀하시듯이 나는 태어났지만 죽진 않았어요. 내가 무엇을 하게 될지 아직 알 수는 없죠."

그는 갑자기 일어서서 모자를 집어 들었다. "잘 자요, 재니. 우린 작은 것부터 큰 문제에 이르기까지 온갖 이야기를 다 한 것 같아요. 잘 자요."

그는 거의 뛰다시피 문밖으로 나갔다.

재니는 계단 기둥에 몸을 기대고 아주 오랫동안 생각에 잠겨 있다 거의 잠이 들 뻔했다. 그러나 잠자리에 들기 전에 자기 입과 눈과 머리를 자세히 들여다보았다.

다음 날 집과 상점에서 하루 종일 그녀는 티 케이크에 대해 저항하는 생각을 했다. 그녀는 마음속으로 그를 경멸하기도 했고 그와 만난 것을 부끄럽게 여기기도 했다. 그러나 한두 시간마다 싸움을 완전히 다시 시작해야만 했다. 그녀는 그를 그저 다른 남자들처럼 보이게 만들 수가 없었다. 그는 여자들이 사랑에 대해 품고 있는 생각을 구현한 사람처럼 보였다. 그는 꽃에 ─ 봄날의 배꽃에 ─ 날아든 벌이라 할 수 있었다. 그가 발자국을 내딛을 때마다 세계에서 향기를 짓이겨내고 있는 것처럼 보였다. 내딛는 발걸음마다 향내 나는 허브를 짓이기고 있는 것 같았다. 그의 주변에는 향기가 드리워져 있었다. 그는 하느님에게서 나오는 섬광이었다.

그날 밤에는 그가 나타나지 않았고 그녀는 침대에 누워서 그를 비웃는 생각을 하는 척했다. "시시껄렁한 농담이나 하면서 어딘가를 어슬렁거리고 있을 거야. 그 사람한테 차갑게 대하길 잘했어. 길거리를 배회하는 허접쓰레기 같은 흑인한테 내가 뭘 바라는 거지? 다른 여자랑 살면서 나를 바보 취급하고 있는 게 분명해. 더 늦기 전에 정신을 차려서 다행이야." 그녀는 그런 식으로 자신을 달래려 애썼다.

다음 날 아침 그녀는 문을 두드리는 소리에 잠에서 깼고 나가 보니 티 케이크가 그곳에 있었다.

"잘 잤어요, 재니? 당신 잠이 달아났길 빌어요."

"분명히 그랬어요, 티 케이크. 안으로 들어와서 모자를 저기 둬요. 이렇게 이른 아침 시간에 거기서 뭘 하고 있는 거예요?"

"새벽에 한 생각을 당신에게 알려주려고 빨리 여기에 와야겠다고 생각했어요. 내가 새벽에 느낀 감정을 당신에게 알려줘야 한다고 생각해요. 밤에는 당신에게 제대로 이해시킬 수가 없었어요."

"못 말려요! 그것 때문에 이 새벽에 여기 온 거예요?"

"물론이죠. 당신에게 직접 말해주고 보여줄 필요가 있어요. 그래서 내가 지금 바로 그렇게 하고 있어요. 딸기도 조금 따왔어요. 당신이 좋아할 것 같아서요."

"티 케이크, 솔직히 말하면 당신을 어떻게 이해해야 할지 모르겠어요. 당신은 너무 황당해요. 당신한테 아침 식사를 차려줄게요."

"시간이 없어요. 일하러 가야 해요. 8시까지 올란도로 돌아가야 해요. 나중에 봐요. 그때 더 자세히 이야기해줄게요."

그는 재빨리 도로로 뛰어 내려가서 사라져버렸다. 그러나 그날 밤 그녀가 상점에서 돌아왔을 때 그는 모자를 얼굴 위에 올려놓은 채 현관 위 해먹에 누워서 잠자는 척하고 있었다. 그녀가 그를 부르자 그는 못 들은 척하면서 더 크게 코를 골았다. 그녀가 해먹으로 가서 그의 몸을 흔들자 그는 그녀를 붙잡아서 자기 쪽으로 끌어당겼다. 잠시 후 그녀는 그의 품에 안겨서 그곳에 잠시 누워 있었다.

"티 케이크, 당신은 어떤지 잘 모르겠지만 나는 배가 고파요. 가서 저녁을 좀 먹어요."

그들은 안으로 들어갔고 그들의 웃음소리가 처음으로 부엌과 집 전체에 울려 퍼졌다.

다음 날 아침 재니는 숨이 막힐 것 같은 티 케이크의 입맞춤에 잠에서 깨어났다. 그녀가 그의 포옹에서 빠져나와 날아가버릴까 두려운 것처럼 그는 그녀를 껴안고 쓰다듬었다. 그런 다음 서둘러 옷을 입고 시간에 맞춰 일하러 갔다. 그는 그녀에게 아침을 차리지 못하게 했다. 그는 그녀가 쉬기를 원했다. 그녀에게 꼼짝도 하지 않고 가만히 누워 있으라고 시켰다. 그녀는 그를 위해 아침을 차려 주고 싶었다. 그러나 그녀는 그가 가고 난 후에도 오랫동안 침대에 누워 있었다.

모공으로 너무나 많은 것이 뿜어져 나왔기 때문에 티 케이크가 여전히 그곳에 있는 것 같았다. 그녀는 그를 느낄 수 있었고 방 안을 이리저리 뛰어다니는 그의 모습이 허공에 보이는 것 같았다. 오랫동안 가만히 누워 행복을 느낀 다음 그녀는 일어나서 티 케이크가 바람을 타고 하늘로 뛰어올라갈 수 있도록 창문을 열어젖혔다. 그렇게 새로운 생활이 시작되었다.

오후에 침착해지는 시간이 되자 특히 연인들에게 파견된 지옥의 악마가 재니의 귀에 도착했다. 의심이었다. 상황이 제공하고 마음이 느낄 수 있는 온갖 두려움이 사방에서 그녀를 공격해왔다. 이것은 그녀에게 새로운 느낌이었지만 그에 못지않게 고통스러웠다.

티 케이크가 그녀에게 확신을 주면 좋으련만! 그는 그날 밤에도, 다음 날 밤에도 돌아오지 않았고 그래서 그녀는 심연에 내던져져서 빛이라고는 들어온 적이 없는 아홉 번째 어둠* 속으로 떨어졌다.

그러나 나흘째 되던 날 오후에 그는 고물차를 타고 나타났다. 그는 사슴처럼 뛰어내려서는 상점 현관 기둥에 차를 묶는 시늉을 했다. 그 특유의 미소를 가득 담고서! 그녀는 그를 숭배했지만 동시에 그가 미웠다. 어떻게 그녀를 그렇게 고통스럽게 만들어놓고 특유의 그 사랑스러운 미소를 지으며 나타날 수 있단 말인가? 그는 문 안으로 걸어가며 그녀의 팔을 꼬집었다.

"당신을 태우고 돌아다닐 걸 가져왔어요." 그가 그 비밀스러운 미소를 지으며 그녀에게 말했다. "모자를 쓸 거면 하나 챙겨와요. 식료품을 사가지고 와야 해요."

"혹시 아는지 모르겠는데 바로 여기 이 상점에서 내가 식료품을 팔고 있어요, 티 케이크." 그녀는 쌀쌀맞게 보이려고 애를 썼지만 자기도 모르게 미소를 짓고 있었다.

"특별한 경우를 위해서 우리가 원하는 그런 물건들은 아니죠. 당신은 보통 사람들을 위한 물건들을 팔잖아요. **당신을** 위해서 장을 볼 거예요. 내일 주일학교에서 가는 큰 소풍이 있어요—당신은 그걸 잊어버렸을 거예요—그래서 우리는 먹을 것을 한 바구니 가득 싸가지고 가야 해요."

"그건 잘 모르겠어요, 티 케이크. 당신에게 뭘 할지 알려줄게요.

---

* 단테의 《신곡》 지옥 편에 대한 언급이다. 《신곡》에서 지옥은 아홉 개의 구렁으로 이루어져 있고 맨 밑바닥 아홉 번째 구렁에는 유다 같은 배신자가 갇혀 있다.

집으로 내려가서 날 기다려요. 바로 거기로 갈게요."

　괜찮은 기회가 온 것 같은 생각이 들자마자 그녀는 뒷문으로
빠져나와서 티 케이크를 만났다. 괜히 김칫국부터 마실 필요가 없
었다. 어쩌면 그가 그저 예의상 그렇게 말한 것일 수도 있었다.

　"티 케이크, 정말로 나랑 이 소풍에 가고 싶어요?"

　"당신을 데려가려고 돈 모으느라 바빴어요……. 두 주 내내 개
처럼 일을 했어요……. 그런데 기껏 당신은 나한테 와서 당신과 함께
가기를 원하느냐고 묻다니! 윈터파크나 올란다에 가서 당신에게
필요한 물건을 사주려고 온갖 고생을 하면서 차를 구해왔는데 당
신과 함께 가기를 원하느냐고 묻다니!"

　"화내지 말아요, 티 케이크. 나는 그냥 당신이 예의상 무슨 일을
하는 걸 원치 않았을 뿐이에요. 당신이 데려가고 싶은 사람이 있으
면 나는 괜찮아요."

　"아니, 당신은 괜찮지 않아요. 괜찮다면 그런 말을 하지 않겠죠.
당신의 진심이 무엇인지 용기를 내서 말해봐요."

　"그렇다면 좋아요, 티 케이크. 정말로 당신과 함께 가고 싶어요.
그렇지만……, 아, 티 케이크, 나한테는 거짓말을 하지 말아요!"

　"재니, 내가 거짓말을 하고 있다면 하느님이 날 죽여주시길 빌
어요. 이 세상의 어느 누구도 당신 발뒤꿈치도 못 따라가요. 당신
은 천국으로 가는 열쇠를 가지고 있어요."

12

소풍을 다녀오고 나서야 비로소 마을 사람들은 상황을 눈치채고 분개했다. 티 케이크와 스탁스 시장 부인이! 온갖 남자들을 다 놔두고 티 케이크 같은 놈과 희롱거리다니! 또 하나는 조 스탁스가 죽은 지 겨우 아홉 달 밖에 안 지났는데 분홍색 리넨 옷을 차려 입고 소풍을 갔다니. 다니던 교회도 안 나오고. 온통 파란색 옷을 차려 입고 티 케이크와 함께 차를 타고 샌포드에 가다니! 부끄러운 일이야. 하이힐을 신고 십 달러짜리 모자 쓰는 것에 맛을 들이다니! 티 케이크가 입으라고 했다고 항상 파란색 옷에 애들처럼 하고 다니는 꼴이란. 불쌍한 조 스탁스. 무덤 속에서 날마다 뒤척일 거야. 티 케이크와 재니가 사냥을 하러 갔대. 티 케이크와 재니가 낚시를 하러 갔대. 티 케이크와 재니가 올란도에 영화를 보러 갔다는군. 티 케이크와 재니가 춤추러 갔대. 티 케이크가 재니 집 마당에 화단을 만들고 재니를 위해 정원에 씨를 뿌렸대. 재니가 좋아하지 않았던 부엌 창문 옆의 나무를 베어냈대. 둘이 서로에게 푹 빠져 있다는 그 모든 표시들. 티 케이크가 빌려온 차로 재니한테 운전을 가르쳤대. 티 케이크와 재니가 체스를 뒀대. 쿤캔 카드놀이를 했대. 상점 현관에 아무도 없으면 오후 내내 플로리다 플립 카드놀이를 한대. 날이면 날마다, 주마다.

"피비." 어느 날 밤에 샘 왓슨이 침대에 누우며 말했대. "당신 친구는 그 티 케이크한테 확실하게 넘어간 것 같아. 처음에는 믿기지가 않았는데 말이야."

"아, 걔는 그걸 별로 중요하게 여기지 않아요. 내 생각에는 걔가 샌포드의 사업가를 마음에 들어 하는 것 같아요."

"재니가 요즘 엄청나게 좋아 보이는 걸 보면 누군가 있는 것 같아. 새 옷에다가 거의 날마다 머리 모양이 바뀌잖아. 뭔가가 있으니까 그렇게 머리를 다듬는 거야. 여자가 그렇게 공을 들여 머리를 빗을 때는 보여줄 남자가 있는 거야."

"어떻게 하건 당연히 그건 걔 마음이죠. 그렇지만 샌포드는 걔한테 좋은 기회인데. 부인하고 사별한데다 재니를 데려갈 괜찮은 집도 있고요⋯⋯. 이미 살림살이를 모두 갖춰놓았대요. 조가 물려준 집보다 좋아요."

"그렇다면 당신이 재니한테 이야기해서 분별력을 찾게 해줘. 티 케이크는 재니가 가진 재산을 까먹는 것 말고는 아무것도 할 줄 아는 게 없으니까. 바로 그게 그의 속셈인 것 같아. 조 스탁스가 열심히 일해서 모아놓은 것을 써버리는 거 말이야."

"그런 것 같아요. 그렇지만 그렇다 해도 재니는 자기 일은 알아서 할 수 있는 어른이에요. 지금쯤이면 자기가 하고 싶은 것이 무엇인지 알고 있을 거예요."

"오늘 과수원에서 남자들이 그 이야기를 하면서 재니와 티 케이크를 싸잡아서 욕하더군. 사람들 말로는 나중에 재니 돈을 쓰게 하려고 지금 티 케이크가 재니한테 돈을 쓰고 있다는 거야."

"흥! 흥! 흥!"

"아, 사람들이 전부 그렇게 추리를 해놓았어. 어쩌면 그 사람들 말처럼 그리 나쁘지 않을 수도 있지만 사람들이 그런 말을 하고 있어서 재니한테 정말 안 좋은 상황인 것처럼 들려."

"그건 시기와 악의예요. 그 남자들 중 몇 사람들이야말로 티 케이크의 속셈이라고 주장하는 것을 하고 싶어 한다고요."

"목사님 말씀으로는 헌금 내는 돈으로 자동차 기름을 사고 싶어서 티 케이크가 재니를 어쩌다 한 번씩만 교회에 보낸다는 거야. 재니를 교회에서 멀리 끌어내고 있다는 거지. 그렇지만 어쨌든 재니가 당신의 친한 친구이니까 가서 그녀가 잘 있는지 살펴봐. 이것 저것 귀띔을 해서 만약 티 케이크가 재니의 돈을 뜯어가려고 하면 바로 알아챌 수 있게 말이야. 나는 재니를 좋아해. 재니가 타일러 부인처럼 되는 건 정말 보기 싫어."

"아이고, 하느님. 그건 안 되고 말고요! 내일은 재니한테 들러서 이야기를 나눠보는 게 좋을 것 같아요. 재니는 자기가 무슨 짓을 하고 있는지 생각을 안 하고 있어요. 그뿐이에요."

다음 날 아침 피비는 이웃집 마당으로 들어가는 암탉처럼 재니의 집으로 향했다. 그녀는 사람을 만날 때마다 발을 멈추고 잠깐씩 이야기를 나눴고 빙 둘러서 한두 집 현관에 들러 잠시 쉬어갔다─구불구불 돌면서 앞으로 나아갔다. 그래서 그녀의 확고한 의도는 우연처럼 보였고 그녀는 길을 가는 도중에 사람들에게 자기의 의견을 전할 필요가 없었다.

재니는 그녀를 만나서 반가워했고 잠시 후 피비는 그녀에게 말을 꺼냈다. "재니, 그 티 케이크가 널 익숙하지 않은 곳으로 끌고 다니는 것에 대해 사람들이 모두 이야기하고 있어. 야구장이며 사냥이며 낚시 말이야. 그는 네가 그보다 고상한 사람이라는 걸 모르고 있어. 너는 항상 고상하게 행동했어."

"조디가 나더러 고상하게 굴라고 시켰어. 나는 안 그랬어, 피비. 티 케이크는 내가 원하지 않은 곳으로 절대 나를 끌고 다니지 않아. 정말로 많은 곳을 이곳저곳 돌아다니고 싶었는데 조디가 그걸 절대 허락해주지 않았어. 내가 상점에 가지 않을 때면 그는 나더러 손을 포갠 채 저기에 가만히 앉아 있기를 원했어. 그러나 저기 앉아 있으면 사방의 벽들이 살금살금 나를 죄어들어 와서는 내 몸 안의 기운을 전부 쥐어짜버렸어. 피비, 교육을 많이 받은 여자들은 앉아서 생각해볼 게 엄청 많은 것 같아. 누군가가 그들에게 앉아서 뭘 할지 알려주었지만 불쌍한 나한테는 알려주는 사람이 아무도 없었어. 그래서 앉아 있으면 여전히 걱정이 돼. 나는 나 자신을 전부 활용하고 싶어."

"그렇지만 재니, 감옥에 들락거리는 건 아니지만 티 케이크한테는 내보일 만한 동전 한 푼 가진 게 없어. 그가 그저 네 돈을 보고 쫓아다니는 건 아닌지 걱정되지 않아……? 그가 너보다 어리니까 말이야."

"그는 아직까지 한 번도 나한테 동전 한 닢 달라고 한 적이 없어. 그가 재산을 좋아한다 해도 우리 모두와 다를 바가 없지. 내 주변에 죽치고 앉아 있는 이 늙은 남자들도 결국 똑같은 것을 쫓는 거잖아. 나 말고도 마을에 과부가 셋이나 더 있는데 왜 그들을 목이 부러져라 쫓아다니지 않는 건데? 그들이 가진 게 아무것도 없어서야. 바로 그게 이유야."

"사람들은 네가 색깔 있는 옷을 입고 외출하는 것을 보고 죽은 네 남편한테 제대로 도리를 다하지 않고 있다고 생각해."

"내가 슬퍼하지도 않는데 왜 상복을 입어야 하는데? 티 케이크는 내가 파란색 옷을 입는 걸 좋아해. 그래서 그걸 입는 거야. 조디는 평생 나한테 옷 색깔을 골라준 적이 없어. 세상 사람들이 애도의 표시로 검은색과 흰색을 골라준 거지 조가 골라준 게 아니잖아. 그러니까 나는 조를 위해서 상복을 입은 게 아니었어. 다른 모든 사람들을 위해 입은 거지."

"그렇지만 어쨌든 조심해, 재니. 그리고 이용당하지 않도록 해. 젊은 남자들이 자기보다 나이 많은 여자들한테 어떻게 하는지 알잖아. 얻어낼 수 있는 것을 줄곧 쫓아다니다가 옥수수 사이로 빠져나가는 칠면조처럼 사라져버린다니까."

"티 케이크는 그런 식으로 말하지 않아. 그는 나와 영원히 함께 하려고 해. 우리는 결혼하기로 결정했어."

"재니, 너는 자기 일은 스스로 결정할 수 있는 여자야. 그래서 네가 잘 알아서 할 거라는 걸 알아. 나는 네가 주머니쥐처럼 되지 않기를 바랄 뿐이야. 나이 들수록 분별력이 더 줄어드는 법이니까. 네가 샌포드에 사는 그 남자랑 결혼한다면 훨씬 더 좋을 텐데. 그 사람한테는 네 재산에 보태서 더 늘려줄 재산이 있잖아. 그는 괜찮은 사람이야."

"그래도 나는 티 케이크랑 함께 살래."

"글쎄, 네가 그렇게 이미 마음을 정했다면 아무도 어떻게 할 수가 없지. 그렇지만 너는 엄청난 모험을 하고 있는 거야."

"내가 전에 모험한 것 이상은 아니야. 그리고 다른 사람들 모두 결혼할 때 하는 모험 이상도 아니야. 결혼은 항상 사람들을 변화시키고 때로는 자신들 속에 있으리라고 생각하지 못했던 더러움과 비열함을 이끌어내기도 해. 너도 그걸 알잖아. 어쩌면 티 케이크도 그렇게 될지 몰라. 어쩌면 아닐 수도 있고. 어쨌든 나는 준비가 됐고 기꺼이 그를 한 번 겪어볼래."

"그렇다면 언제 결혼할 건데?"

"그건 우리도 몰라. 상점이 팔리면 어디론가 가서 결혼하려고."

"왜 상점을 팔겠다는 거야?"

"티 케이크가 조디 스탁스가 아니니까. 그리고 그가 그렇게 되려고 한다면 완전히 뒤죽박죽이 될 거야. 그러나 내가 그와 결혼하는 순간 모두가 비교를 하게 될 거야. 그래서 어디론가 멀리 가서 티 케이크식으로 완전히 새로 시작할 거야. 이것은 사업 계획도 아니고 재산과 지위를 쫓는 경주도 아니야. 그냥 사랑의 게임이야. 지금까지는 할머니 방식으로 살아왔지만 이제는 내 방식대로 살 거야.

"그게 무슨 말이야, 재니?"

"할머니는 사람들, 즉 흑인들이 앉아서 쉬고 싶을 때 마음대로 앉아 쉴 수 없었던 노예제도 시절에 태어나셨어. 그래서 할머니한테는 백인 마님처럼 현관에 나와 앉아 있는 것이 대단히 멋진 일처럼 보였지. 바로 그게 할머니가 나한테 원하셨던 거야……. 어떤 대가를 치르건 상관하지 않는 거지. 높은 의자에 올라가서 거기 앉아 있는 것 말이야. 할머니는 아무것도 안 하는 의자에 올라간 다음에는 무엇을 할지 생각해볼 겨를이 없었어. 목표는 거기에 오르는 거였어. 그래서 나는 할머니가 시키는 대로 높은 의자로 올라갔지. 그렇지만 피비, 나는 그 위에서 거의 시들어 죽을 뻔했어. 온 세상이 탈출을 외치는데 나는 아직도 그 흔한 소식을 듣지 못한 것 같은 기분이었어."

"어쩌면 그럴 수도 있어, 재니. 그래도 나는 딱 일 년만 그걸 경험해보고 싶어. 내가 있는 곳에서 보면 그게 천국처럼 보여."

"그럴 거라 생각해."

"그런데 어쨌든, 재니, 상점을 팔고 낯선 남자를 따라 멀리 가는 이 문제에 대해서는 신중해야 해. 애니 타일러에게 무슨 일이 일어났는지 봐. 별로 있지도 않은 재산을 가지고 후 플렁이라는 그 청년이랑 탐파로 도망갔잖아. 그건 생각해볼 문제야."

"물론이지. 그렇지만 나는 타일러 부인이 아니고 티 케이크는 후 플렁이 아니야. 그리고 그는 내가 모르는 사람이 아니야. 우리는 이미 결혼한 것이나 다름없어. 그걸 사방에 알리고 싶진 않아. 너니까 알려주는 거야."

"나는 병아리야. 물을 마셔도 오줌을 안 싸거든."

"아, 네가 동네방네 떠들지 않을 거라는 거 알아. 우리는 부끄럽지 않아. 그저 큰 소동을 일으킬 준비가 아직 안 되어 있을 뿐이야."

"그 이야기를 안 한 것은 잘한 일이지만 재니, 너는 엄청나게 큰 모험을 하고 있어."

"겉보기만큼 그렇게 큰 모험은 아니야, 피비. 나는 티 케이크보다 나이가 많아. 맞아. 그렇지만 그는 나이차를 만들어내는 것이 생각일 뿐이라는 걸 나한테 보여줬어. 두 사람이 똑같은 생각을 한다면 잘 지낼 수 있어. 그래서 처음에는 새로운 생각을 해야 했고 새로운 말을 해야 했어. 그것에 익숙해지고 나니까 우리 두 사람은 잘 지내. 그는 나한테 새로운 말을 다시 가르쳐주었어. 티 케이크가 나한테 골라준 파란색 새 공단 옷을 입고 내가 그 사람 옆에 서게 될 때까지 기다려. 하이힐 구두와 목걸이, 귀고리, 그가 원하는 **모든 걸** 걸친 내 모습을 말이야. 조만간 어느 날 아침이 될 거야. 그리 멀지 않았어. 네가 날 불러도 나는 떠나고 없을 거야.”

13

　잭슨빌. 티 케이크의 편지는 잭슨빌이라고 했다. 그는 전에 그
곳의 철도 매점에서 일했고 그의 옛 주인이 다음 임금 지불 날 그
에게 일자리를 주겠다고 약속했다. 재니는 더 기다릴 필요가 없었
다. 그는 그녀가 기차에서 내리자마자 결혼식을 올릴 작정이었기
때문에 그녀에게 새로 산 파란색 옷을 입고 오라고 했다. 그는 그
녀 생각으로 몸이 달 지경이라며 그녀에게 서둘러 오라고 했다. 어
서 와요, 내 아기. 아빠 티 케이크는 당신한테 절대 화내는 일이 없
을 거야!
　재니가 그날 아침 너무 이른 시각에 기차를 타고 그 도시로 떠
났기 때문에 그녀가 떠나는 것을 본 사람이 많지는 않았다. 그러나
그녀가 떠나는 것을 본 소수의 몇 사람이 많은 증언을 해주었다.
그들은 그녀에게 많은 증언을 해주어야만 했다. 그녀의 모습이 분
명히 좋아 보였으니까. 그러나 그녀는 그렇게 많은 증언을 받을 자
격이 없었다. 너무 탐나게 만드는 여자를 사랑하는 것은 어렵다.
　기차는 스스로 박자를 맞추면서 반짝이는 강철 철로 위에서 여

러 마일에 걸쳐 춤을 췄다. 이따금씩 기관사는 지나가는 마을에 사는 사람들을 위해 호루라기를 불곤 했다. 기차는 잭슨빌로, 그녀가 보고 알고 싶어 했던 수많은 일들 속으로 발을 끄는 춤을 추듯이 천천히 들어섰다.

그리고 커다란 낡은 역에 새 파란 양복에 밀짚모자를 쓰고 기다리고 있던 티 케이크는 먼저 그녀를 목사관으로 이끌고 갔다. 그런 다음 그녀가 오기를 기다리면서 혼자서 이 주 동안 자면서 지냈던 방으로 직행했다. 그리고 어느 누구도 본 적이 없는 그런 포옹과 키스와 새롱거리기가 다시 이어졌다. 그녀는 너무 기뻐서 스스로 겁이 날 지경이었다. 그들은 그날 밤에 집에서 쉬었지만 다음 날 밤에는 쇼를 보러 나갔고 그 후에는 전차를 타고 돌아다니면서 주변을 둘러보았다. 티 케이크가 모든 비용을 댔기 때문에 재니는 속옷 안에 핀으로 꽂아둔 200달러에 대해 그에게 아무런 말도 하지 않았다. 피비는 재니에게 그 돈을 가져가되 신중을 기하는 차원에서 티 케이크에게는 비밀로 하라고 강력하게 권했다. 재니는 지갑 속에 교통비로 10달러를 넣어두었다. 그것이 그녀가 가진 전부라고 티 케이크가 생각하도록 말이다. 앞으로 일이 그녀가 생각했던 대로 풀리지 않을 수도 있으니까. 기차에서 내린 이후 매 순간 그녀는 피비의 충고에 웃음을 터뜨리고 있었다. 그녀는 티 케이크가 기분 나빠하지 않을 것이라는 확신이 들면 언젠가 그 일을 농담 삼아 그에게 들려줄 작정이었다. 그렇게 결혼을 한 후 일주일이 지났을 때 재니는 사진을 붙인 엽서를 피비에게 보냈다.

그날 아침 티 케이크는 재니보다 먼저 일어났다. 재니는 졸려서 그에게 아침에 튀겨 먹을 생선을 사오라고 시켰다. 그가 돌아올 때쯤이면 그녀는 잠에서 깨어나 있을 것이다. 그는 그녀에게 그렇게 하겠다고 말했고 그녀는 돌아누워서 다시 자기 시작했다. 그녀가 일어났을 때에도 티 케이크는 여전히 돌아오지 않았다. 시계를 보고 시간이 상당히 지났다는 것을 알았기 때문에 그녀는 일어나서 세수를 했다. 어쩌면 그녀가 더 잠을 자도록 그가 부엌으로 내려가서 생선 손질을 하고 있을지도 모르는 일이었다. 재니는 아래층으로 내려갔다가 안주인과 함께 커피를 마셨다. 남편이 세상을 떠난 후라 아침에 혼자 커피를 마시는 것이 싫다고 그녀가 말했기 때문이었다.

"남편은 오늘 아침에 일하러 갔나요, 우즈 부인? 한참 전에 나가는 걸 봤어요. 나랑 당신이 서로 친구가 될 수 있겠네요, 그렇죠?"

"아, 그럼요, 새뮤얼스 부인. 부인을 보니 이튼빌에 있는 제 친구가 생각나네요. 맞아요, 부인은 꼭 그 애처럼 상냥하고 친절하세요."

그렇게 커피를 마신 다음 재니는 안주인한테 아무것도 묻지 않은 채 자기 방으로 돌아왔다. 티 케이크가 생선을 구하러 온 시내를 샅샅이 훑고 다니는 것이 틀림없었다. 그녀는 너무 많이 생각하지 않으려고 그 생각에만 집중했다. 열두 시 호루라기 소리가 들렸을 때 그녀는 일어나서 옷을 입기로 했다.* 바로 그때 그녀는 200달러가 없어진 것을 알았다. 안전핀이 달린 작은 천 지갑은 의자위의 옷 더미 밑에 있었지만 돈은 방 안 어디에도 없었다. 그녀가 분홍색 실크 속옷에 핀으로 꽂아둔 그 작은 돈지갑 안에 돈이 들

---

* 잭슨빌은 철로가 지나는 마을로 철로 옆 상점들은 낮 동안 일정한 시각에 맞춰 호각을 크게 불어주었다.

어 있지 않다면 그 어느 곳에서도 그 돈을 찾을 수 없다는 것을 그녀는 처음부터 알고 있었다. 그러나 그녀는 바쁘게 방 안을 뒤지며 몸을 움직였고 그 일은 그녀를 계속 움직이게 해주었기 때문에 좋았다. 그러나 마음속으로 이런저런 생각뿐이었다.

그러나 아무리 결심이 굳어도 사탕수수를 빠는 말처럼 한 곳을 계속 빙글빙글 맴돌 수는 없었다. 그래서 재니는 바닥에 주저앉았다. 앉아서 둘러보았다. 방안은 악어의 입 같았다―무엇인가를 꿀꺽 집어삼키기 위해 입을 쩍 벌리고 있었다. 창문 밖으로는 잭슨빌이 대기의 가슴 위로 달려나가지 못하도록 울타리를 빙 둘러칠 필요가 있을 것처럼 보였다. 그것은 너무 커서 그녀 같은 누군가가 필요하지 않는 것은 말할 것도 없고 따뜻하지가 않았다. 그녀는 밤낮으로 하루 종일 애타게 걱정했다.

오전이 거의 다 갈 무렵 재니는 애니 타일러와 후 플렁을 떠올렸다. 애니 타일러는 쉰두 살에 과부가 되면서 좋은 집과 보험금을 물려받았다.

머리를 새로 스트레이트로 펴서 염색하고 불편한 새 의치를 낀 데다 가죽처럼 질긴 피부에 분을 덕지덕지 바르고 키득거리며 웃어대던 타일러 부인. 그녀는 십대 후반 혹은 이십대 초반의 총각들과 연애를 했고 그들 모두에게 옷과 신발, 시계 따위를 사주며 돈을 썼지만 그들은 자신들이 원하던 것이 충족되자마자 모두 그녀를 떠나버렸다. 그러다가 그녀가 가진 돈이 바닥나자 후 플렁이 나타나서는 앞서 사귀었던 남자들을 악당이라고 비난하고는 그녀의 집 주변을 맴돌기 시작했다. 집을 팔고 함께 탬파로 가자고 그녀를 꼬드긴 사람은 바로 그였다. 마을 사람들은 그녀가 절룩거리며 떠나는 것을 보았다. 작은 하이힐 구두는 온통 물집 투성으로 보이는 그녀의 지친 발을 벌주고 있었다. 그녀의 몸은 꼭 끼는 코르셋 속으로 쑤셔 넣어져서 허리 살이 턱 밑까지 밀려올라왔다. 그러나 그녀는 웃으면서 확신에 차서 떠났다. 재니가 그랬던 것만큼.

그로부터 2주 후 그녀는 북쪽으로 가는 완행열차의 짐꾼이자 차장의 도움을 받으며 메이트랜드에 내렸다. 머리카락 전체가 군데군데 희끗희끗, 거무스름했으며 붉으락푸르락했다. 싸구려 염색약이 부릴 수 있는 온갖 장난이 그녀의 머리카락에 나타나고 있었다. 구두는 걷느라 지친 그녀의 발처럼 구부러지고 뒤틀려 있었다. 코르셋을 입고 있지 않아서 떨고 있는 늙은 여자의 몸이 사방에 늘어져 있었다. 눈에 보이는 모든 것이 늘어져 있었다. 턱은 귀에서부터 늘어져서 휘장처럼 목까지 잔물결을 이루며 내려왔다. 늘어진 가슴과 배, 엉덩이와 다리 살이 발목까지 축 처졌다. 그녀는 신음 소리는 냈지만 결코 킥킥대며 웃지 않았다.

그녀는 상심했고 자존심도 사라졌다. 그래서 그녀는 무슨 일이 일어났느냐고 묻는 사람들에게 자초지종을 들려주었다. 후 플렁은 허름한 거리에 있는 허름한 집의 허름한 방으로 그녀를 데려가서는 다음 날 결혼식을 올리겠다고 약속했다. 두 사람은 이틀 동안 그 방에서 함께 지냈다. 그러나 사흘 째 되던 날 아침에 일어나 보니 후 플렁이 돈과 함께 사라지고 없었다. 그녀는 일어나서 이리저리 그를 찾아 돌아다녔지만 기진맥진해서 많은 일을 할 수가 없었다. 자신이 새 술을 담기에는 너무 낡은 부대라는 사실만 깨달았을 뿐이었다. 다음 날 그녀는 허기 때문에 밖으로 내몰렸다. 그녀는 거리에 서서 웃어 보이고 또 웃어 보이다가 나중에는 웃으며 구걸

했고, 나중에는 그냥 구걸만 했다. 온 세상에서 엄청난 상처를 받으며 일주일을 보낸 후 그녀는 길에서 같은 고향 출신인 한 젊은 이를 만났다. 그녀는 어쩌다 그 지경이 되었는지 차마 말할 수가 없었다. 그래서 기차에서 내렸을 때 누군가 지갑을 훔쳐갔다고 말했을 뿐이었다. 당연히 그는 그녀의 말을 믿었고 그녀를 자기 집으로 데려가서 하루 이틀 정도 쉬게 한 다음 집으로 돌아가는 차표를 끊어주었다.

사람들은 그녀를 자리에 눕혀놓고 오칼라 근처에 사는 결혼한 딸에게 와서 어머니를 돌보라고 연락했다. 딸은 최대한 빨리 달려왔고 애니 타일러가 편하게 임종을 맞이할 수 있도록 그녀를 모시고 갔다. 그녀는 평생 무엇인가를 기다렸고 그것을 발견했을 때는 그것 때문에 목숨을 잃었다.

그 일이 여러 장의 그림으로 바뀌어서 재니의 침대 주변을 밤새 맴돌았다. 어쨌든 그녀는 이튼빌로 돌아가서 비웃음과 동정의 대상이 되지는 않을 것이다. 호주머니에는 10달러가 있었고 은행에 1,200달러가 있었다. 그러나 아, 하느님. 티 케이크가 어디엔가 다쳐서 쓰러져 있는데 제가 그것에 대해 아무것도 모르고 있는 일은 일어나지 않게 해주십시오. 그리고 하느님, 제발 그가 저 외의 다른 사람을 사랑하지 않게 해주십시오. 주여, 어쩌면 저는 사람들 말처럼 바보일지 모릅니다. 그러나 주여, 저는 너무, 너무 외로웠고 기다려왔습니다, 예수님. 저는 오랫동안 기다려왔습니다.

재니는 깜빡 졸았지만 곧 깨어나서 태양이 어둠 속에 길을 내기 위해 자기보다 앞서서 정찰병들을 내보내고 있는 모습을 보았다. 태양은 세상의 문지방 위를 슬쩍 내다보면서 붉은색으로 살짝 장난을 쳤다. 그러다 곧 태양은 그 모든 것을 옆으로 밀쳐놓고 온통 흰색으로 옷을 입은 채 자기 일을 시작했다. 그러나 티 케이크가 곧 돌아오지 않는다면 재니에게는 언제나 어둠이 계속될 것이다. 그녀는 침대에서 나왔지만 의자에 가만히 앉아 있을 수가 없었다. 그녀는 흔들의자에 머리를 얹고 바닥에 쪼그리고 앉았다.

잠시 후 누군가가 문밖에서 기타를 치는 소리가 들려왔다. 상당히 긴 연주였다. 선율도 아름다웠다. 그러나 재니처럼 우울한 기분에서는 그 소리가 슬프게 들렸다. 다음에는 누군가가 '자비의 종을 울려주소서. 죄지은 남자를 집으로 맞아들여주소서'라는 노래를 부르기 시작했다. 그녀는 숨이 막혔다.

"티 케이크, 당신이야?"

"나라는 거 잘 알잖아, 재니. 왜 문을 안 열어주는 거야?"

그러나 그는 전혀 기다리지 않았다. 그는 기타를 들고 씩 웃으며 걸어 들어왔다. 붉은 실크 끈으로 묶은 기타를 목에 걸고 입이 귀에 걸리도록 웃고 있었다.

"내가 그동안 내내 어디에 갔었는지 나한테 물을 필요 없어. 당신한테 하루 종일 그것에 대해 이야기해줄 거니까."

"티 케이크, 나는……."

"세상에, 재니. 왜 바닥에 앉아 있는 거야?"

그는 양손으로 그녀의 머리를 감싸고 의자에 앉았다. 그녀는 여전히 아무 말도 하지 않았다. 그는 그녀의 머리를 쓰다듬으며 그녀의 얼굴을 내려다보았다.

"뭔지 알겠어. 그 돈에 대해 날 의심했군. 내가 돈을 들고 가버린 거라고 생각했지? 당신을 비난하진 않겠지만 그건 당신이 생각하는 것과 달라. 배 속의 여자 아기가 태어나지도 않았는데 아기 엄마가 죽는다면 그런 때는 내가 우리 돈을 그 아기를 위해 쓸 수 있을 거야. 당신은 천국으로 가는 열쇠를 가지고 있다고 내가 전에 말했지? 그 말을 믿어도 돼."

"그래도 당신은 나가서 나를 하루 종일 밤낮으로 혼자 있게 내버려뒀어."

"내가 그렇게 떨어져 있고 싶어서 그랬던 건 아니야. 하느님께 맹세하지만 그건 절대 여자 문제가 아니었어. 당신에게 날 꼭 붙들어 맬 힘이 없었다면 애초에 당신을 우즈 부인이라고 부르지 않았을 거야. 당신을 만나서 이야기를 나누기 전에 많은 여자를 만나 보았어. 결혼하자는 말을 꺼낸 여자는 당신뿐이야. 당신이 나보다 나이가 많은 것은 중요하지 않아. 그 문제에 대해서는 더 생각하지 마. 설사 내가 다른 여자랑 놀아난다 해도 그건 그 여자 나이 때문이 아닐 거야. 그건 당신이 날 사로잡은 것과 마찬가지로 그 여자가 날 사로잡아서일 거니까……. 그래서 나도 어쩔 수 없게 되어서 말이야."

그는 그녀 옆으로 내려앉아서 키스를 하고 그녀가 웃을 때까지 장난스럽게 그녀의 입꼬리를 잡아 올렸다.

"여길 보세요, 여러분." 그가 가상의 청중에게 소리쳤다. "우즈 자매님이 남편을 버리고 떠나려 하고 있어요!"

재니는 그 말에 웃음을 터뜨렸고 그에게 몸을 기댔다. 그런 다음 그녀는 같은 청중에게 소리쳤다. "우즈 부인이 작은 새 남자 수탉을 얻었는데 그가 어디를 다녀왔는지 알려주질 않아요."

"그렇지만 우선 밥을 먹읍시다, 재니. 그런 다음에 이야기해요."

"한 가지 말해둘 것은 앞으로는 생선을 사오라고 당신을 밖에 내보내는 일은 절대 하지 않을 거야."

그가 그녀의 옆구리를 꼬집었고 그녀의 말을 무시했다.

"오늘 아침에는 우리 둘 다 일할 필요가 없어. 새뮤얼스 부인을 불러서 당신이 원하는 것이 무엇이든지 장만해달라고 하자고."

"티 케이크, 어서 말해주지 않으면 내가 당신을 십 센트짜리 동전처럼 납작하게 두들겨줄 거야."

티 케이크는 아침 식사를 마칠 때까지 버티다가 이야기를 시작했고 실감나게 그 이야기를 재연했다.

그는 넥타이를 매다가 돈을 보게 되었다. 그는 그것을 들고 호기심에서 살펴보다가 튀길 생선을 찾으러 나가면서 그것을 세 보려고 호주머니에 넣었다. 액수가 얼마나 되는지 알았을 때 그는 신이 나서 사람들에게 자신을 과시하고 싶었다. 생선 시장을 찾기 전에 그는 예전에 기관 차고에서 함께 일했던 친구를 만났다. 이런저런 말을 나누다가 그는 곧 돈의 일부를 쓰기로 결심했다. 평생 그렇게 많은 돈을 수중에 가져본 적이 없었기 때문에 백만장자가 되면 어떤 기분일지 알아보기로 결심했다. 그들이 철도 매점들을 지나 캘러헌으로 갔을 때 그는 그날 밤 모든 사람에게 공짜로 치킨과 마카로니를 저녁 식사로 사주기로 결심했다.

그가 그 음식을 샀고 그들은 모두 춤을 출 수 있도록 기타를 칠 수 있는 사람을 찾아냈다. 그런 다음 사람들에게 초대 전갈을 보냈다. 그리고 정말로 사람들이 왔다. 튀긴 닭과 비스킷이 잔뜩 올려진 테이블이 차려졌고 치즈가 듬뿍 든 마카로니가 양푼 가득 나왔다. 기타 연주자가 기타를 연주하기 시작했을 때 동서남북과 오스트레일리아에서 사람들이 모여들기 시작했다. 그래서 그는 문간에 서서 못 생긴 여자들한테는 들어오지 말라고 2달러를 주어 보냈다. 체격이 좋고 피부가 머랭 색깔인 한 여자는 너무 못생겨서 들어오지 못하게 하려면 5달러를 주어야 할 것 같았다. 그래서 그는 5달러를 그녀에게 주었다.

악질이라고 자처하는 한 남자가 들어올 때까지 그들은 매우 즐거운 시간을 보냈다. 그는 닭고기를 모두 끌어 모아서 간과 모래주머니만 골라 먹으려 했다. 어느 누구도 그를 말릴 수 없었기 때문에 사람들은 티 케이크에게 가서 그 남자를 막아달라고 부탁했다. 그래서 티 케이크는 그 남자에게 다가가서 물었다. "이봐, 무슨 일이지?"

"나는 누가 나한테 뭘 건네주는 걸 바라지 않아. 특히 나한테 이걸 먹어라 저걸 먹어라 정해주지 마. 내가 먹을 건 항상 내가 선택하니까." 그는 계속해서 닭고기 더미를 헤집었다. 그래서 티 케이크는 화가 났다.

"간덩이가 부었군. 말해봐, 어떤 우체국에 오줌을 싼 적이 있는지. 좀 알고 싶군."

"지금 그게 무슨 말이야?" 그 남자가 물었다.

"내 말은…… 그렇게 쳐들어와서 내가 한 턱 낸 닭고기를 잡아뜯어 먹는 짓을 하는 건 연방 정부 우체국에 가서 오줌을 싸는 장난을 치는 것만큼이나 간덩이가 부어서 하는 짓이라는 거야. 덤벼봐. 내가 오늘 밤 기어이 손을 좀 봐줘야겠어."

그래서 사람들은 모두 티 케이크가 그 불한당을 처치할 수 있는지 구경하러 밖으로 나갔다. 티 케이크는 남자의 이를 두 대나

부러뜨렸고 남자는 그곳에서 사라져버렸다. 그러고 나자 두 남자 사이에 싸움이 벌어졌고 티 케이크는 두 사람을 화해시키려 했다. 그러나 그들은 그럴 마음이 없었다. 두 사람은 차라리 감옥에 가겠다고 했지만 다른 모든 사람은 티 케이크의 생각에 동의했기 때문에 두 사람을 화해하게 만들었다. 나중에 두 사람 모두 침을 뱉고 구역질을 해대며 손등으로 입을 닦았다. 한 남자는 밖으로 나가서 아픈 개처럼 풀을 씹어 먹으며 상대 남자를 죽이고 싶은 걸 참기 위한 것이라고 말했다.

그런 다음에는 연주할 줄 아는 곡이 세 곡밖에 없는 기타 연주자에게 모두가 야유를 보내기 시작했다. 그래서 티 케이크가 기타를 집어 들고 직접 연주를 했다. 재니를 만난 직후 그녀를 위해 차를 빌릴 돈을 마련하려고 전당포에 기타를 맡긴 이후 기타를 한 번도 만져보지 못했기 때문에 그는 그런 기회가 온 것에 기뻐했다. 그는 음악이 그리웠다. 그래서 즉석에서 그 기타를 사고 15달러를 지불했다. 그 기타는 사실 언제라도 65달러를 받을 만한 가치가 있었다.

날이 밝기 직전에 파티가 끝났다. 그래서 티 케이크는 서둘러 신부에게 돌아왔다. 그는 부자가 어떤 기분인지 알았고 좋은 기타를 갖게 되었으며 호주머니에 12달러가 남아 있었다. 지금 그에게 필요한 것은 재니에게 푹 안겨서 키스를 받는 것뿐이었다.

"당신은 당신 아내가 엄청나게 못생겼다고 생각하는 게 틀림없어. 당신이 2달러를 주고 돌려보낸 못생긴 여자들은 문까지는 갈 수 있었잖아. 그런데 나한테는 그만큼도 가까이 못 가게 했어." 그녀가 뾰루퉁해서 말했다.

"재니, 당신을 데려오기 위해서라면 잭슨빌뿐만 아니라 타파라도 한걸음에 달려갔다 왔을 거야. 두세 번 당신을 데려오려고 발걸음을 옮기기도 했어."

"그런데, 왜 날 데리러 오지 않았어?"

"재니, 만약 그랬으면 당신이 날 따라왔을까?"

"물론이지. 당신만큼 나도 즐기는 걸 좋아해."

"재니, 정말 그러고 싶었어. 그렇지만 겁이 났어. 혹시 당신을 잃을지도 모를까 봐 너무 겁이 났어."

"왜?"

"그 사람들은 절대 고상한 사람들이 아니야. 철도 노동자들에다 그 아내들이야. 당신은 그런 사람들과 어울려본 적이 없기 때문에 내가 당신을 그런 사람들 속에 끌고 갔다고 화를 내며 날 떠나버리지 않을까 겁이 났어. 그래도 나는 당신이 나와 함께 있어주기를 바랐어. 결혼하기 전에 나는 당신한테 내 상스러운 면을 보이지 않겠다고 결심했어. 내 나쁜 습관이 도지면 멀리 가서라도 당신 눈에 띄지 않게 하자고. **당신을** 내 수준으로 끌어내리고 싶은 생각은 추호도 없으니까."

"나 좀 봐, 티 케이크. 날 두고 나가서 실컷 놀고 돌아와서는 내가 고상하다느니 어쩌니 하고 떠들어대면 내 손에 당신 목숨이 날아갈 줄 알아. 알겠어?"

"그러면 모든 것을 함께할 거야, 여보?"

"그럼, 티 케이크. 그게 무엇이건 상관없어."

"그게 바로 내가 알고 싶었던 거야. 지금부터 당신은 내 아내이자 내 여자이고 이 세상에서 내가 필요로 하는 모든 것이야."

"나도 그러길 빌어."

"그리고 여보, 200달러에 대해서는 걱정하지 마. 다음 토요일이 화물 조차장에서 임금이 크게 나오는 날이거든. 호주머니에 있는 12달러로 200달러보다 많은 돈을 따올 테니까."

"어떻게?"

"여보, 당신이 나를 편하게 해주고 나 자신에 대해 무슨 말이든 할 수 있는 특권을 주었으니까 당신에게 이야기할게. 당신은 하느님이 만드신 최고의 도박꾼 중 하나와 결혼한 거야. 카드이건 주사위건 상관없어. 나는 신발 끈 하나로도 제혁 공장을 따낼 수 있으니까. 도박하는 내 모습을 당신이 볼 수 있으면 좋으련만. 그러나 이번 자리에서는 거친 남자들의 온갖 잡다한 말이 나올 거라서 당신이 가기에는 적합하지 않겠지만 머지않아 도박하는 내 모습을 보게 될 거야."

그 후 토요일이 될 때까지 내내 티 케이크는 주사위 연습을 하느라 바빴다. 그는 맨 바닥 위에서, 카펫 위에서, 침대 위에서 주사위를 던지곤 했다. 쪼그리고 앉아서 던지고, 의자에 앉아서도 던지고, 서서도 던졌다. 평생 동안 한 번도 주사위를 만져본 적이 없었던 재니에게는 그것이 신나는 일이었다. 그리고 그는 카드 한 벌을 들고 그것을 섞고 떼고, 섞고 떼고 돌리고 나서 각 패를 세심하게 살펴본 다음 다시 그 과정을 반복했다. 그렇게 토요일이 되었다. 그날 아침 그는 밖으로 나가서 자동으로 튀어나오는 신형 나이프와 카드 두 벌을 사온 다음 정오 무렵에 재니를 남겨두고 집을 나섰다.

"이제 곧 임금이 지불되기 시작할 거야. 나는 큰돈이 돌 때 게임에 끼고 싶어. 오늘은 푼돈을 따러 가는 게 아니야. 그 돈을 가지고 집에 오거나 아니면 들것에 실려 돌아올 거야." 그는 재수가 좋으라고 그녀의 머리에 난 사마귀에서 머리카락 아홉 올을 잘라낸 다음 행복하게 떠났다.

재니는 자정까지 걱정하지 않고 기다렸지만 그 후부터는 두려워지기 시작했다. 그래서 그녀는 일어나서 겁에 질린 채 비참한 마음으로 앉아 있었다. 온갖 종류의 위험에 대해 생각하며 두려워하면서. 이번 주에 여러 번 그랬던 것처럼 그녀는 티 케이크가 도박을 한다는 사실에 자신이 아무런 충격을 받지 않았다는 사실에 스스로 놀라워했다. 그것은 그의 일부였고 그래서 괜찮았다. 그녀는 오히려 비판하려고 나설지도 모르는 가상의 사람들에게 화를 내고 있었다. 늙은 위선자들은 자기 일에나 신경 쓰고 다른 사람들은 그냥 좀 내버려두라고. 그들이 거짓을 말하는 혀로 저지르는 것보다 약간의 돈을 따려는 티 케이크가 더 많은 해를 끼치는 것도 아닌데 뭐. 소위 기독교인이라는 그들의 가슴 속에 들어 있는 것보다 티 케이크의 발톱 밑에 착한 품성이 더 많이 들어 있어. 늙은 뒷담화꾼들이 **내** 남편에 대해 지껄이는 말 따윈 신경 쓰지 않을래!

오, 주여. 그 난폭한 흑인들이 제 남자를 해치지 않게 해주세요. 만약 그런 일이 일어난다면, 오 주여, 제게 좋은 총과 그들을 쏠 기회를 주세요. 티 케이크가 나이프를 가지고 간 것은 사실이지만 그것은 단지 그 자신을 보호하기 위한 것입니다. 티 케이크가 파리 한 마리 해치지 않는다는 걸 당신도 아실 겁니다."

세상의 틈새로 아침 햇살이 기어들어오고 있을 때 문을 두드리는 작은 소리가 들렸다. 그녀는 벌떡 일어나서 문을 활짝 열었다. 티 케이크가 선 채 잠이 든 것 같은 모습으로 그곳에 있었다. 이상하게도 그 모습이 섬뜩했다. 재니가 그의 팔을 잡고 흔들어 깨우자 그가 방으로 비틀거리며 들어와서 푹 쓰러졌다.

"티 케이크! 우리 아기! 무슨 일이야, 여보?"

"그 사람들한테 찔렸어. 그게 다야. 울지 마. 어서 이 외투 좀 벗겨줘."

그는 두 번밖에 찔리지 않았다고 말했지만 그녀는 그의 옷을 벗긴 다음 온몸을 살펴보고 어느 정도까지는 치료를 해야 했다. 그는 그녀에게 상태가 훨씬 더 악화되지 않는 이상 의사를 부르지 말라고 당부했다. 어쨌든 출혈 외에 큰 문제는 없을 것이다.

"당신한테 말한 대로 돈을 땄어. 자정 무렵에 200달러를 땄기 때문에 여전히 판돈이 엄청나게 컸는데도 손을 뗄 참이었어. 그러나 사람들이 잃은 돈을 되찾을 기회를 원했기 때문에 나는 조금 더 게임을 하기 위해 다시 자리에 앉았어. 늙은 더블 어글리가 곧 빈털터리가 되어서 싸움을 걸 태세라는 걸 알았지. 그래서 나는 다시 앉아서 그에게 돈을 되찾을 수 있는 기회를 주고 호주머니에서 얼핏 보인 그 면도칼을 꺼내들기라도 하면 그를 재빨리 지옥으로 보내버릴 작정이었어. 여보, 신식인 사람들 중에서 면도날을 들고 설치는 사람은 없어. 면도날을 들고 설쳐대다가는 신형 나이프를 가진 상대한테 찔려 죽을 수도 있으니까. 그러나 더블 어글리는 자기가 면도날을 날쌔게 휘두르기 때문에 절대 다치는 일은 없을 것이라고 큰소리쳤지만 내가 더 현명했지.

그렇게 네 시쯤에 나는 그들을 완전히 빈털터리로 만들어주었어……. 식료품을 살 돈이 남아 있을 때 일어나서 떠난 두 사람과 운이 좋은 한 사람을 제외하고는. 그래서 나는 일어서서 그들에게 다시 작별 인사를 했지. 다들 그걸 못마땅해했지만 그들 모두 그것이 공정하다는 것을 알고 있었어. 내가 그들에게 정당한 기회를 줬으니까. 더블 어글리만 그렇게 생각하지 않았어. 그는 내가 주사위를 바꿔치기했다고 우겼거든. 나는 돈을 주머니 깊숙이 집어넣고 왼손으로 모자와 코트를 집어 들고 오른손은 계속 나이프 위에 대고 있었어. 나는 그가 아무 짓도 **하지만** 않는다면 그가 무슨 **말을 하건** 신경 쓰지 않았어. 내가 모자를 쓰고 한 팔을 외투에 집어넣으며 문 쪽으로 가다가 몸을 돌려서 바깥 계단을 바라보는 바로 그 순간 그놈이 나한테 뛰어들어서 내 등을 두 번 찔렀어.

여보, 나는 외투 소매에 끼웠던 다른 팔로 눈 깜짝할 사이에 그놈의 넥타이를 낚아챈 다음 붙잡고 밥 위에 그레이비소스를 끼얹듯이 그를 확 덮쳤어. 그는 나한테서 벗어나려고 발버둥을 치다가 면도칼을 놓쳐버렸어. 그놈은 풀어달라고 나한테 고래고래 소리를 질러댔지만 여보, 나는 그놈을 엎었다 뒤집었다 하면서 놓아주지 않았어. 그러다가 그놈을 현관 계단 위에 놓아주고 최대한 빨리 당신에게로 왔어. 칼에 찔린 자리가 아주 깊진 않을 거야. 그놈이 무서워서 나한테 가까이 달려들진 못했으니까. 반창고로 살을 붙여봐. 하루 정도 지나면 괜찮아질 거야."

재니는 소독약을 바르면서 울었다.

"울 사람은 당신이 아니야, 재니. 그렇게 해야 할 사람은 그놈의 늙은 마누라지. 당신은 나한테 행운을 가져다줬어. 바지의 왼쪽 주머니를 봐. 당신 남편이 뭘 가져왔는지 보라고. 내가 당신한테 그걸 가져다주겠다고 말했지? 나는 거짓말은 안 해."

그들은 돈을 함께 셌다―322달러였다. 마치 티 케이크가 회계

담당 주임을 털어온 것 같았다. 그는 그녀에게 200달러를 주면서 그것을 원래 있던 비밀 장소에 넣어 두게 했다. 그러자 재니는 은행에 넣어둔 나머지 돈에 대해서 그에게 말해주었다.

"그 200달러를 나머지 돈과 함께 은행에 넣어둬, 재니. 내 주사위 같은 사람. 나는 아무 도움 없이도 내 여자 정도는 먹여 살릴 수 있어. 지금부터는 내가 번 돈으로 사주는 것을 먹고 입도록 해. 내가 가진 돈이 없으면 당신도 아무것도 갖지 못해."

"좋아."

그는 점점 더 몽롱해졌지만 장난스럽게 그녀의 다리를 꼬집었다. 자신이 바라는 대로 그녀가 상황을 받아들여줘서 기뻤기 때문이었다. "들어봐, 여보. 칼에 찔린 이 작은 상처가 낫자마자 우리는 엉뚱한 짓을 할 거야."

"그게 뭔데?"

"우리는 습지로 갈 거야."

"습지가 뭔데? 그리고 그게 어디에 있는데?"

"아, 저 아래쪽 클루이스턴과 벨 글레이즈 주변에 있는 에버글레이즈에 있어. 그곳에서는 사람들이 온갖 사탕수수와 꼬투리 강낭콩, 토마토를 재배하거든. 그곳 사람들은 돈 벌고 즐기면서 바보같이 사는 것만 해. 우리는 거기로 가야 해."

그는 잠에 빠져들었고 재니는 그를 내려다보면서 이기적인 자아가 부서져내리는 사랑을 느꼈다. 그렇게 그녀의 영혼은 숨어 있던 곳에서 기어 나왔다.

14

재니의 낯선 눈에 에버글레이즈의 모든 것은 크고 새로웠다. 커다란 오키초비 호수*, 커다란 콩들, 커다란 사탕수수, 커다란 잡초들, 커다란 모든 것. 북부 지방에서는 허리까지 오면 잘 자랐다 할 잡초들이 남부 그곳에서는 2.4미터, 때로는 3미터 높이까지 자랐다. 토양은 매우 비옥해서 모든 것이 무성하게 자랐다. 자생 사탕수수가 정말로 그곳을 장악하고 있었다. 흙길은 매우 비옥하고 거무스름해서 길 반 마일 분의 흙이면 캔자스의 밀밭 전체가 비옥해질 수 있을 것 같았다. 길 양 옆의 야생 사탕수수는 그 너머의 세상을 가려주고 있었다. 사람들 역시 거칠었다.

"시즌이 9월 말에 시작되지만 방을 얻기 위해 미리 온 거야." 티

---

* 플로리다 주에서 가장 큰 담수 호수로 제주도와 크기가 비슷하다. 1928년에 불어닥친 허리케인으로 몇천 명이 목숨을 잃었다. 에버글레이즈는 호수에서 흘러나온 물이 만들어낸 늪지대다. 이 소설에 등장하는 허리케인은 1928년에 일어난 허리케인으로 추정된다.

케이크가 설명했다. "지금부터 2주가 지나면 이곳에 사람들이 넘쳐나서 방이 아니라 그저 잠이라도 잘 수 있는 곳을 찾게 될 거야. 지금은 욕조 딸린 호텔 방을 구할 수 있을 거야. 날마다 목욕을 하지 않으면 습지에서 살 수가 없어. 저 습지가 당신을 개미처럼 가렵게 만들거든. 여기서 욕조 딸린 방은 한 군데밖에 없어. 근처에 방들이 충분히 있는 곳은 아무 데도 없어."

"여기서 뭘 할 건데?"

"낮에는 내내 콩을 딸 거야. 저녁에는 계속 기타를 치고 주사위를 던질 거고. 콩을 따고 주사위를 던지는 일 사이를 오가면 내가 손해 볼 일은 없을 거야. 지금 당장 나가서 습지 최고의 농장주에게 일자리를 하나 얻을 거야. 다른 사람들이 여기 오기 전에. 시즌에는 이곳에서 항상 일자리를 얻을 수는 있지만 괜찮은 사람들에게 얻진 못해."

"언제 일이 시작되는 거야, 티 케이크? 여기서는 모든 사람이 그걸 기다리고 있는 것처럼 보여."

"맞아. 다른 모든 일에서와 마찬가지로 큰 농장 주인들마다 시즌 개시일이 따로 있어. 내가 일할 농장의 주인은 종자를 충분히 확보하지 못해서 몇 부셸을 더 구하러 다니고 있어. 그러고 나면 우리가 씨를 뿌릴 거야."

"부셸이라고?"

"그래, 부셸. 이건 푼돈을 벌려는 놀이가 아니야. 가난한 사람은 이런 일에 끼지도 못해."

바로 다음 날 그는 매우 흥분해서 방으로 뛰어들어왔다. "농장 주인이 다른 사람을 하나 더 샀다고 나더러 호수로 내려가래. 거기에 먼저 도착하는 사람들한테는 집을 주겠대. 어서 가자고!"

그들은 차를 빌려 타고 덜커덕거리며 9마일을 달려서 숙소에 도착했다. 숙소들이 오키초비 호수에 너무 가깝게 웅크리고 붙어 있어서 제방만이 광활하게 펼쳐진 커다란 오키초비 호수에서 숙소들을 분리해주었다. 재니는 티 케이크가 콩을 심는 동안 오두막을 안락한 집으로 꾸미느라 부산을 떨었다. 일을 마치고 나면 그들은 낚시를 했다. 이따금씩 그들은 에버글레이즈의 인적 드문 곳에서 조용히 살아가고 있는 인디언 무리들을 길고 좁은 굴속에서 만나곤 했다. 마침내 콩이 열렸다. 그것을 딸 때까지는 기다리는 것 말고 할 일이 많지 않았다. 티 케이크는 재니를 위해 기타를 많이 연주해주었지만 여전히 할 일이 충분하지 않았다. 아직은 도박을 할 필요가 없었다. 쏟아져 들어오고 있는 사람들은 무일푼이었다. 그들은 돈을 가지고 온 것이 아니라 돈을 벌기 위해서 그곳에 왔다.

"좋은 생각이 있어, 재니. 총을 사서 이 근방에서 사냥을 하러 다니자고."

"그거 괜찮겠네, 티 케이크. 내가 총을 못 쏜다는 것만 빼고. 그렇지만 **당신과** 함께 사냥하러 간다면 좋아."

"아, 어떻게 총을 쏘는지 배워야 해. 총 다루는 법을 당신이 배우지 말아야 할 이유가 없지. 설사 사냥감을 전혀 발견할 수 없다 해도 확 죽여줄 필요가 있는 쓰레기 같은 악당이 주변에 항상 있기 마련이니까." 그가 웃었다. "팜비치로 가서 돈을 좀 쓰고 오자고."

매일 그들은 연습을 했다. 티 케이크는 그녀가 정확하게 조준할 수 있도록 작은 물체들을 맞추게 했다. 권총과 엽총, 소총을 연습했다. 사람들이 그들 주변에 서서 그들을 구경했다. 몇몇 남자들은 자기들도 한 번만 쏘게 해달라고 간청했다. 그것은 습지에서 가장 신나는 일이 되었다. 특별한 밴드가 댄스파티에 와서 연주하지 않는다면 술집이나 내기 당구장보다 더 좋았다. 그리고 모든 사람을 사로잡은 것은 재니가 사냥감을 쏘아 맞추는 방식이었다. 그녀는 매의 몸을 산산조각내지 않은 채 소나무에 앉아 있는 매를 맞춰서 떨어뜨릴 수 있었다. 매의 머리를 쏘아 맞추는 것이었다. 그녀는 티케이크보다 총을 더 잘 쏘게 되었다. 그들은 언제든지 늦은 오후에 나가서 사냥감을 잔뜩 매고 돌아오곤 했다. 어느 날 밤 그들은 배를 타고 악어 사냥을 나갔다. 어둠 속에서 하얗게 번득이는 악어들의 눈을 향해 총을 쐈다. 그들은 온몸이 녹초가 될 때까지 함께 즐겼고 게다가 악어 가죽과 이빨을 팜비치에 내다 팔 수도 있었다.

이제는 날마다 수많은 일꾼들이 밀려 들어왔다. 몇 사람은 걸어오느라 아픈 발로 신발을 신고 절뚝이며 왔다. 신발이 몸을 따라가는 것이 아니라 몸이 신발을 따라가려고 애쓰다 보면 힘들다. 어떤 사람들은 마차를 타고 저 위쪽 조지아에서 왔고 어떤 사람들은 동서남북에서 트럭 짐칸을 타고 왔다. 딸린 식구 없는 영원한 떠돌이들도 왔고 싸구려 자동차에 가족과 개를 싣고 온 지친 표정의 남자들도 왔다. 콩을 따기 위해 밤낮으로 하루 종일 서둘러 들어왔다. 고물 자동차 밖에는 프라이팬과 이부자리, 덕지덕지 기운 스페어타이어를 주렁주렁 매달고 차 안쪽에는 다닥다닥 붙어 앉은 희망에 찬 사람들을 실은 채 칙칙 소리를 내며 습지로 향해 갔다. 무지로 인해 보기 흉해지고 가난 때문에 망가진 사람들이었다.

이제는 밤새 술집들이 쨍그랑거리는 음악 소리와 왁자지껄 떠들어대는 소리로 넘쳐났다. 피아노들은 한 대로 세 대 몫을 하고 있었다. 블루스가 즉석에서 만들어져서 연주되었다. 사람들은 춤추고 싸우고 노래하고 울고 웃고 한 시간마다 사랑을 얻고 잃었다. 그들은 낮에는 돈을 위해 온종일 일하고 밤에는 사랑을 위해 계속 싸웠다. 비옥한 검은 흙은 몸에 달라붙어서 개미처럼 살을 물어뜯었다.

마침내 더는 잠을 잘 수 있는 곳이 남지 않게 되었다. 남자들은 큰 모닥불을 피우고 오륙십 명씩 불 주변에 모여 잤다. 그러나 그곳의 땅 주인에게 돈을 내야만 했다. 땅 주인은 돈을 받기 위해서 하숙집과 같이 모닥불도 운영했다. 그러나 아무도 개의치 않았다. 아이들조차도 상당한 돈을 벌었다. 그래서 그들은 돈을 잘 썼다. 다음 달, 다음 해는 다른 시간대였다. 그것들을 현재와 섞을 필요가 없었다.

티 케이크의 집은 자석처럼, '현장'의 비공식적인 중심지가 되었다. 그가 문간에 앉아 기타를 치면 사람들은 발을 멈추고 그의 연주를 들었고 그날 밤에는 술집에 가지 않았다. 그는 항상 웃었고 장난기가 가득했다. 그는 콩밭에서 모두를 웃게 만들었다.

재니는 집에 머물면서 큰 솥에 검은눈완두콩 밥을 지었다. 때로는 커다란 프라이팬에 설탕을 듬뿍 넣은 강낭콩을 놓고 베이컨 조각을 얹어서 구웠다. 티 케이크가 아주 좋아하는 음식이었기 때문에 재니는 주 중에 두세 번씩 콩 요리를 만들어 먹었어도 일요일이면 다시 콩을 구워 먹었다. 디저트가 남자의 피로를 서서히 풀어준다고 티 케이크가 말했기 때문에 그녀는 항상 어떤 종류이건 디저트도 만들었다. 때로 그녀는 방 두 개짜리 집을 정돈해놓고 총을 들고 나갔다가 티 케이크가 집에 오면 저녁 식사로 토끼 튀김을 준비해두곤 했다. 그녀는 그가 작업복을 입은 채 가려워서 몸을 긁

적이도록 내버려두지 않았다. 그가 들어오면 뜨거운 물 주전자가 이미 기다리고 있었다.

그러다가 티 케이크가 불쑥불쑥 부엌으로 뛰어들어오기 시작했다. 때로는 아침 식사와 저녁 식사 사이에 들어왔다. 또 가끔은 오후 두 시 무렵에 집에 와서 반 시간가량 그녀와 장난치고 씨름하다가 일하러 슬그머니 나가곤 했다. 그래서 어느 날 그녀가 그 일에 대해 그에게 물었다.

"티 케이크, 다른 사람들은 모두 일하고 있는데 당신은 집에 와서 뭐 하는 거야?"

"당신을 보러 왔어. 내가 나가 있는 동안 혹시라도 건달이 와서 당신을 업어가버릴지도 모르니까."

"건달 같은 것에는 아무런 관심 없어. 내가 당신을 속이고 있다는 생각에서 나를 감시하고 있나 보군."

"아니, 아니야, 재니. 그 정도는 알아. 그렇지만 당신이 그런 생각을 하니까 내가 솔직하게 말할게, 재니. 당신 없이 하루 종일 밖에 있으면 외로워. 앞으로는 당신도 다른 여자들처럼 밖에 나와서 일을 하면 좋겠어……. 그러면 내가 집에 오느라 시간을 허비하지 않아도 되잖아."

"티 케이크, 못 말리겠어! 그렇게 잠깐도 나 없이 지낼 수 없다니."

"그게 어디 잠깐이야. 거의 하루 종일인데."

그래서 바로 다음 날 아침 재니는 티 케이크와 함께 콩을 따러 갈 준비를 했다. 그녀가 바구니를 들고 일을 하러 가자 사람들이 숨죽여서 웅성거렸다. 그녀는 습지에서 이미 특별한 존재가 되어

가고 있었다. 그녀가 자신은 너무 고상해서 다른 여자들처럼 일할 수 없다고 생각하고 있으며 티 케이크가 '그렇게 되도록 그녀에게 바람을 넣었다'는 것이 사람들의 일반적인 생각이었다. 그러나 그들이 하루 종일 농장 주인의 등 뒤에서 벌인 장난과 놀이 덕에 그녀는 금세 인기를 얻게 되었다. 이따금씩 그들은 장난에 들판 사람들 전체를 끌어들였다. 그런 다음 티 케이크는 나중에 저녁 준비를 도와주곤 했다.

"당신한테 밖에서 함께 일하자고 한다 해서 내가 당신을 돌보는 일에서 빠져나오려 하고 있다고 생각하는 건 아니지, 재니?" 그녀가 들에 나가 일한 첫 주가 끝날 무렵 티 케이크가 물었다.

"아, 아니야, 여보. 그게 좋아. 하루 종일 여기 집에 죽치고 앉아 있는 것보다 좋아. 상점 보는 일은 힘들었지만 여기서는 일하고 집에 와서 사랑하는 것 말고는 하는 게 없잖아."

매일 밤 그들의 집은 사람들로 가득 찼다. 현관 계단 주변이 만원이었다. 티 케이크의 기타 소리를 들으러 그곳에 온 사람들도 있었고 이런저런 이야기를 나누려고 온 사람들도 있었다. 그러나 그들 대부분은 벌어지고 있거나 혹은 벌어질 게임에 끼기 위해서 몰려들었다. 때로는 티 케이크가 큰돈을 잃었다. 호수 근처에 대단한 도박꾼들이 몇 명 있었기 때문이다. 때로는 티 케이크가 이겨서 재니에게 그의 기술을 자랑스럽게 여기게 만들어주었다. 그러나 술집 두 곳을 제외하고 일터에서의 모든 것은 그 두 사람을 중심으로 이루어졌다.

때로 재니는 예전에 그 큰 흰 집과 상점에서 보낸 시절을 회상하면서 혼자 웃곤 했다. 그녀가 파란색 데님 작업복에 무거운 신발을 신고 있는 지금의 모습을 이튼빌 사람들이 본다면 어떻게 될까? 그녀 주변에 몰려든 사람들 무리와 그녀의 마룻바닥에서 펼쳐지는 주사위 놀이는! 그녀는 이튼빌에 있는 친구들이 안됐다고 생각했지만 그 외의 다른 사람들은 경멸했다. 예전에 상점 현관에서 그랬던 것처럼 이곳 남자들도 큰소리로 논쟁을 벌였다. 그러나 이곳에서 그녀는 이야기를 듣고 마음껏 웃을 수 있었으며 원한다면 이야기에 끼어들 수도 있었다. 그녀는 다른 사람들에게 들은 이야기를 통해 스스로 대단한 이야기를 만들어낼 수 있었다. 그녀가 그것을 듣기 좋아하고 남자들 자신도 듣는 것을 좋아했기 때문에 그들은 노름판을 벌이면서 극도로 '실없는 소리'를 하고 '건달처럼 굴었다'. 그것이 아무리 거칠어도 사람들은 화를 내는 경우가 거의 없었다. 모든 것이 웃자고 하는 일이었기 때문이다. 사람들은 모두 에드 도커리, 부티니, 숍드보텀이 카드놀이를 하면서 이야기하는 것을 듣기 좋아했다. 어느 날 밤 에드 도커리는 패를 돌리다가 숍드보텀의 카드를 슬쩍 넘겨다보고는 숍이 승리를 자신하고 있다는 것을 알았다. 그가 소리쳤다. "내가 저 계획을 깨버리겠어." 숍이 쳐다보고 말했다.

"'산가지'를 박아줘." 부티니가 물었다. "뭘 하려는 건데? 어서 하라고!" 모든 사람이 그다음 카드가 내려오는 것을 지켜보고 있었다. 에드는 막 카드를 뒤집으려 했다. "지옥을 쓸어버리고 그 빗자루도 태워버릴 거야." 그는 1달러를 더 꺼내서 탕 소리를 내며

---

* 카드놀이에서 사용되는 득점 계산용 칩

내려놓았다. "너무 잘난 체하지 말라고, 에드." 부티가 대들었다. "자네 얼굴이 아주 노래지고 있거든." 에드는 카드 모서리를 잡고 막 뒤집으려 하고 있었다. 솝이 1달러를 내놓았다. "관에다 대고 한 번 더 총을 쏘아야겠군. 장례식이 얼마나 슬퍼지건 난 상관없어." 에드가 말했다. "이놈이 지옥을 들먹이며 장난치는 거 보이지?" 티 케이크는 돈을 걸지 말라고 팔꿈치로 솝을 슬쩍 찔렀다. "조심하지 않으면 총알 세례를 받게 될걸." 솝이 말했다. "아, 저놈은 곱슬머리 빼고는 곰보다 나을 게 하나도 없어. 나는 진흙탕 물속을 볼 수도 있고 마른 땅속도 볼 수 있어." 에드가 카드를 뒤집으며 소리쳤다. "재커라이어, 내가 말하는데 그 무화과나무에서 내려오라고. 너는 아무것도 할 수 없어." 어느 누구도 그 카드에 죽지 않았다. 모든 사람이 다음 카드를 두려워했다. 에드는 주변을 둘러보더니 게이브가 자기 의자 뒤에 서 있는 것을 보고 소리쳤다. "저리 가, 나한테서 떨어지라고, 게이브! 너는 너무 새까매. 그래서 너한테 열기가 다 모이는 것 같아! 솝, 기회가 있을 때 그 내기를 접고 싶지?" "아니야, 이보게. 내기 돈을 꽉 밟고 있을 다리가 한 천개쯤 있으면 좋겠네." "그러니까 내 말을 안 듣겠단 말이군, 허 참. 멍청한 흑인들한테는 무료 학교가 필요해. 내가 널 받아서 가르쳐줄게. 나는 큰길로만 가지 샛길로는 안 가거든." 에드는 다음 카드를 뒤집었고 그 결과 솝이 져서 돈을 잃었다. 모두 환호하며 웃음을 터뜨렸다. 에드는 웃으며 말했다. "습지를 떠나라! 너는 아무것도 아니야. 그게 전부야! 펄펄 끓는 뜨거운 물도 네 낯짝만큼은 뜨겁지 않을 거야." 에드는 잔뜩 겁이 나있었기 때문에 계속해서 웃었다. "솝, 부티니. 너희 모두 나한테 돈을 따게 해주는군. 즉시 시

어즈 로벅점에 그 돈을 보내서 옷을 몇 벌 사야겠어. 그러면 크리
스마스에는 내가 옷을 너무 껴입어서 죽었다고 의사가 진단을 내
릴지도 몰라."

15

재니는 질투하는 것이 어떤 기분인지 알게 되었다. 한 땅딸막한 여자애가 들판과 숙소에서 티 케이크에게 장난을 치기 시작했다. 그가 무슨 말이라도 하면 그녀는 반대 입장을 취하면서 그를 때리거나 밀고는 도망쳐서 그로 하여금 자기를 뒤쫓아 가게 만들었다. 재니는 그녀가 무슨 짓을 하려는지 알고 있었다―바로 그를 사람들 무리에서 꼬여내는 것이었다. 그런 일이 2, 3주 동안 계속되었고 넌키는 점점 더 과감해졌다. 그녀는 티 케이크를 장난스럽게 쳤고 그가 손가락으로 그녀를 건드리기라도 하면 그 순간 그에게 기대며 쓰러지거나 땅에 쓰러져서 일으켜 세워줘야만 했다. 그녀는 거의 몸을 가눌 수 없는 상태가 되곤 했다. 그녀를 다시 일으켜 세우려면 그녀의 몸을 부축해 주어야만 했다. 그러나 티 케이크는 재니의 생각만큼 신속하게 넌키를 물리치지 않는 것처럼 보였다. 재니는 살짝 짜증을 부리기 시작했다. 작은 두려움의 씨앗이 나무로 자라고 있었다. 언젠가는 티 케이크의 마음이 약해질지 모른다. 어쩌면 그가 이미 은밀히 부추기고 있어서 넌키가 이런 식으로 그것

을 과시하고 있는 것인지도 모른다. 다른 사람들도 눈치채기 시작
했고 그것 때문에 재니는 더욱더 불안해졌다.

어느 날 콩밭과 사탕수수밭 사이 근처에서 일을 하고 있을 때
였다. 재니는 티 케이크에게서 약간 떨어져서 다른 여자와 수다를
떨며 앞으로 나아가고 있었다. 문득 뒤를 돌아보자 티 케이크가 보
이지 않았다. 넌키도 보이지 않았다. 그녀는 눈앞에서 벌어진 일이
기 때문에 알 수 있었다.

"티 케이크가 어디로 갔어요?" 그녀는 솝드보텀에게 물었다.

그는 손으로 사탕수수밭 쪽을 가리키고는 서둘러 사라져버렸
다. 재니는 아무 생각도 나지 않았다. 그저 감정에 따라 행동했다.
그녀는 사탕수수밭으로 달려 들어갔다. 다섯 번째 이랑에서 티 케
이크와 넌키가 한데 엉켜 싸우고 있었다. 그녀는 두 사람 중 어느
누구도 눈치채기 전에 그들 앞에 나타났다.

"여기서 뭐 하는 짓이야?" 재니가 차갑게 화를 내며 물었다. 그
들이 벌떡 일어서며 떨어졌다.

"아무것도 아니야." 티 케이크가 부끄러운 얼굴로 서서 그녀에
게 말했다.

"그런데 여기서 뭘 하고 있는 거지? 왜 다른 사람들과 함께 있
지 않은 거야?"

"저 애가 내 셔츠 주머니에서 전표를 채 가길래 그걸 돌려받으
려고 달려 온 거야." 티 케이크는 엉켜서 몸싸움을 하는 동안 상당
히 망가진 표들을 보여주며 설명했다.

재니가 넌키를 붙잡으려 했지만 넌키는 도망쳐버렸다. 그래서
재니는 구부정한 사탕수수대를 뛰어넘어서 넌키 뒤를 쫓아갔다.

192

그러나 넌키는 절대 잡히지 않았다. 그래서 재니는 집으로 가버렸다. 그날 행복한 다른 사람들의 모습이 그녀에게는 너무 견디기 힘들었다. 그녀는 생각에 잠겨서 천천히 집으로 걸어갔다. 얼마 지나지 않아 티 케이크가 와서 말을 걸려고 했다. 그녀는 때리면서 그의 말을 끊었고 그들은 이 방 저 방으로 다니면서 싸웠다. 재니는 그를 때리려고 했고 티 케이크는 계속 그녀의 손목을 잡으면서 어디건 그녀가 너무 멀리 가지 못하도록 막았다.

"나는 당신이 그 애랑 바람을 피웠다고 믿어!" 그녀가 격분해서 씩씩거렸다.

"그런 게 아니야!" 티 케이크가 대꾸했다.

"나는 당신이 그랬다고 믿어."

"아무리 터무니없는 거짓말이라도 그걸 믿는 사람은 있기 마련이야!"

그들은 계속 싸웠다. "당신은 내 마음에 상처를 줬어. 이제는 거짓말로 내 귀에 상처를 주는군! 이 손 놔!" 재니는 부글부글 열을 냈다. 그러나 티 케이는 절대 놓아주지 않았다. 그들은 그들 자신의 노여움과 열기에 흠뻑 빠질 때까지 계속 맞붙어서 싸웠다. 옷이 다 찢겨나갈 때까지. 그가 그녀를 바닥에 던진 다음 그녀를 안고서 말로 표현할 수 없는 것을 몸으로 표현하면서 체온으로 그녀의 저항을 녹여줄 때까지. 그녀가 몸을 활처럼 구부려서 그의 키스를 받아들일 때까지 그는 그녀에게 키스를 했고 두 사람은 달콤한 피로를 느끼며 잠이 들었다.

다음 날 아침 재니가 여자처럼 상냥하게 물었다.

"아직도 넌키를 사랑해?"

"아니. 전혀 그렇지 않아. 그리고 당신도 그걸 알잖아. 나는 그 여자애를 원하지 않아."

"아니, 당신은 원해." 그녀는 진심으로 이 말을 한 것은 아니었다. 그녀는 사실이 아니라는 말을 듣고 싶었다. 그녀는 쓰러진 넌키를 바라보며 의기양양하게 환성을 올려야 했다.

"당신이 옆에 있는데 내가 그 작고 땅딸막한 여자애하고 뭘 하겠어? 부엌 난로 옆 구석에 세워놓고 머리로 장작이나 패게 한다면 모를까 쓸데라고는 하나도 없어. 당신은 남자에게 나이 먹는 것도, 죽는 것도 잊게 해주는 특별한 존재야."

16

시즌이 끝나고 사람들은 올 때와 마찬가지로—떼를 지어 떠나
갔다. 티 케이크와 재니는 습지에서 한 시즌을 더 보내고 싶었기
때문에 남아 있기로 결정했다. 저장해두었다가 가을에 농장주들에
게 팔 말린 콩을 몇 부셸 딴 다음에는 할 일이 없었다. 그래서 재니
는 주변을 돌아다니면서 시즌 중에 미처 주의해서 보지 못했던 사
람들과 사물들을 살펴보았다.

예를 들어 여름에 그녀는 바하마의 북 치는 사람들이 내는 은
근하면서도 강렬한 북장단 소리를 듣고는 걸어가서 그들의 춤을
구경했다. 그녀는 시즌에 사람들이 그랬던 것처럼 '소'들을 조롱
하며 비웃지 않았다. 그녀는 그들이 너무 마음에 들어서 다른 사람
들의 놀림을 받을 정도로 티 케이크와 함께 매일 밤 그곳을 찾아
갔다.

---

* Saw, 바하마 사람을 부르는 말

재니는 이 무렵 터너 부인을 알게 되었다. 시즌 동안 터너 부인과 만난 적은 여러 번 있었지만 어느 누구도 말을 걸지는 않았었다. 이제 그들은 서로 왕래하며 지내는 친구가 되었다.

터너 부인은 피부가 우윳빛이었다. 어깨는 약간 동그스름했고 자기 눈으로 항상 볼 수 있도록 골반을 앞쪽으로 내밀고 다니는 걸로 봐서는 골반에 자신이 있는 것이 분명했다. 티 케이크는 몰래 터너 부인의 체형을 놀려댔다. 그는 그녀의 몸매가 암소한테 뒤에서 발로 채여서 만들어진 것 같다고 주장했다. 그녀의 모습이 납작한 다리미판에 옷을 걸쳐놓은 것 같다는 것이었다. 또한 그는 그녀의 뒤를 걷어찼던 암소가 그녀가 아기였을 때 입을 밟는 바람에 그녀의 입술이 납작해져서 턱과 코가 거의 맞닿을 지경이 되었다고 주장했다.

그러나 터너 부인은 자신의 체형과 용모에 전적으로 흡족해했다. 그녀의 코는 살짝 오똑했고 그녀는 그것을 자랑스럽게 생각했다. 그녀가 보기에 자신의 얇은 입술은 언제나 매혹적이었다. 얇은 부조같이 납작한 엉덩이조차 그녀에게는 자부심의 원천이었다. 그녀가 생각하기에 이 모든 것은 그녀를 흑인들과 구분해주는 표시였다. 바로 그 이유 때문에 그녀는 재니와 친구가 되고 싶어 했다. 커피에 크림을 탄 것 같은 재니의 피부와 화려한 머리카락 때문에 터너 부인은 재니가 들판에서 일하는 다른 여자들과 마찬가지로 작업복을 입는 것을 눈감아주었다. 그녀는 재니가 티 케이크같이 피부가 까만 남자에게 시집간 것에 대해서는 용서할 수 없었지만 그 점은 충분히 고칠 수 있을 것이라고 느꼈다. 바로 그것을 위해 그녀의 남동생이 태어났다. 그녀는 티 케이크가 집에 있으면 오래

머물지 않았지만 우연히 들렀다가 재니 혼자 있는 것을 보게 되면 수다를 떨면서 몇 시간씩 죽치고 있다 가곤 했다. 그녀가 싫어하는 주제는 흑인이었다.

"우즈 부인, 나는 우즈 부인 같은 숙녀가 어떻게 자기 집에 그 상스러운 흑인들이 항상 얼쩡대는 걸 견뎌내는지 이해가 안 된다고 우리 남편한테 자주 말하곤 해요."

"그 사람들 때문에 걱정할 일은 아무것도 없어요, 터너 부인. 사실을 말하자면 그 사람들이 이야기로 저를 재미있게 만들어준답니다."

"당신이 나보다 배짱이 좋아요. 누군가 내 남편에게 여기로 내려와서 식당을 열라고 설득했을 때 나는 그렇게 많은 흑인이 한곳에 모이리라고는 생각도 못했어요. 그걸 알았다면 절대 오지 않았을 거예요. 나는 흑인들과 어울리는 것에 익숙하지 않아요. 우리아들은 흑인들이 번개를 끌어당긴다고 주장해요." 그들은 웃음을 터뜨렸다. 이렇게 많은 이야기를 나눈 후에 터너 부인이 말했다. "두 사람이 결혼할 때 남편이 돈이 많았나 봐요."

"왜 그렇게 생각해요, 터너 부인?"

"당신 같은 여자를 잡았으니까요. 당신은 나보다 배짱이 좋아요. 나는 흑인하고 결혼하는 건 생각만 해도 끔찍한데. 이미 흑인들이 너무 많아요. 우리는 인류를 좀 더 밝은색으로 만들어야 해요."

"아니요, 제 남편은 자기 자신 말고는 가진 게 하나도 없어요. 부인도 그 사람 옆에 있어 보면 쉽게 정이 갈 거예요. 저는 그 사람을 사랑해요."

"저런, 우즈 부인! 나는 그 말을 안 믿어요. 당신 눈에 뭐가 씌인 거예요. 그게 다예요."

"아니에요. 그건 사실이에요. 그 사람이 절 떠난다면 아마 견딜수 없을 거예요. 제가 무슨 짓을 하게 될지 모르겠어요. 그는 따분할 때도 작은 일을 가지고 여름날처럼 신나는 일을 만들어낼 수 있어요. 그러면 우리는 그가 만들어낸 행복으로 더 많은 행복이 찾아올 때까지 살아갈 수 있고요."

"당신은 나와 다르군요. 나는 흑인들을 참을 수가 없어요. 나 자신이 그들을 견딜 수 없기 때문에 흑인들을 싫어하는 백인들을 비난할 수가 없어요. 또 하나는 나나 당신 같은 사람들이 흑인들과 어울리는 것을 보기가 싫어요. 우리 자신이 다른 사람들보다 낫다는 것을 과시해야만 해요."

"그래서는 안 되죠. 우리는 피가 섞여 있는 사람들이라서 백인들뿐만 아니라 흑인들도 우리 친척이에요. 그런데 왜 그렇게 흑인들을 싫어하게 되었어요?"

"그리고 그들은 나를 피곤하게 해요. 항상 웃어요! 그들은 너무 많이 웃고 너무 시끄럽게 웃어요. 항상 오래된 흑인 노래들을 부르고요! 항상 백인들에게 웃음거리가 되죠. 흑인들이 그렇게 많지만 않다면 인종 문제가 전혀 안 생길 거예요. 백인들은 우리를 그들 속으로 받아들여주었을 거고요. 그런데 흑인들이 그걸 가로막고 있어요."

"그렇게 생각해요? 물론 그것에 대해 그렇게 많은 생각을 해보진 않았어요. 그러나 백인들이 우리를 자기네 무리에 끼워줄 거라고는 생각하지 않아요. 우리가 너무 가난하니까요."

"그건 가난함 때문이 아니라 피부색과 생김새 때문이에요. 누가 유모차에 흑인 아기를 태우고 싶겠어요? 버터 우유 속에 파리가 떨어진 것처럼 보일 텐데 말이에요. 어느 누가 촌스러운 흑인 남자와 온갖 요란한 색깔의 옷을 입고 걸어다니면서 아무것도 아닌 일에 소리를 질러대고 고함을 치며 웃어대는 흑인 여자와 어울리고 싶겠어요? 그런 사람이 있을지 나는 모르겠어요. 내가 아프더라도 절대 흑인 의사를 데려다 얼쩡거리지 않게 해줘요. 나는 자식을 여섯 낳았어요—운이 없어서 그중 한 애밖에 기르지 못했지만요—그래도 흑인한테 내 맥을 짚게 해본 적은 한 번도 없어요. 백인 의사들이 항상 내 돈을 받아가요. 나는 흑인 상점에서는 물건을 하나도 안 사요. 흑인들은 장사에 대해 아는 게 하나도 없거든요. 주여, 저를 구해주소서!"

이때쯤 터너 부인은 열을 내며 너무나 진지하게 거의 비명을 질러대고 있었다. 재니는 처음에는 아무 말 없이 당황스러워 했고 나중에는 동정조로 낮게 혀를 차면서 무슨 말을 해야 할지 알면 좋겠다고 생각했다. 터너 부인은 흑인들을 자신에 대한 개인적인 모욕으로 받아들이는 것이 분명했다.

"날 봐요! 내 코는 납작하지도 않고 내 입술은 거무스름하니 두텁지도 않아요. 나는 이목구비가 또렷한 여자예요. 내 얼굴 생김새는 백인하고 같아요. 그런데도 나는 다른 모든 흑인과 같은 취급을 받아요. 그건 부당해요. 사람들이 우리를 백인으로 받아주지는 않더라도 우리끼리 따로 분류를 해줘야 한다고 생각해요."

"저는 그런 게 전혀 신경 쓰이질 않아요. 제 머리가 그런 생각을 할 만큼 똑똑하지 않아서 그런 것 같아요."

"내 남동생을 꼭 만나봐야 해요. 그 애는 진짜 똑똑하거든요. 머리카락도 완전히 곧아요. 주일학교 총회에 대표로 나가서 부커 T. 워싱턴*에 대한 논문을 발표했다니까요. 그를 완전히 박살 내버렸어요!"

"부커 T.를요? 그 분은 굉장히 중요한 사람이잖아요, 그렇죠?"

"그렇다고들 하죠. 그가 지금까지 한 일이라고는 백인들을 위해 원숭이 노릇을 한 것뿐이에요. 그래서 그들은 그를 치켜세워줬어요. 그렇지만 '원숭이가 더 높이 올라갈수록 엉덩이를 더 많이 보여준다'는 옛 속담을 알고 있을 거예요. 부커. T가 바로 그랬어요. 내 남동생은 기회가 있을 때마다 그를 공격했어요."

"저는 그가 대단히 중요한 사람이라고 배우며 자랐어요." 재니는 그 말밖에 할 말이 없었다.

"그 사람은 우리를 방해만 했을 뿐이에요……. 오로지 일만 하고 사는 흑인들한테 일을 하자고 떠들어대는 식이죠. 그 사람은 우리 적이었어요. 그래요. 백인의 시종이었어요."

재니가 배운 모든 것에 의하면 이것은 신성모독이나 다름없어서 그녀는 아무 말 없이 가만히 앉아 있었다. 그러나 터너 부인은 말을 계속했다.

"남동생더러 여기 와서 잠깐 있다 가라고 편지를 보냈어요. 지금 일을 쉬고 있거든요. 그 애와 한번 만나봐요. 당신이 결혼만 하

---

* 흑인 정치 지도자다. 노예로 태어나 1865년 남북전쟁 이후 자유의 몸이 되었고 흑인의 경제 자립을 돕기 위해 앨라배마에 터스키기 기술학교를 설립했다. 이것은 흑인들이 흑백 평등을 즉각 실현하기 위해 투쟁하는 것을 포기하고, 백인 우월 체제를 받아들이는 데서 해결점을 찾으려는 타협적인 태도였다. 그는 급진적인 흑인 민족주의자들에게 백인 순종주의자라는 비판을 받았다.

지 않았다면 그 애와 잘 어울리는 한 쌍이 되었을 텐데. 그 애는 솜씨 좋은 목수예요. 일거리만 있다면요."

"네, 그랬을지도 모르죠. 그렇지만 나는 이미 결혼한 몸이라 그런 생각을 해봐야 아무 소용이 없어요."

터너 부인은 그녀 자신이나 자기 아들 혹은 남동생이 지닌 몇 가지 다른 견해들을 매우 단호하게 밝히고 나서야 자리에서 일어섰다. 그녀는 재니에게 자기 집에 한번 들르라고 간청하면서도 티 케이크에 대해서는 한마디도 언급하지 않았다. 마침내 그녀가 돌아가자 재니는 서둘러서 저녁을 차리러 부엌으로 들어갔다. 티 케이크가 두 손으로 머리를 감싸고 그곳에 앉아 있었다.

"티 케이크! 당신이 집에 온 줄 몰랐어."

"알아. 한참 동안 여기 앉아서 그 암소 같은 여자가 당신을 나한테서 떼어놓으려고 나를 개처럼 깎아내리는 소리를 다 들었어."

"그러니까 그게 그녀의 속셈이었어? 나는 몰랐어."

"그렇다니까. 그 여자한테 별 볼 일 없는 남동생이 하나 있는데 당신을 그와 엮어주고 그를 돌보게 하고 싶은 것 같아."

"흥! 그게 그 여자 속셈이라면 헛다리를 짚은 거지. 나한테는 이미 임자가 있으니까."

"고마워. 그 여자는 정말 끔찍하게 싫어. 다시는 이 집에 발을 들여놓지 못하게 해. 백인처럼 생겨가지고는! 머랭*같이 희멀건한 얼굴색에다가 99하고 100하고 붙어 있는 것처럼 머리에 찰싹 붙어

---

* 설탕과 달걀흰자위로 만든 과자 재료

있는 머리카락을 하고서는! 그렇게 흑인들을 싫어하는 걸 보면 자기네 낡은 식당에서는 우리 돈이 필요하지 않을 거 같아. 내가 이 말을 사람들한테 전할 거야. 우리가 그 백인 여자네 식당에 가면 좋은 대접을 받을 거라고. 그 여자와 지쳐 빠진 그 남편에게서! 그리고 그 아들에게서! 그 아들은 그 여자의 자궁이 부린 지저분한 속임수일 뿐이야. 나는 그 여자의 남편한테 그 여자를 집에 가둬두라고 말할 거야. 그 여자가 이 집에 어정거리는 걸 원치 않아."

어느 날 티 케이크는 터너와 그의 아들을 길에서 만났다. 예전에는 개별적으로 튀어나와 있었던 부분들이 있었지만 이제는 줄어들고 희미해지지 않은 것이 하나도 없는 것처럼 그는 조금씩 존재가 사라지고 있는 사람같이 보였다. 사포에 문질려서 긴 타원형 덩어리로 줄어든 것 같았다. 이유는 알 수 없었지만 티 케이크는 그가 불쌍하다고 생각했다. 그래서 그는 마음먹었던 대로 모욕을 주진 않았다. 그러나 모든 것을 담아둘 수는 없었다. 그들은 다가올 시즌에 대해 잠시 이야기를 나눴다. 그런 다음 티 케이크가 말했다. "부인이 할 일이 별로 없으신지 저희 집을 자주 찾아오시는 것 같더군요. 저희 집사람은 할 일이 너무 많아서 찾아갈 수도 없고 찾아오는 사람들과 일일이 이야기를 나눌 시간도 없는데 말이에요."

"우리 마누라는 자기가 하고 싶은 건 어떻게든 시간을 내요. 그쪽으로는 정말 고집이 세거든. 그럼, 그렇고말고." 그가 크게 헛웃음을 웃었다. "애들이 더는 마누라 손길을 필요로 하지 않으니까 언제든지 밖에 나가서 사람들을 찾아가는 거요."

"애들요?" 티 케이크가 놀라서 물었다. "저 아드님보다 어린 동생들이 있어요?" 그가 스무 살 정도 되어 보이는 아들을 가리켰다.
"다른 동생들은 못 봤는데요."

"그 애들 모두 이 애가 태어나기 전에 죽어서 당신이 못 본 것
같군요. 우리한테는 자식 운이 하나도 없어요. 저 애를 키울 수 있
어서 다행이었죠. 저 애는 지친 자연의 끝마무리라 할 수 있죠."

그는 다시 특유의 힘없는 웃음을 웃었고 티 케이크와 청년도
그에게 가세했다. 티 케이크는 그들과 헤어져서 재니가 있는 집으
로 갔다.

"바보 같은 그 남편은 그 여자를 어떻게 할 수가 없어. 당신이
할 수 있는 일은 그 여자가 여기 찾아오면 차갑게 대해주는 것뿐
이야."

재니는 그렇게 해보았지만 터너 부인에게 퉁명스럽게 말하는
것 외에는 그녀를 완전히 단념시키기 위해 할 수 있는 일이 없었
다. 그녀는 재니와 교류하는 것을 영광으로 알았기 때문에 그것을
유지하기 위해 냉대받은 것을 재빨리 용서하고 잊어버렸다. 그녀
의 기준에서는 자신보다 백인처럼 보이는 사람이면 누구나 자기
보다 나았다. 그래서 때로는 그녀가 검은 정도에 따라 자기보다 검
은 사람에게 잔인하게 대했던 것처럼 자기보다 백인처럼 보이는
사람이 자기를 잔인하게 대하는 것은 당연했다. 닭장 안에 존재하
는 위계질서처럼. 채찍질을 해도 되는 사람들에게는 비정하고 잔
인하게 대하고, 그럴 수 없는 사람들에게는 납작 엎드려서 복종하
라. 일단 자기의 우상들을 정하고 그들에게 바칠 제단을 쌓고 나면
그곳에서 숭배를 하는 것이 불가피했다. 진실한 숭배자들이 그랬
듯이 그녀 역시 자기의 신이 보여주는 모든 비일관성과 잔인함을

어쩔 수 없이 받아들여야만 했다. 경배를 받는 신들은 모두 잔인하다. 모든 신은 이유 없이 고통을 부과한다. 그렇지 않으면 신들은 절대 숭배를 받지 못할 것이다. 무차별적인 고통을 통해 사람들은 두려움을 알게 되고 두려움은 가장 신성한 감정이다. 이것은 제단을 쌓는 돌들이자 지혜의 시발점이다. 어중간한 신들은 술과 꽃으로 숭배를 받는다. 진짜 신들은 피를 요구한다.

다른 모든 신자들과 마찬가지로 터너 부인은 도달 불가능한 것—모든 사람이 백인의 특성을 갖는 것—에 바치는 제단을 지었다. 그녀의 신이 그녀를 강타하고 높은 곳에서 집어던지고 사막에다 버릴 것이다. 그러나 그녀는 그의 제단을 저버리지 않을 것이다. 그녀의 거친 말 뒤에는 어떤 식으로건 그녀와 다른 사람들이 숭배를 통해 그녀의 천국—곧은 머리카락과 얇은 입술, 높은 콧대를 가진 백인 천사들의 천국—에 도달할 수 있을 것이라는 믿음이 있었다. 물리적으로 불가능하다는 사실 때문에 그녀의 믿음은 절대 손상되지 않았다. 그것은 신비였고 신비를 행하는 것은 신의 일이었다. 그녀의 믿음 너머에는 자기 신의 제단을 지키려는 광신이 자리 잡고 있었다. 그녀의 내적인 사원에서 나와 문 앞에서 웃어대는 이 흑인 신성 모독자들을 발견하게 되면 비참했다. 아, 군기와 **칼**을 든 무시무시한 군대가 있다면!

그래서 그녀는 여자로서의 재니 우즈에게는 집착하지 않았다. 그녀는 재니가 지닌 백인의 특성들을 경배했다. 그리고 재니와 함께 있으면 자기 자신의 피부가 더 하얗게 되고 머리카락이 더 곧게 펴질 것 같은 느낌이 들었다. 그녀는 먼저 티 케이크가 신성을 모독한 것 때문에, 다음에는 자신을 조롱하는 것 때문에 그를 싫어

했다. 그것에 대해 그녀가 할 수 있는 일이 무엇인지 알 수 있다면 얼마나 좋을까! 그러나 그녀는 알 수가 없었다. 한번은 그녀가 술집에서 벌어지는 남녀의 희롱에 대해 불평을 하고 있을 때 티 케이크가 대꾸했다. "아, 하느님을 그렇게 우스꽝스럽게 만들지 마세요……. 하느님이 만든 모든 것에서 결점을 찾아내는 짓 말이에요."

그래서 터너 부인은 대개 얼굴을 찡그리고 있었다. 그녀에게는 마음에 들지 않는 것이 너무 많았다. 그러나 티 케이크와 재니는 그것에 개의치 않았다. 그들에게 그것은 모든 것이 따분한 여름날의 이야깃거리가 되어주었다. 그렇지 않으면 그들은 기분전환으로 팜비치와 포트마이어스, 포트로더데일로 잠시 여행을 다녀왔다. 그들도 모르는 사이에 태양이 조금 더 시원해졌고 습지에 다시 인파가 몰려들기 시작했다.

17

전에 왔던 무리 중 상당수가 돌아왔다. 그러나 새로운 무리도 많았다. 이런 사람들 중 몇몇은 재니에게 수작을 걸었고 모르는 여자들은 티 케이크 꽁무니를 쫓아다녔다. 그러나 그들을 바로잡는데 오래 걸리지는 않았다. 그런데도 이따금씩 두 사람 모두 질투심에 휩싸였다. 터너 부인이 남동생을 데려와 소개했을 때 티 케이크는 정신착란을 일으킬 정도로 격한 감정 상태에 빠졌다. 그 주가다 가기도 전에 그는 재니를 쳤다. 그녀의 행동이 그의 질투심을 살 만했기 때문이 아니라 그의 마음속에 있는 끔찍한 두려움을 덜어주었기 때문이다. 그녀를 때릴 수 있다는 것은 그녀를 소유하고 있다는 자신감을 그에게 심어주었다. 그것은 절대 무자비한 폭행이 아니었다. 그저 자신이 주인이라는 것을 보여주기 위해 재니의 몸을 몇 군데 살짝 때렸을 뿐이었다. 다음 날 들에서 사람들 모두 그 일에 대해 이야기했다. 그것은 남자와 여자 모두에게 일종의 부러운 감정을 불러일으켰다. 그렇게 얼굴을 두세 번 때렸다고 마치그녀를 죽이기라도 한 것처럼 티 케이크가 재니를 껴안고 어루만지는 모습에서 여자들은 환상을 보았고 재니가 힘없이 티 케이크에게 매달리는 모습을 남자들은 꿈속에서나 볼 수 있는 장면이라고 생각했다.

"티 케이크, 자네는 정말로 복이 터졌군." 솝드보텀이 말했다. "자네가 재니를 때린 곳은 누구에게나 다 보여. 재니는 자네한테 맞받아치려고 절대 손을 올리지도 않았을 거야. 여기 이 늙고 고집 센 흑인 여자들을 때리기라도 하면 그 여자들은 밤새 대들며 싸우느라 다음 날이면 그들이 맞았는지 어쨌는지조차 알 수 없게 되고 말 거야. 바로 그런 이유 때문에 나는 마누라 때리는 걸 그만둔 거야. 때려도 흔적이 남아야지. 재니같이 부드러운 여자를 한 번 갈겨보면 좋겠어! 재니는 소리조차 지르지 않을걸. 그냥 울기만 할 거야. 그렇지, 티 케이크?"

"맞아요."

"그거 보라고! 우리 마누라는 팜비치 카운티 전체가 다 떠내려가도록 고래고래 소리를 질러댈걸. 이빨 몇 대쯤 부러뜨려놓는 것은 말할 것도 없고. 내 마누라가 어떤 여자인지 자네는 잘 모를 거야. 그 여자는 이빨이 아흔아홉 줄이나 되는 것처럼 엄청 입이 큰 데다 화나게 만들었다가는 뒤 호주머니 높이까지 들어찬 단단한 바위라도 헤치고 나갈 거야."

"재니는 고상한 데다 세상사에 능해. 오다가다 길에서 재니를 만나 데려온 게 아니라 크고 좋은 집에 살고 있는 걸 데려온 거야. 지금도 여기 있는 흑인들을 다 사서 처분할 수 있을 정도의 돈을 은행에 넣어두고 있다고."

"설마! 그런데도 그런 여자가 다른 사람들처럼 여기 습지로 살러 온 거라고!"

"내가 가고 싶은 곳이면 재니는 어디든지 따라오지. 재니는 그런 아내야. 그런 그녀가 좋은 거고. 나는 재니를 때리고 싶지 않았어. 어젯밤에도 그녀를 때리고 싶지 않았는데 늙은 터너 부인이 자기 남동생을 불러와서 재니를 나한테서 떼내려고 하잖아. 재니가 무슨 짓을 해서 때린 건 아니야. 터너네 남매한테 누가 주인인지 보여주려고 그녀를 때린 거야. 어느 날 내가 부엌에 앉아 있는데 그 여자가 재니한테 하는 소리를 들었어. 내가 재니에 비해 너무 시커멓대. 재니가 어떻게 나를 참아내는지 이해가 안 된다고."

"그 여자 남편한테 말해버려."

"빌어먹을! 그 남자가 자기 마누라한테 벌벌 기는 것 같던데 뭘."

"이빨을 부러뜨려서 목구멍으로 넘기게 만들어줘야 하는데."

"그러면 그 여자가 무슨 영향이라도 주는 것처럼 보이게 될 거야. 사실은 아닌데 말이야. 나는 그저 재니를 내 마음대로 할 수 있다는 걸 그 여자한테 보여준 거야."

"그러니까 그 여자가 우리 돈을 벌어먹고 살면서 흑인들을 좋아하지 않는다는 거지? 좋아. 앞으로 2주 안에 그 여자를 여기서 사라지게 해주자고. 당장 사람들한테 가서 그 여자를 박살 내버리자고."

"나는 그 여자가 한 행동 때문에 화가 난 게 아니야. 그 여자가 아직까지는 나한테 아직 아무 짓도 안 했으니까. 나는 그 여자의 생각에 화가 난 거야. 그 여자와 일당은 여기서 나가야 해."

"우리는 자네 편이야, 티 케이크. 자네도 이미 알겠지만. 그 터너네 여자는 굉장히 똑똑해, 머리 굴리는 걸로 봐서는 말이야. 아마도 자네 마누라가 은행에 돈을 가지고 있다는 걸 그 여자가 들고 어떤 식으로건 자기 집안으로 끌어들이려는 것 같아."

"숍, 돈의 중요성은 외모의 반에도 못 미치는 것 같아. 그 여자는 피부색에 완전히 미쳐 있어. 그 여자는 우리가 매일 만나는 그런 보통 사람들과는 생각이 달라. 그 여자는 실제로 존재하는 사람 같지도 않고 말로 설명해보려 해도 잘 안 돼."

"아, 그렇군. 그러니까 자기가 너무 똑똑해서 이런 곳에 머무를 수 없다는 거지. 그 여자는 우리가 그저 멍청한 흑인들일 뿐이라고 생각해서 잘난 체할 수 있을 것이라 생각할 거야. 그렇지만 그건 말도 안 되는 소리야. 그 여자는 끝끝내 고집만 피우다 죽을 거야."

전표를 현금으로 바꾸는 토요일 오후가 되자 사람들은 모두 밀주를 사서 마시고 취하기 시작했다. 황혼 무렵이 되자 벨 글레이드는 시끄럽게 떠들어대며 비틀거리는 남자들로 가득 찼다. 많은 여자들도 이미 얼큰하게 취해 있었다. 경찰서장은 잘 나가는 포드 자동차를 타고 이 술집에서 저 술집으로, 식당으로 빠르게 돌아다니면서 질서를 유지하려고 애쓰고 있었지만 체포를 하는 경우는 거의 없었다. 술 취한 사람들을 다 잡아넣기에는 감옥이 충분하지 않은 마당에 굳이 술꾼 몇 사람을 신경 쓸 필요가 어디 있겠는가? 그가 할 수 일이라고는 싸움이 벌어지지 않도록 억제하고 9시까지는 백인들을 흑인 구역에서 내보내는 것뿐이었다. 딕 스터렛과 쿠드 메이가 가장 심하게 취한 것 같았다. 마신 술이 그들에게 이곳저곳을 돌아다니면서 밀고 치고 악을 쓰라고 부추겼고 그래서 그들은 그렇게 하고 있었다.

얼마 후 그들이 터너 부인의 식당에 도착했고 그곳은 더 들어갈 수 없을 정도로 사람들로 가득 차 있었다. 티 케이크, 스튜 비프, 숍드보텀, 부티니, 모터 보트, 그리고 낯익은 무리가 전부 그곳에 있었다. 쿠드메이는 놀란 것처럼 몸을 곧추세우고 물었다. "아니, 전부 여기서 뭘 하고 있는 거야?"

"밥 먹고 있어." 스튜 비프가 그에게 말했다. "여기에 비프 스튜가 있으니까 내가 여기로 올 거라는 걸 알았을 거야."

"우리 모두 가끔은 마누라가 해주는 밥에서 벗어나고 싶지. 그래서 오늘 밤에는 모두 외식을 하고 있어. 어쨌든 터너 부인이 읍내에서 음식을 제일 맛있게 해주니까."

식당 안을 들락거리던 터너 부인이 숍의 말을 듣고 얼굴이 환해졌다.

"마지막으로 들어온 당신 두 사람은 자리가 날 때까지 기다려야 할 거 같아요. 지금은 자리가 없으니까."

"상관없소." 스터렛이 볼멘소리를 했다. "생선 튀김 하나 해주시오. 서서 먹으면 되니까. 커피도 한 잔 줘요."

"나한테도 비프 스튜 한 접시하고 커피를 줘요. 부탁해요, 부인. 스터렛도 나만큼 취했소. 그가 서서 먹을 수 있으면 나도 똑같이 할 수 있소." 쿠드메이가 술에 취해서 벽에 기댔고 모두가 웃음을 터뜨렸다.

터너 부인을 도와 홀 서빙을 하는 아가씨가 곧 주문한 음식을 가져왔고 스터렛은 생선 튀김과 커피를 양손에 받아 들고 그곳에 서 있었다. 그러나 쿠드메이는 쟁반에 놓인 주문한 음식을 받으려 하지 않았다.

"아니, 내가 먹을 수 있도록 아가씨가 그걸 좀 들어줘요." 그는 그렇게 종업원 아가씨에게 말한 다음 포크를 들고 쟁반 위의 음식을 먹어 치우기 시작했다.

"아저씨 면전에서 음식 받쳐 들고 있을 시간이 없어요." 그녀가 쿠드메이에게 말했다. "여기요. 아저씨가 직접 들어요."

"아가씨 말이 맞아." 쿠드메이가 그녀에게 말했다. "그걸 이리 줘. 숍이 나한테 자기 자리를 내주겠지."

"무슨 말도 안 되는 소릴." 숍이 대꾸했다. "나는 아직 밥을 다 안 먹어서 일어설 준비가 안 됐어."

쿠드메이는 숍을 의자에서 밀쳐내려고 했지만 숍은 버텼다. 그러자 엎치락덮치락 실랑이가 벌어졌고 커피가 숍의 몸 위로 쏟아졌다. 그러자 그는 쿠드메이를 향해 접시를 던졌고 부티니가 날아온 접시에 맞았다. 부티니는 두툼한 커피 잔을 쿠드메이에게 던졌고 스튜 비프가 맞을 뻔했다. 그렇게 큰 싸움이 되어버렸다. 터너 부인이 주방에서 달려나왔다. 그러자 티 케이크가 일어서서 쿠드메이의 멱살을 잡았다.

"여러분 모두 여길 봐요. 이곳에서는 절대 소란을 피우면 안 돼요. 그런 일을 겪기에는 터너 부인이 너무 고상하시니까. 사실 부인은 습지의 그 어느 누구보다 고상하시죠." 터너 부인이 티 케이크를 바라보며 환하게 웃었다.

"나도 그건 알아. 우리 모두 그걸 알지. 그렇지만 나는 터너 부인이 얼마나 고상하건 말건 상관 안 해. 그저 앉아서 밥 먹을 자리가 필요할 뿐이야. 숍이 나한테 더는 까불지 못하게 해주겠어. 사내대장부처럼 나한테 덤벼보라고 해. 내 몸에서 손 떼, 티 케이크."

"아니, 나도 그렇게는 못해. 이곳에서 나가라고."

"누가 날 내쫓겠다는 거야?"

"나야. 내가 여기 있잖아, 그렇지? 자네가 터너 부인같이 고상한 분들을 점잖게 대하고 싶지 않더라도 나한테는 공손하게 대하게 해줄 거야! 자, 이리 나와, 쿠드메이."

"그 사람을 놔줘, 티 케이크!" 스터렛이 소리쳤다. "그는 **내** 단짝 친구야. 우리는 여기 함께 왔고 내가 같이 가기 전에는 절대 아무 데도 못 가."

"글쎄, 두 사람 모두 가게 될걸!" 티 케이크가 고함을 지르며 쿠드메이를 단단히 붙잡았다. 도커리는 스터렛을 부여잡았고 두 사람은 식당 안을 이리저리 돌아다니며 몸싸움을 벌였다. 몇 사람이 더 합류했고 접시와 탁자가 부서지기 시작했다.

터너 부인은 티 케이크가 그들을 쫓아내려 한 것이 안에 있게 가만히 내버려둔 것보다 더 끔찍한 결과를 불러일으키고 있는 것을 불쾌한 마음으로 바라보았다. 그녀는 뒤편 어딘가로 달려나가서 남편에게 상황을 진정시키게 했다. 그는 들어와서 휙 둘러보더니 구석에 있는 의자에 몸을 움츠리고 앉아서는 한마디도 입을 열지 않았다. 그래서 터너 부인은 사람들 속을 간신히 헤치고 들어가서 티 케이크의 팔을 붙잡았다.

"됐어요, 티 케이크. 당신 도움은 고맙지만 이 사람들을 그냥 내버려둬요."

"그건 안 됩니다, 터너 부인. 제가 있는 자리에서 고상한 분들한테 와서 이렇게 행패를 부리고 고함을 질러대서는 안 된다는 것을 저 사람들에게 보여줄 겁니다. 저놈들을 여기서 쫓아낼 겁니다!"

그때쯤에는 식당 안과 주변의 모든 사람이 편을 갈라 싸우고 있었다. 그 와중에 어쩌다 터너 부인이 넘어져서 쓰러졌지만 그 모든 싸움판 속에서, 깨진 접시와 부서진 탁자와 동강난 의자 다리, 창유리와 이런저런 물건들 속에서 그녀가 그곳에 쓰러져 있는 것을 아무도 알아차리지 못했다. 어디에 발을 디디건 식당 바닥은 무릎 높이까지 물건들이 잔뜩 널브러져 있었다. 그러나 티 케이크는 싸움을 절대 멈추지 않았다. 결국 쿠드메이가 말했다. "잘못했어. 내가 잘못했다고! 자네들 모두가 나한테 옳은 말을 해주려 했는데 내가 들으려 하지 않았어. 나는 어느 누구한테도 화가 나지 않았어. 내가 화나지 않았다는 것을 보여주기 위해서 나와 스터렛이 모두에게 술을 살게. 비커스 노인이 저기 파호키 근처에서 좋은 밀주를 팔고 있어. 모두 함께 가자고. 가서 얼큰하게 마셔보자고." 모두가 기분 좋게 떠났다.

터너 부인은 소리쳐서 경찰을 부르면서 바닥에서 일어났다. "우리 식당 좀 봐요! 어떻게 아무도 경찰을 부르지 않은 거예요?" 그러다가 그녀는 한쪽 손이 사람들 발에 짓밟혀서 손가락에서 피가 뚝뚝 떨어지고 있는 것을 보았다. 싸움판이 벌어지는 동안 그곳에 없었던 사람들 두세 명이 문간에서 고개를 디밀며 동정을 표했지만 그것은 터너 부인을 더욱더 화나게 만들었을 뿐이었다. 그녀는 그들에게 어디로 가야 할지 서둘러 알려주었다. 그러다가 그녀는 자기 남편이 기다란 앙상한 다리를 꼬고 멀찌감치 구석에 앉아서 파이프를 피우고 있는 것을 보았다.

"**당신이란** 사람은 도대체 누구예요, 터너? 별 볼 일 없는 이 흑인들이 여기로 쳐들어와서 내 식당을 이렇게 쑥대밭을 만들어놓은 거 보이죠? 어떻게 당신은 그렇게 앉아서 당신 마누라가 완전히 짓밟히는 걸 보고 있을 수 있어요? 당신은 정말 착한 사람이 아니에요. 티 케이크가 날 밀어제치는 거 봤죠? 그래요, 당신은 틀림없이 봤어요. 그런데도 그걸 보고도 손가락 하나 까딱하지 않았어요."

터너가 파이프를 빼고 대답했다. "그래, 그러면 당신은 내가 얼마나 부아가 치밀어 올랐는지 보이지? 그렇지? 내 부아를 다시 돋우지 않도록 조심하는 게 좋을 거라고 당신이 티 케이크에게 전해." 그렇게 말하고 나서 터너는 반대쪽으로 다리를 꼰 다음 계속 파이프를 피웠다.

터너 부인은 다친 손으로 최대한 세게 그를 때린 다음 삼십 분 동안 자기 마음을 이야기했다.

"그 일이 벌어졌을 때 남동생이 여기에 없었던 게 다행이에요. 틀림없이 그 애가 누군가를 죽이고 말았을 거예요. 아들도 마찬가지고요. 그 애들에게는 남자다움이 있어요. 우리는 교양 있는 사람들이 사는 마이애미로 돌아갈 거예요."

사실 식당 밖에서 그녀의 아들과 남동생이 안으로 들어가지 말라는 예리한 경고를 받은 후 이미 멀리 가고 있는 중이라는 사실을 즉시 그녀에게 알려준 사람은 아무도 없었다. 어정거릴 시간이 조금도 없었다. 그들은 팜비치로 서둘러 가고 있었다. 터너 부인은 좀 더 시간이 지나고 나서야 그 사실을 알게 될 터였다.

월요일 아침에 쿠드메이와 스터렛은 식당에 들러 그녀에게 열심히 사과를 하면서 각자 5달러씩을 내놓았다. 쿠드가 말했다. "사람들이 그러는데 제가 토요일 밤에 술에 취해서 망나니 노릇을 했다면서요. 아무것도 생각이 나질 않아요. 그렇지만 제가 술에 취하기만 하면 난장판이 된다고들 하더군요."

18

티 케이크와 재니가 글레이즈에서 바하마 일꾼들과 친구가 된 후 그들, '소'들은 점차 미국인 무리 속으로 이끌려 들어왔다. 우려했던 것만큼 미국인 친구들이 자기들을 비웃지 않는다는 것을 알고 나서 그들은 자기들끼리 숨어서 춤판을 벌이는 것을 그만두었다. 많은 미국인이 점핑 춤을 배웠고 '소'들만큼 그것을 좋아했다. 그래서 그들은 숙소에서, 대개는 티 케이크의 집 뒤에서 밤마다 춤판을 벌이기 시작했다. 티 케이크와 재니가 모닥불 춤판에서 밤 늦게까지 지내는 경우가 잦아지자 티 케이크는 재니에게 들에 따라오지 못하게 했다. 그는 그녀가 집에서 쉬기를 바랐다.

그러던 어느 날 오후 재니는 집에 혼자 있다가 세미놀족* 무리가 지나가는 것을 보았다. 남자들이 앞에서 걸어가고 있었고 짐을 잔뜩 든 무심한 표정을 지은 여자들이 당나귀처럼 그 뒤를 따라가

---

* 북아메리카 인디언의 한 종족

고 있었다. 글레이즈에서 둘씩 셋씩 짝을 지어 가는 인디언들을 본
적은 몇 번 있었지만 이번처럼 크게 무리를 지어 가는 경우는 처
음이었다. 그들은 팜비치 로를 향해 꾸준히 움직이고 있었다. 한
시간쯤 후에 또 다른 무리가 같은 쪽을 향해 지나갔다. 해가 지기
직전에 또 다른 무리가 나타났다. 이번에는 재니가 그들에게 어디
를 가는 거냐고 물었고 마침내 한 남자가 대답해주었다.

"높은 곳으로 가고 있소. 참억새가 피었어요. 허리케인이 불어
닥칠 거요."

그날 밤 모두가 그 일에 대해 이야기를 나누었다. 그러나 걱정
하는 사람은 아무도 없었다. 모닥불 춤판은 거의 새벽까지 이어졌
다. 다음 날 더 많은 인디언이 서두르지 않고 꾸준히 동쪽을 향해
지나갔다. 그런데도 하늘은 파랗고 날씨는 청명했다. 콩 수확량도
괜찮고 가격도 괜찮은 편이었다. 인디언들이 틀릴 수 있고 **틀림없
이 틀렸다**. 콩을 따면서 하루에 7, 8달러를 벌고 있는 마당에 태풍
이 올 리가 없었다. 어쨌든 인디언들은 멍청하고 항상 멍청했다.
스튜 비프가 춤판에서 북으로 역동적이고 미묘한 장단을 만들어
내고 춤으로 힘차고 조각 같은 기묘한 동작을 보여주는 또 하룻밤
이 지났다. 다음 날에는 지나가는 인디언들이 하나도 없었다. 뜨겁
고 무더운 날이었고 재니는 들에서 나와서 집으로 갔다.

아무런 움직임도 없이 아침이 왔다. 아주 작은, 아기 숨결 같은
살랑거리는 바람까지도 바람이란 바람은 모두 대지를 떠났다. 태
양이 빛을 발하기 전, 흐릿한 낮은 인간을 바라보면서 이 수풀에서
저 수풀로 기어가고 있었다.

토끼 몇 마리가 숙소를 지나 동쪽으로 서둘러 갔다. 주머니 쥐

몇 마리가 살금살금 지나갔고 그들의 경로는 분명했다. 한 번에 한 두 마리가 지나가더니 나중에는 더 많이 지나갔다. 사람들이 들에서 나올 무렵에는 그 행렬이 꾸준히 이어졌다. 뱀과 방울뱀들이 숙소들을 지나가기 시작했다. 남자들이 몇 마리를 죽였지만 기어 다니는 뱀 떼한테서 벗어날 수가 없었다. 사람들은 새벽이 올 때까지 집 안에 머물러 있었다. 밤에 재니는 사슴같이 큰 동물들의 씨근거리는 콧소리를 여러 번 들었다. 한번은 표범이 나지막이 우는 소리도 들려왔다. 모두 동쪽으로, 동쪽으로 가고 있었다. 그날 밤 야자수와 바나나 나무들은 비와 장거리 대화를 시작했다. 몇 사람은 겁을 먹고 짐을 꾸려서 어떻게든 팜비치로 떠났다. 천 마리가량 되는 말똥가리가 비행 모임을 열더니 구름 위로 올라가서 내려오질 않았다.

한 바하마 청년이 티 케이크의 집 앞에 차를 멈추고 소리쳤다. 티 케이크가 집 안을 향해 웃으며 밖으로 나왔다.

"안녕, 티 케이크."

"안녕, 리아스. 너도 떠나는구나."

"그래요. 당신과 재니도 가고 싶어요? 우리 차에 자리가 하나 남았는데 당신 두 사람에게 갈 것인지 말 것인지 먼저 알아보고 다른 사람에게 기회를 주려고요."

"정말 고마워, 리아스. 그렇지만 우리는 남아 있기로 결정했어."

"인디언들이 떠났어요."

"그건 별로 중요하지 않아. 농장주가 떠난 건 못 봤잖아, 그렇지? 아무튼 지금은 괜찮아. 어쨌든 습지에서는 돈벌이가 너무 잘되고 있어. 내일이면 다시 날이 좋아질 거야. 내가 너라면 안 떠날 거야."

"삼촌이 날 데리러 오셨어요. 삼촌 말씀으로는 팜비치에 허리케인 경보가 발효 중이래요. 거기는 상황이 그렇게 나쁘진 않지만, 어쨌든, 이곳 습지는 너무 낮아서 저 큰 호수가 터질지 몰라요."

"아, 그러진 않을 거야. 저 안에서 몇몇 청년들이 그것에 대해 지금 이야기를 나누고 있어. 그들 중 몇 사람은 글레이즈에서 몇 년이나 살았다고. 그냥 잠시 바람이 부는 것뿐이야. 여기로 돌아오려면 내일 하루를 꼬박 허비해야 할걸."

"인디언들이 동쪽으로 갔다니까요, 이런. 여긴 위험해요."

"그 사람들이 항상 맞는 건 아니잖아. 사실 그 사람들도 어떤 것에 대해서도 많이 알지 못해. 그렇지 않았다면 아직도 이 나라를 차지하고 있었겠지. 백인들은 아무 데도 가지 않았어. 위험하다면 그 사람들이 틀림없이 알았겠지. 여기 그대로 있는 게 더 나을 거야. 날씨가 괜찮아지면 오늘 밤 바로 여기서 큰 점핑 춤판이 벌어질 거야."

리아스가 머뭇거리며 차에서 내리려 하자 그의 삼촌이 그러지 못하게 막았다. "내일 이맘때쯤이면 당신은 인디언들을 따라가지 않은 걸 후회하게 될 거요." 그가 콧방귀를 뀌고는 차를 몰고 가버렸다. 리아스는 그들에게 즐겁게 손을 흔들었다.

"이 세상에서 더 못 보게 되면 나중에 아프리카에서 만나요."

다른 사람들도 인디언과 토끼들, 뱀과 너구리들처럼 동쪽으로 서둘러 갔다. 그러나 대다수의 사람들은 둘러앉아 웃으면서 날이 다시 좋아지기를 기다렸다.

남자 몇 명이 티 케이크의 집에 모여 앉아 서로 용기를 북돋아 주는 말을 하고 있었다. 재니가 커다란 프라이팬에 콩을 굽고 그녀 자신이 스위트 비스킷이라 부르는 것을 구워내자 그들 모두 기운을 내서 충분히 행복해질 수 있었다.

대단한 이야기꾼들이 거의 다 그곳에 와 있었기 때문에 자연히 정복왕 존과 그가 이룬 업적에 대한 이야기가 다루어졌다. 그가 지상에서 어떻게 그 대단한 일을 모두 행했으며 산 채로 하늘로 들어 올려졌는지, 그가 어떻게 기타를 치면서 하늘로 올라갔으며 모든 천사가 하느님의 보좌를 돌며 춤*을 추었는지, 또 하느님과 노베드로를 제외한 모든 사람이 여리고까지 날아갔다 돌아오기 경주를 벌였고 어떻게 정복자 존이 그 경주에서 이겼는지, 지옥에 내려간 그가 늙은 악마를 물리치고 그곳에 있는 모든 사람에게 어떻게 얼음물을 돌렸는지 이야기했다. 어떤 사람은 존이 연주한 악기가 하모니카라고 말했지만 아무도 그 말을 들으려 하지 않았다. 그 누가 하프를 얼마나 잘 연주하건 상관없이 하느님은 기타 연주를 듣고 싶어 하실 것이다. 그 말에 그들의 화제는 티 케이크로 돌아왔다. 그가 기타를 한두 곡 연주하는 게 어떨까? 글쎄, 좋아 그럼 한번 들어보자고.

모두가 그것에 동의하자 먹 보이가 잠에서 깨어나 리듬에 맞춰 노래를 부르기 시작했고 가사 한 줄이 끝날 때마다 모두 마지막 단어를 큰 소리로 따라 불렀다.

---

* 링샤우트라는 종교적인 춤 의식을 가리킨다. 서인도제도와 미국에서 아프리카 노예들이 처음 실시한 열광적인 춤 의식으로 참가자들이 원을 그리며 발을 끌거나 세게 굴리고 박수를 친다.

너희 엄마는 안 입더라 **속옷을**
내가 봤어 너희 엄마가 그걸 **벗을 때**
너희 엄마는 속옷을 적셔놓았더구나 **술로**
그러고는 그것을 팔았어 **산타클로스한테**
산타클로스가 너희 엄마한테 말했어 그건 **불법이라고**
입는 것 말이야 그 더러운 **속옷을**

그런 다음 먹 보이는 양말을 미친 듯이 움직이면서 그 자신도 미친 듯이 춤을 추었고 다른 사람 모두 미친 듯이 춤을 추게 만들었다. 춤이 끝나자 그는 바닥에 쓰러져서 다시 잠이 들었다. 사람들은 플로리다 플립과 쿤캔 카드놀이를 시작했다. 다음에는 주사위 놀이를 했다. 돈을 따기 위한 놀이가 아니었다. 이것은 과시하기 위한 게임이었다. 모두가 자신의 장기를 선보였다. 항상 그랬듯이 티 케이크와 모터 보트와의 겨루기로 압축되었다. 티 케이크는 수줍은 웃음을 짓고 있었고 모터 보트는 교회 탑에서 막 나온 것 같은 작은 까만 아기 찬사 같은 얼굴로 어느 누구의 주사위로건 놀라운 일을 해내고 있었다. 다른 사람들은 주사위를 던지는 그들의 모습을 바라보면서 일과 날씨에 대해 잊어버렸다. 그것은 예술이었다. 메디슨 스퀘어 가든에서 한 번에 천 달러를 걸고 던지는 경기라 해도 이보다 숨 가쁜 긴장을 만들어내지는 못했을 것이다. 그곳에는 그저 더 많은 사람이 모였을 뿐일 것이다.

얼마 후 누군가 밖을 보고 말했다. "바깥 날씨가 전혀 개질 않아. 집에 가봐야 할 것 같아." 모터 보트와 티 케이크는 여전히 게임을 하고 있었기 때문에 사람들은 게임 중인 그들을 남겨두고 떠났다.

그날 밤 언제부터인지 바람이 다시 불기 시작했다. 스튜 비프가 손가락으로 북 가장자리를 두드릴 때처럼 세상의 모든 것이 날카로우면서도 짧게 덜커덕거리는 소리를 심하게 냈다. 아침 무렵이 되자 천사 가브리엘이 북 한가운데를 두드려서 내는 것처럼 깊은 소리가 나기 시작했다. 재니가 문밖을 내다보았을 때는 서쪽 하늘에 이리저리 떠다니는 안개 덩어리가—하늘의 그 구름 밭이—천둥으로 무장하고는 세상을 향해 진격해오고 있었다. 천둥과 구름은 더 요란하고 더 높게, 더 낮고 더 넓게 퍼져나가면서 올라갔다 내려갔다 짙어졌다.

그 소리에 오래된 오키초비 호수가 잠에서 깨어났고 그 괴물이 침대에서 뒤척이기 시작했다. 토라진 세상이 투덜대는 것처럼 괴물이 뒤척이며 불평하기 시작했다. 숙소에 사는 서민들과 더 멀리 호숫가 주변에 있는 큰 저택에 사는 사람들 모두 큰 호수가 내는 소리를 듣고 놀랐다. 사람들은 불안함을 느꼈지만 그 무분별한 괴물을 침대에 묶어놓을 제방이 있었기 때문에 안심했다. 서민들은 저택에 사는 사람들에게 판단을 맡겼다. 성들이 자신들은 안전하다고 생각한다면 오두막집들은 굳이 걱정할 필요가 없었다. 언제나 그렇듯이 그들의 결정은 이미 내려졌다. 그들은 갈라진 틈새를 메우고 젖은 침대에서 몸을 떨며 주님이 하시는 대로 기다리는 것이다. 하느님께서 어떻게든 아침까지는 사태를 중지해놓으실 것이다. 원하는 것들을 바라볼 수 있는 낮에는 희망을 갖기가 무척 쉽다. 그러나 밤이었고 밤이 계속되고 있었다. 밤이 양손에 둥근 온 세상을 들고서 무(無)를 넘어 성큼성큼 걸어오고 있었다.

천둥 번개가 큰 소리를 내며 지붕 위를 짓밟았다. 그러자 티 케이크와 모터 보트는 놀이를 멈췄다. 모터가 천사 같은 모습으로 위를 올려다보며 말했다. "하느님이 위층에서 의자를 끌어당기나 봐요."

"돈 내기를 한 것은 아니었지만 당신 두 사람이 그 빌어먹을 주사위 놀이를 그만둬서 기뻐." 재니가 말했다. "하느님께서 지금 **자기** 일을 하고 계시니까 우리는 조용히 있어야 해."

그들은 더 바싹 붙어 앉아서 문간을 쳐다보았다. 그들은 몸의 다른 부분은 꼼짝도 하지 않은 채 그저 문만 바라보았다. 그 문을 통해 무엇을 볼 것인지 백인들에게 물어볼 시간은 지났다. 여섯 개의 눈은 **하느님**에게 묻고 있었다.

비명을 지르는 바람 사이로 그들은 물건들이 부서지고 믿을 수 없는 속도로 내던져지고 부딪히는 소리를 들었다. 그런 때는 자기 고기를 원하는 사람이 아무도 없다는 것을 아는 것처럼 공포에 사로잡힌 새끼 토끼 한 마리가 마룻바닥의 구멍으로 꿈틀거리며 나와서 벽 그늘에 드리워진 그림자 속에 저만치 웅크리고 앉았다. 그리고 그들과 둑 하나만을 사이에 둔 채 호수는 점점 더 격렬해졌다.

잠시 바람이 잦아지자 티 케이크가 재니를 만지며 말했다. "지금 이런 것에서 벗어나 그 큰 집에 그대로 눌러 있었더라면 좋았을 텐데, 라고 당신이 후회할 것 같은데, 그렇지 않아?"

"아니."

"아니야?"

"그럼, 아니야. 사람들은 어디에 있건 다 자기 때가 되어야 죽는 법이야. 폭풍우 속에 남편과 함께 있잖아. 그럼 된 거야."

"고마워, 여보. 그렇지만 지금 죽는다고 한번 생각해봐. 그래도 당신을 이곳으로 끌고 온 나한테 화가 안 나?"

"아니. 우리는 이 년을 함께 보냈어. 새벽에 해가 뜨는 걸 볼 수 있다면 저녁 어스름에 죽는다고 그게 무슨 대수겠어? 아침에 해를 구경도 못한 사람들이 얼마나 많은데. 내가 어둠 속을 더듬고 있을 때 하느님이 문을 열어주셨어."

그는 바닥으로 내려와서 그녀의 무릎에 머리를 파묻었다. "그렇다면 재니, 당신은 진심을 말하는 게 아닐 거야. 나는 당신이 나한테 그렇게 만족하고 있는 줄 전혀 **몰랐으니까.** 내 생각에는…….''

바람이 세 배나 거세게 불어닥쳐서 마지막에는 불을 꺼버렸다. 그들은 다른 오두막에 사는 다른 사람들과 마찬가지로 앉아서 눈으로는 투박한 벽을 뚫어지게 바라보면서 영혼으로는 신에게 묻고 있었다. 신이 지금 자기 힘과 그들의 미약한 힘을 비교하고 있는 것은 아닌지. 그들은 어둠을 응시하고 있는 것처럼 보였지만 사실 그들의 눈은 신을 바라보고 있었다.

티 케이크는 불어 닥치는 바람을 헤치고 밖으로 나가자마자 죽은 것으로 간주되는 수많은 것이 바람과 물로 생명을 부여받았고 살아 있는 존재였던 수많은 것들이 죽음을 부여받은 것을 알았다. 사방이 물이었다. 제자리를 잃은 물고기가 마당에서 헤엄치고 있었다. 7센티만 더 높아지면 물이 집 안으로 들어올 것이다. 이미 어느 정도는 물에 잠겨 있었다. 그는 더 나쁜 일이 일어나기 전에 글레이즈에서 벗어나기 위해 차편을 알아보기로 결심했다. 그는 먼저 집으로 돌아와서 재니에게 떠날 준비를 시켰다.

"우리 보험 서류들을 챙겨, 재니. 기타랑 다른 물건들은 내가 챙길게.''

"화장대 서랍에서 돈을 모두 꺼냈지, 이미?"

"아니. 빨리 그걸 가져와서 식탁보를 잘라내서 그걸로 돈을 싸. 우리 목까지 젖기 쉬울 테니까. 서류를 쌀 수 있도록 저 유포(油布)를 한 조각 잘라내. 너무 늦지 않았다면 우리는 떠나야 해. 호수가 더 견뎌내지 못할 거야."

그는 식탁에서 유포를 낚아챈 다음 나이프를 꺼냈다. 그가 길게 잘라내는 동안 재니는 그것을 똑바로 잡았다.

"그런데 티 케이크. 저기 밖은 너무 끔찍해. 젖어도 여기 그냥 있는 게 더 나을지도 몰라. 굳이……."

그는 한마디 말로 재니의 반론을 잘라버렸다. "꿰매." 그는 이 말을 하고 힘겹게 바람을 헤치고 밖으로 나갔다. 그는 재니보다 많은 것을 보았다.

재니는 큰 바늘을 들고 재빨리 박음질을 해서 기다란 자루를 만들어냈다. 신문지 조각을 찾아서 지폐와 서류를 싼 다음 그것을 자루에 집어넣고 입구를 바늘로 감침질했다. 작업복 호주머니 속에 자루를 다 꿰매 달기도 전에 티 케이크가 다시 안으로 들이닥쳤다.

"차가 하나도 없어, 재니."

"나도 그럴 거라 생각했어! 이제 어떻게 하지?"

"걸어갑시다."

"이런 날씨에, 티 케이크? 숙소 입구까지도 못 갈 거야."

"아, 할 수 있어. 나와 당신과 모터 보트가 함께 팔짱을 끼고 서로 붙들어주면 돼. 어, 모터?"

"저쪽 침대에서 자고 있어." 재니가 말했다. 티 케이크는 몸을 움직이지 않고 소리쳤다.

"모터 보트! 거기서 일어나는 게 좋을 거야! 조지아에 지옥 물이 터졌어. 바로 지금 말이야! 너는 어떻게 이런 때 잠을 잘 수 있는 거야? 마당에 물이 무릎까지 찼어."

그들은 거의 엉덩이까지 찬 물속으로 걸어 나와서 간신히 동쪽으로 향했다. 티 케이크는 기타를 내던져야 했고 재니는 그가 얼마나 속상해하는지를 보았다. 그들은 공중에 날아다니는 물건들과 물 위에 떠다니는 위험물들을 이리저리 피하며 구멍에 빠지지 않도록 조심했다. 그들은 등 뒤에서 불어오는 바람에 몸에서 열이 날 정도가 되어서야 비로소 비교적 젖어 있지 않은 땅에 이르렀다. 그들은 엉뚱한 방향으로 밀려가지 않고 함께 버틸 수 있도록 싸워야만 했다. 안간힘을 쓰면서 앞으로 나아가고 있는 다른 사람들의 모습도 보였다. 집 한 채가 무너져 있고 여기저기에 놀란 소들이 보였다. 그러나 무엇보다도 바람과 물이 맹렬하게 돌진해왔다. 그리고 호수가 있었다. 한층 커진 거센 파도 소리 속으로 바위와 나무가 부서지며 내는 거대한 소리와 울부짖는 소리가 들려왔다. 그들은 뒤를 돌아보았다. 미친 듯이 날뛰는 물속에서 빠져나가려고 발버둥치다 도저히 빠져나갈 수 없다는 것을 알고 비명을 지르는 사람들이 보였다. 오두막집들이 다닥다닥 붙어 있던 제방의 거대한 방벽이 앞으로 밀리며 무너져 내리고 있었다. 3미터 높이의 방벽은 그들의 눈길이 미치는 한 나지막이 웅웅거리는 소리를 내며 위로 솟구친 물길에 떠밀려서 마치 천문학적인 규모의 도로 압착기처럼 앞으로 나아갔다. 드디어 괴물같이 거대한 짐승이 자신의 잠자리를 벗어났다. 시속 200마일의 바람이 괴물의 쇠사슬을 풀어놓았다. 괴물은 제방을 점령하고 앞으로 달려 나가 숙소들에 이르렀다. 그는 숙소들을 풀 뽑듯이 뿌리째 뽑아버렸고, 자신의 정복자들로 간주되었던 사람들을 쫓아 달려들면서 제방을 밀어 무너뜨리고 집들을 밀어 무너뜨리고 집 안에 있던 사람들과 다른 목재들을 함께 밀어 부서뜨렸다. 바다가 발꿈치로 땅을 무겁게 찍어내리며 걷고 있었다.

"호수가 오고 있어!" 티 케이크가 숨차게 말했다.

"호수다!" 모터 보트가 깜짝 놀라 공포에 사로잡혀 외쳤다. "호수야!"

"우리 쪽으로 오고 있어!" 재니가 몸을 떨었다. "우리는 날 수도 없는데."

"그래도 뛸 수는 있잖아." 티 케이크가 소리쳤고 그들은 달렸다. 뿜어져 나오는 물은 더 빨리 달렸다. 호수의 커다란 몸체는 아직 저지되고 있었지만 앞으로 밀려나가며 무너지고 있는 제방의 터진 틈새로 물이 강처럼 뿜어져 나와서 뿌옇게 흩어졌다. 세 도망자는 약간 높은 곳에 줄지어 서 있는 오두막집들을 지나 달렸고 조금 기운을 얻었다. 그들은 목청껏 큰 소리로 외쳤다. "호수가 오고 있어요!" 그러자 닫혀 있던 문들이 열리고 다른 사람들이 뛰어나와 함께 도망치면서 똑같은 말을 외쳤다. "호수가 오고 있어요!" 그러자 뒤쫓아오던 호수 물이 으르렁대며 앞을 향해 소리쳤다. "그래, 내가 가고 있다!" 그러자 도망칠 수 있는 사람들은 도망쳤다.

그들은 간신히 둔덕 위에 있는 큰 집에 이르렀고 재니가 말했다. "여기서 쉬었다 가. 더는 못 가겠어. 나는 완전히 지쳤어."

"우리 모두 지쳤어." 티 케이크가 고쳐 말했다. "안에 들어가서 이 날씨를 피합시다. 죽거나 아니면 쉬거나." 그가 칼의 손잡이 부분으로 문을 두드렸고 그들은 모두 벽에 얼굴과 어깨를 대고 서있었다. 티 케이크는 문을 한 번 더 두드려보고 나서 모터 보트와 함께 집 뒤로 돌아가서 문을 부수었다. 안에는 아무도 없었다.

"이 사람들이 나보다 똑똑했어." 그들이 바닥에 쓰러져서 숨을 헐떡이며 누워 있을 때 티 케이크가 말했다. "리아스가 권할 때 함께 갔어야 했어."

"당신도 몰랐던 거지." 재니가 항변했다. "그리고 모르는 건 어쩔 수 없어. 폭풍이 분명히 오지 않을 수도 있었으니까."

그들은 곧 잠이 들었지만 재니가 먼저 깼다. 그녀는 밀려오는 물소리를 듣고 일어나 앉았다.

"티 케이크! 모터 보트! 호수가 오고 있어!"

호수가 **정말로** 다가오고 있었다. 더 천천히, 더 넓게 그러나 다가오고 있었다. 호수는 자신을 막고 있던 제방을 짓밟아 뭉개서 제방 앞쪽을 납작하게 낮춰놓았다. 그러나 지친 맘모스처럼 계속해서 변함없이 낮게 신음하고 투덜대며 앞으로 다가왔다.

"이 집은 크고 높아. 이곳까지는 절대 물이 미치지 못할 거야." 재니가 말했다. "설사 온다 해도 이층까지는 물이 차지 않을 거야."

"재니, 오키초비 호수는 너비가 40마일에 길이가 60마일이야. 엄청난 양의 물이라고. 바람이 호수를 이쪽으로 밀어내면 이 집을 삼켜버리는 것은 식은 죽 먹기야. 떠나는 게 좋겠어. 모터 보트!"

"무슨 일인데, 응?"

"호수가 다가오고 있어!"

"아, 아니. 안 그럴 거야."

"맞아, 정말로 다가오고 있어! 들어봐! 저 멀리에서 나는 소리가 들리잖아.”

“그냥 오라고 해. 나는 그냥 여기서 기다릴래.”

“아, 어서 일어나, 모터 보트! 팜비치 로로 어서 가보자고. 거기는 흙을 쌓아 만든 둑 위에 있으니까 그곳은 상당히 안전할 거야.”

“나는 여기서도 안전해. 원한다면 먼저 가. 나는 졸려.”

“호수 물이 여기까지 차면 어쩌려고?” “위층으로 갈 거야.”

“거기까지 차면?”

“수영하지. 그럼 돼.”

“그렇다면, 그래. 잘 있어, 모터 보트. 상황이 상당히 안 좋아, 너도 알다시피. 우리가 서로 못 만날 수도 있을 거야. 분명히 너는 남자가 가질 수 있는 좋은 친구야.”

“잘 가, 티 케이크. 모두 여기 남아서 잠을 자야 하는데. 나를 두고 이렇게 떠나봐야 소용없을 거야.”

“우리는 그러고 싶지 않아. 우리랑 함께 가자. 아마 밤이 되면 이곳에 물이 가득 찰 거야. 그래서 나는 여기 머물러 있지 않을 거야. 같이 가자, 응.”

“티 케이크. 나는 잠을 자야겠어. 반드시.”

“그렇다면 잘 있어, 모터. 행운을 빌게. 이 모든 게 끝나고 나면 함께 나소*에 가보자고.”

“좋아, 티 케이크. 우리 엄마 집이 네 집이나 다름없어.”

티 케이크와 재니는 그 집에서 나온 지 얼마 되지 않아서 큰물

---

* 바하마 제도의 수도

을 만났다. 그래서 상당한 거리를 헤엄쳐 가야 했지만 재니가 한 번에 몇 번밖에 팔을 저을 수 없었기 때문에 티 케이크가 그녀를 붙들어주고 헤엄쳐야만 했다. 마침내 그들은 흙을 쌓아 만든 둑으로 이어지는 한 산등성이에 이르렀다. 바람이 조금 약해지고 있는 것처럼 보였기 때문에 티 케이크는 쉬면서 숨을 고를 곳을 계속 찾았다. 그의 숨이 가빠졌다. 재니는 피곤한 데다 다리도 절었지만 소용돌이치는 물속에서 힘겹게 헤엄을 치진 않았기 때문에 티 케이크의 상태가 훨씬 좋지 않았다. 그러나 그들은 멈출 수가 없었다. 둑에 닿은 것은 대단한 일이었지만 그것도 확실하게 안전을 보장하진 않았다. 호수가 밀려오고 있었다. 그들은 식스마일 다리에 닿아야 했다. 아마도 그곳이라면 높아서 안전할 것이다.

사람들이 둑 위를 걷고 있었다. 서두르며, 질질 끌며, 넘어지며, 울며, 희망에 차거나 절망하면서 이름을 불렀다. 비바람이 노인들에게 휘몰아쳤고 아기들에게도 휘몰아쳤다. 티 케이크는 지쳐서 한두 번 고꾸라졌고 재니가 그를 일으켜 세웠다. 그렇게 그들은 식스마일벤드 다리에 도착했고 쉴 수 있을 것이라 생각했다.

그러나 그곳은 만원이었다. 백인들이 그 고지를 선점하고 있어서 더 이상의 여지가 없었다. 그들이 할 수 있는 일이라고는 다리의 한쪽으로 올라갔다가 다른 쪽으로 내려가는 것뿐이었다. 앞으로 몇 마일을 더 가야 해서 여전히 쉴 수가 없었다.

그들은 작은 언덕 위에서 앉은 자세로 야생 동물들과 뱀들에 완전히 둘러싸인 채 죽어 있는 한 남자를 지나쳤다. 공통으로 겪는 위험은 모두를 공통의 친구들로 만들어주었다. 어느 것도 다른 것을 정복하려 하지 않았다.

또 한 남자는 작은 섬 위의 삼나무에 달라붙어 있었다. 나뭇가지에는 양철 지붕이 전깃줄에 얽혀 매달려서 바람에 거대한 도끼처럼 앞뒤로 흔들거리고 있었다. 남자는 떨어져 짓이길 것 같은 이 금속 날에 자기 몸이 쪼개지지 않을까 무서워서 감히 오른쪽으로 한 발자국도 움직이지 못했다. 왼쪽에는 커다란 방울뱀이 바람 속에 머리를 쳐들고 몸을 최대한 쭉 펴고 있었기 때문에 남자는 감히 왼쪽으로도 발을 내딛지 못했다. 섬과 둑 사이에는 좁고 길게 물이 흐르고 있었고 그 남자는 나무에 달라붙어서 도와달라고 소리쳤다.

"뱀이 당신을 물진 않을 거요." 티 케이크가 그에게 소리쳤다. "뱀이 겁에 질려서 또아리를 틀지도 못하고 있어요. 바람에 날려갈까 봐 겁에 질려 있어요. 그쪽으로 한 발 간 다음 헤엄쳐서 나와요!"

그러고 나서 곧 티 케이크는 더 걸을 수가 없다고 느끼게 되었다. 당장 걸을 수는 없었다. 그래서 그는 길옆에 대자로 누워서 쉬었다. 재니는 그의 옆에 누워 바람을 막아주었고 그는 눈을 감고서 피곤함이 사지에서 새어 나가게 했다. 둑 양 옆에는 호수처럼 넓게 물이 차 있었다—물에는 살아 있는 것과 죽은 것들이 가득 차 있었다. 원래 물에 속해 있지 않은 것들이었다. 눈길이 닿는 한 물과 그 위에서 사납게 나부끼는 바람뿐이었다. 지붕을 덮었던 커다란 타르 종이 조각이 공중을 날아 둑을 따라 질주하다가 결국 나무에 걸렸다. 재니는 그것을 보고 기뻤다. 티 케이크를 덮어줄 수 있는 바로 그런 물건이었다. 그것에 기대서 끌어내릴 수 있을 것 같았다. 어쨌든 바람이 전처럼 그렇게 세게 불진 않았다. 저거면 딱 좋은데. 불쌍한 티 케이크!

그녀는 두 손과 두 발로 기어가서 지붕 조각을 양쪽에서 붙잡았다. 바로 그때 바람이 불어와 지붕 조각과 그녀를 휙 날려버리는 바람에 그녀는 둑을 벗어나 오른쪽으로, 세차게 움직이는 물 위로 점점 더 떠밀려갔다. 그녀는 크게 비명을 지르며 지붕 조각을 손에서 놓았다. 그러자 그녀는 물속에 떨어졌고 지붕 조각은 멀리 밀려가버렸다.

"티 케이크!" 그는 그녀의 목소리를 듣고 벌떡 일어섰다. 재니는 헤엄을 치려고 했지만 물을 헤치고 나가기가 너무 힘들었다. 그는 암소 한 마리가 사선 방향으로 둑을 향해 천천히 헤엄쳐 오는 것을 보았다. 커다란 몸집의 개가 암소의 어깨 위에 앉아서 덜덜 떨며 으르렁대고 있었다. 암소는 재니에게 다가가고 있었다.

"암소 쪽으로 가서 꼬리를 잡아. 발은 쓰지 말고. 손만으로도 충분해. 좋아, 어서!"

재니는 암소의 꼬리를 잡고 암소의 엉덩이를 따라 물 밖으로 최대한 고개를 내밀었다. 암소는 늘어난 무게로 조금 가라앉았고 잠깐 동안 두려움에 심하게 몸을 움직였다. 암소는 악어가 끌어당기고 있다고 생각하는 것 같았다. 그러나 암소는 계속 나아갔다. 개가 일어서서 사자처럼 으르렁댔다. 개는 일어서서 털을 뻣뻣하게 곤두세웠고 근육을 바싹 긴장시킨 채 이를 드러내며 늘어난 짐에 대한 분노를 표출했다. 티 케이크는 칼을 빼들고 물속에 뛰어들어 수달처럼 물살을 가르며 다가왔다. 개는 재빨리 암소의 등을 타고 공격자를 향해 내려왔고 재니는 비명을 지르며 암소의 꼬리 끝 부분으로 미끄러져 내려갔다. 개의 성난 입에서 간신히 벗어날 수 있는 거리였다. 개는 그녀에게 돌진하고 싶었지만 어쨌든 물이 무서운 것 같았다. 티 케이크가 암소의 엉덩이 부근의 물속에서 솟구쳐 나와서 개의 목덜미를 잡았다. 그러나 개는 힘이 셌고 티 케이크는 극도로 지쳐 있었다. 그래서 그는 의도했던 것처럼 한 칼에 개를 죽이지 못했다. 그러나 개도 역시 빠져나가질 못했다. 둘은 맞붙어 싸웠고 개는 간신히 티 케이크의 광대뼈 윗부분을 한 입 물어뜯었다. 그러나 티 케이크는 개의 숨통을 끊어서 바닥에 가라앉게 만들었다. 큰 짐에서 벗어난 암소는 재니를 매달고 이미 둑에 닿아가고 있었다. 그 뒤를 이어 티 케이크가 헤엄쳐 나와서 기진맥진해하며 둑에 다시 기어올랐다.

재니는 개에게 물린 그의 얼굴을 보며 법석을 떨기 시작했지만 그는 그것이 하나도 중요하지 않다고 말했다. "개가 내 얼굴에서 1인치만 더 높은 곳을 붙잡고 눈을 물어뜯었다면 아마 큰일 났을 거야. 당신도 알다시피 상점에서 눈을 살 수는 없으니까." 그는 폭풍우가 닥치지 않은 것처럼 둑가에 벌렁 드러누웠다. "잠깐 쉬게 해줘. 그런 다음 어떻게든 시내로 들어가도록 합시다."

그들이 팜비치에 도착했을 때는 태양과 시계로는 이튿날이었다. 그러나 그들의 몸으로는 몇 년이 지난 것 같았다. 겨울을, 역경과 고통의 겨울을 여러 번 난 것 같았다. 바퀴는 계속 돌고 돌았다. 희망에서 절망으로, 그리고 자포자기로. 그러나 그들이 피난의 도시에 도착했을 무렵 폭풍우는 저절로 수그러들었다.

엄청난 황폐함이 입을 쩍 벌린 채 그곳에 버티고 있었다. 에버글레이즈에서는 바람이 호수와 나무들 사이로 날뛰었다. 도시에서는 바람이 집들과 사람들 사이에서 날뛰었다. 티 케이크와 재니는 상황의 가장자리에 서서 폐허를 내려다보았다.

"이렇게 모든 게 엉망진창된 와중에 당신 얼굴을 치료할 의사를 어떻게 찾아내지?" 재니가 울부짖었다.

"의사 따위는 신경 안 써. 우리에게는 쉴 곳이 필요해."

많은 돈과 인내심을 들이고 나서야 그들은 잘 곳을 찾았다. 딱 잠만 잘 수 있는 그런 곳이었다. 살 곳은 전혀 아니었다. 그저 잠만 잘 곳이었다. 티 케이크는 사방을 둘러보고 침대 한쪽에 무겁게 앉았다.

"있잖아." 그가 조심스럽게 말했다. "나와 처음 사귈 때 이런 곳에 오게 될 줄 상상도 못했을 것 같아. 그렇지?"

"옛날 옛적에 나는 티 케이크가 나타나리라고는 기대도 하지 못한 채 가만히 서서 웃는 체하면서 죽어 있었어. 그러나 당신이 나타났고 나를 바꿔놓았어. 그래서 나는 우리가 함께 지나온 모든 것에 대해 감사하게 생각해."

"고마워, 여보."

"그 개한테서 나를 구해준 당신이 두 배는 훌륭해, 티 케이크. 당신은 나처럼 그 개의 눈빛을 못 보았을 거야. 그 개는 나를 그냥 물려고만 한 게 아니야, 티 케이크. 나를 완전히 죽일 작정이었다니까. 그 눈빛을 절대 잊지 못할 거야. 그건 완전한 증오 자체였어. 그 개가 도대체 어디서 왔는지 궁금해."

"아니, 나도 그 개의 눈빛을 보았어. 무시무시했어. 나 역시 그런 증오를 받고 싶지 않았어. 그 개가 죽거나 내가 죽어야 했어. 내 잭나이프 칼날은 죽어야 할 게 그 개라고 말해줬지."

"세상에, 당신이 없었으면 그 개가 나를 갈가리 찢어 놓았을 거야, 여보."

"'내가 없었으면'이라고 말할 필요 없어, 자기야. 내가 **여기** 있으니까. 그리고 당신이 알아주었으면 하는 것은 여기 있는 이 사람이 사내대장부라는 거야."

19

그리고 다시 네모난 발가락을 가진 그 존재는 자기 집으로 돌아갔다. 그는 벽도 없고 지붕도 없는 높고 평평한 자기 집 안으로 다시 들어가서 무정한 칼을 뽑아 들고 서서 기다렸다. 그의 창백한 백마는 물 위를 질주했고 땅 위를 천둥치듯 큰 소리를 내며 달렸었다. 그러나 죽음의 시간은 끝났다. 이제는 죽은 자들을 묻을 때였다.

"재니, 이 지저분하고 깔끔하지 못한 곳에서 이틀을 보냈고 그것만으로도 너무 길었어. 이 집과 이 도시에서 나가야 해. 나는 이곳이 정말 마음에 안 들어."

"어디로 갈 건데, 티 케이크? 그걸 우리가 모르잖아."

"어쩌면, 당신이 원하면 주의 북부로 되돌아갈 수 있어."

"나는 그런 말을 하지 않았어. 그래도 만약 그게 당신이……."

"아니, 나는 그런 말 한 적 없어. 당신이 더 원하지도 않는데 이 불편한 곳에 당신을 붙잡아두고 싶지 않아."

"만약 내가 당신에게 방해가 된다면……."

"저 여자 말하는 것 좀 들어봐. 나는 저 여자랑 함께하고 싶어서 속옷바지가 터지려고 하는데 저 여자는 기껏 하는 말이…… 압정으로 찔러줘야 한다니까!"

"그렇다면 좋아. 당신이 뭐든 말을 하면 그대로 할 거야. 어떻게든 부족하나마 그걸 시도는 해볼 수 있잖아."

"어쨌든 나는 쉴 만큼 쉬었고 여기는 빈대들이 너무 극성이야. 내 몸이 망가져 있을 때는 그걸 깨닫지 못했어. 나가서 둘러보고 우리가 할 수 있는 일이 뭐가 있을지 알아볼게. 무엇이건 한번 해볼게."

"그냥 이 집에 머물면서 조금 더 쉬는 게 좋을 것 같아. 지금은 밖에서 찾을 수 있는 일이 하나도 없어."

"그렇지만 한번 둘러보고 싶어, 재니. 어쩌면 내가 도울 수 있는 일이 있을지 모르잖아."

"당신한테 도와달라고 하는 일이 당신 마음에는 안 들 거야. 그들은 구할 수 있는 모든 남자들을 붙잡아서 죽은 사람들을 매장하는 일을 돕게 하고 있어. 그들은 일이 없는 사람들을 쫓고 있다고 주장하지만 당신이 일이 있는지 없는지 그렇게 구체적으로 따지지도 않아. 당신은 이 집에 있어. 적십자가 아픈 사람들과 고통받는 사람들을 위해 다른 식으로 할 수 있는 모든 일을 하고 있으니까."

"나한테는 돈이 있어, 재니. 그 사람들이 날 귀찮게 할 수 없을 거야. 어쨌든 나는 정확하게 상황이 어떤지 가서 보고 싶어. 글레이즈 친구들에 관한 소식을 들을 수 있는지 알아보고도 싶고. 어쩌면 그들 모두 무사할지도 몰라. 그렇지 않을 수도 있고."

티 케이크는 밖으로 나가서 돌아다녔다. 그는 모든 것에서 공포의 손길을 보았다. 지붕 없는 집들과 집에서 떨어져 나온 지붕들. 나무처럼 부서지고 구겨진 강철과 돌. 악의의 어머니가 인간들을 농락한 것이다.

티 케이크가 서서 둘러보고 있을 때 어깨에 총을 멘 두 남자가 다가오는 것이 보였다. 그 남자들이 백인이었기 때문에 티 케이크는 재니의 말을 떠올리고는 도망치려고 무릎을 구부렸다. 그러나 곧 그렇게 하는 것이 자신에게 불리할 것을 깨달았다. 그들이 이미 그를 본 데다 거리가 너무 가까워서 그들이 총을 쏘면 절대 그를 빗나가지 않을 것 같았다. 어쩌면 그들은 그를 그냥 지나쳐 갈지도 몰랐다. 어쩌면 그에게 돈이 있는 걸 보면 그가 뜨내기가 아니라는 것을 깨달을지도 몰랐다.

"어이, 거기, 짐." 키가 더 큰 남자가 소리쳤다. "우리 좀 봅시다."

"내 이름은 짐이 아닌데요." 티 케이크가 조심스럽게 말했다. "무슨 일로 날 보자는 거죠? 나는 아무 짓도 안 했는데요."

"바로 그것 때문에 보자는 거요…… 아무 일도 안하니까. 가서 여기 시체들을 좀 묻자고. 제때 빨리빨리 묻질 못하고 있으니까."

티 케이크가 방어적으로 뒷걸음질쳤다. "내가 그 일하고 무슨 상관이 있는데요? 나는 호주머니에 돈을 가지고 있고 일이 있는 사람이오. 폭풍우 때문에 글레이즈에서 잠시 나온 거예요."

키 작은 남자가 재빨리 총을 겨누었다.

"저기로 길을 따라 내려가시오, 선생! **당신을** 묻으려는 건 아니니까 걱정하지 말고! 어서 앞장을 서요, 선생!"

티 케이크는 공공장소에 쌓인 잔해를 치우고 죽은 사람들을 매장하는 일에 투입된 소부대의 일원이 되었다. 그들은 시체를 찾아낸 다음 일정한 장소에 모아서 매장해야 했다. 시체들은 부서진 가옥 잔해 속에서만 발견되는 것이 아니었다. 시체들은 가옥 밑에 깔리고, 관목 속에 엉켜 있었으며, 물에 떠 있고, 나무에 걸려 있었으며, 난파물 밑에서 표류하고 있었다.

예인망을 단 트럭들이 글레이즈와 다른 외곽 지역에서 계속 들어왔고 트럭마다 시체가 스물다섯 구 실려 있었다. 제대로 옷을 입고 있는 시체들도 있었고 완전히 벌거벗은 시체들도 있었으며 완전히 만신창이가 된 옷을 입고 있는 시체들도 있었다. 어떤 시체들은 평온한 얼굴에 손을 편안하게 하고 있었다. 어떤 시체들은 싸우는 것 같은 얼굴에 놀란 듯 두 눈을 부릅뜨고 있었다. 그들이 보이는 것 너머를 보기 위해 애를 쓰며 응시하고 있을 때 죽음이 그들을 덮친 것이었다.

초라하고 부루퉁한 표정을 지은 흑인 남자들과 백인 남자들은 감시를 받으며 계속 시체를 찾고 무덤을 파야 했다. 백인 묘지터에 커다란 웅덩이를 파고 흑인 묘지터에는 커다란 도랑을 팠다. 시체들을 받자마자 그 위에 생석회를 듬뿍 뿌려야 했다. 매장해야 될 때가 오래전에 지난 시체들이었다. 남자들은 최대한 신속하게 시체들을 묻기 위해 온갖 노력을 다하고 있었다. 그러나 간수들이 그들을 중지시켰다. 수행할 명령을 받았다는 것이었다.

"어이, 거기, 너희 모두! 시체들을 그렇게 구멍 안에 마구 던지지 마! 마지막 사람까지 꼼꼼히 검사해서 백인인지 흑인인지 가려내."

"그들을 그렇게 천천히 다루라고요? 세상에! 이렇게 시체가 된 상황에서도 그들을 검사하라고요? 피부색이 뭐가 그렇게 중요한

가요? 서둘러서 그들 모두를 묻어야 한다고요."

"사령부에서 명령을 받았어. 모든 백인을 위해 관을 만드는 중이야. 싸구려 소나무 관일 뿐이지만 아예 없는 것보단 나을 거니까. 백인들은 절대 구덩이에 그렇게 던지면 안 돼."

"흑인들은 어떻게 되는데요? 그들에게도 관을 짜주나요?"

"아니. 모두에게 다 돌아갈 만큼 관을 충분히 구할 수가 없어. 그저 흑인들 몸에는 생석회를 듬뿍 뿌리고 흙을 덮어."

"제기랄! 몇몇 시체는 어떻게 생겼는지 전혀 알아볼 수가 없어요. 백인인지 흑인인지 알 수가 없다고요."

간수들은 오랫동안 그 일에 대해 회의를 했다. 얼마 후 그들은 돌아와서 남자들한테 말했다. "도저히 분간할 수 없을 때는 머리카락을 봐. 그리고 백인을 내던지다가 나한테 걸리지 않도록 해. 그리고 흑인들한테 관을 허비하는 일이 절대 없도록 하라고. 지금은 관을 구하기가 너무 힘드니까."

"저 사람들은 이 죽은 사람들이 어떻게 심판을 받으러 가는지 엄청 신경을 쓰는군요." 티 케이크가 자기 옆에서 일하는 남자에게 말했다. "그들은 하느님이 짐 크로우 법*에 대해 아무것도 모른다고 생각하는 것 같아요."

티 케이크는 몇 시간 동안 일을 하다가 재니가 자기 걱정을 하고 있을 거라는 생각에 마음이 다급해졌다. 그래서 트럭이 와서 시체를 내려놓을 때 재빨리 도망을 쳤다. 멈추지 않으면 총을 쏘겠다

---

* 1876~1965년까지 시행됐던 미국의 주법으로 옛날 남부 연맹에 있는 모든 공공기관에서 합법적으로 인종을 분리했다.

는 명령을 받았지만 그는 그대로 계속 뛰어서 그곳을 빠져나왔다. 그가 예상했던 대로 재니는 슬피 울고 있었다. 그들은 그가 부재중일 때 일어난 일에 대해 서로를 달랬고 그러다가 티 케이크가 다른 문제를 꺼냈다.

"재니, 이 집과 이 도시에서 벗어나야 해. 나는 더는 그렇게 일할 생각이 없어."

"안 돼요, 안 돼, 티 케이크. 모든 게 끝날 때까지 이곳에 가만히 있어요. 그들이 당신을 보지 못하면 당신을 괴롭히지 못할 거예요."

"아, 안 돼요. 그들이 찾으러 돌아다니면요? 오늘 밤에 여기서 빠져나갑시다."

"어디로 갈 건데요, 티 케이크?"

"가장 빨리 갈 수 있는 곳은 글레이즈야. 그곳으로 다시 되돌아갑시다. 이 도시는 문제도 많고 강요도 심해."

"그렇지만 티 케이크, 태풍이 글레이즈에도 닥쳤잖아. 그곳에도 역시 매장해야 할 시체들이 많을 거야."

"맞아. 나도 알아, 재니. 그래도 여기 같진 않을 거야. 우선 시체를 하루 종일 그곳에서 실어왔기 때문에 그곳에는 더 찾을 시체가 그리 많지는 않을 거야. 그리고 그곳에는 여기만큼 시체가 많지 않을 거야. 그리고 또 재니, 그곳에서는 백인들이 우리를 알잖아. 백인들과 전혀 모르는 상태로 지내는 건 안 좋아. 모두가 우리 적이 되거든."

"그건 분명히 맞는 말이야. 백인이 아는 흑인은 좋은 흑인이고 백인이 모르는 흑인은 나쁜 흑인이지." 재니는 이렇게 말하며 웃었고 티 케이크도 그녀를 따라 웃었다.

"재니, 나는 그런 일을 여러 번 봤어. 백인들은 모두 자기가 착한 흑인들을 전부 이미 알고 있다고 생각해. 그 밖의 흑인들은 더 알 필요가 없다고 생각하는 거지. 백인들은 자신들이 모르는 흑인들은 전부 재판을 받고 지독한 냄새가 나는 옥외 변소에서 반 년 동안 갇혀 지내야 한다고 생각한다고."

"왜 옥외 변소야, 티 케이크?"

"글쎄, 당신도 알다시피 백인들이 항상 제일 크고 가장 좋은 것을 갖잖아. 그래서 백인들은 통합된 수세식 화장실보다 못한 화장실은 진짜 별 볼 일 없을 거라고 생각해. 그래서 나는 나를 아는 백인들이 있는 곳으로 갈 작정이야. 여기서는 엄마 없는 아이가 된 기분이 들어."

그들은 소지품을 챙긴 다음 집에서 몰래 빠져나와 도망쳤다. 다음 날 아침 그들은 다시 습지로 돌아왔다. 그들은 하루 종일 살 집을 손질하며 열심히 일했다. 다음 날 티 케이크가 할 일을 찾으러 밖에 나갈 수 있도록 하기 위해서였다. 그는 일에 대한 열의보다는 호기심에서 다음 날 아침 일찍 집을 나섰다. 그는 하루 종일 밖에 있다가 그날 밤에 환한 얼굴로 돌아왔다.

"내가 누굴 봤는지 알아, 재니? 장담하는데 절대 당신은 못 맞출 거야."

"뚱보 솝드보텀을 봤을 거 같은데."

"맞아. 그도 봤고 스튜 비프와 도커리, 리아스, 쿠드메이와 부티니도 봤어. 또 누굴 보았을 것 같아?"

"글쎄, 스터렛?"

"아니, 그는 홍수에 휩쓸렸대. 리아스가 팜비치에서 직접 그를 묻었다는군. 또 누굴 보았을 것 같아?"

"그냥 말해줘, 티 케이크. 모르겠어. 설마 모터 보트는 아니겠지?"

"바로 그 친구를 만났어. 모터 보트를! 그 빌어먹을 놈은 그 집에서 누워 자고 있었는데, 호수가 밀려 와서 그 집을 어디론가 옮겨놓았는데도 폭풍우가 끝날 때까지 아무것도 몰랐대."

"설마!"

"그랬대. 우리 바보들은 위험을 피하려다 죽을 뻔했는데 그놈은 거기 누워서 잠을 자며 이리저리 떠다녔다는 거야!"

"그러니까 당신도 알다시피 행운은 타고난다는 말이 있잖아."

"그 말도 맞아. 봐, 내가 일자리를 얻었어. 두루두루 물건들 치우는 일을 돕고 나면 틀림없이 저 제방을 쌓을 거야. 그 터도 닦아야 하고. 할 일이 많아. 더 많은 사람이 필요할 거야."

그래서 티 케이크는 활기차게 삼 주를 보냈다. 그는 엽총 한 자루와 권총 한 자루를 더 사왔고 재니와 누가 더 총을 잘 쏘는지 서로 내기를 했다. 엽총으로는 재니가 항상 그보다 나았다. 그녀는 소나무에 앉아 있는 말똥가리의 머리를 날려버릴 수 있었다. 티 케이크는 약간 샘이 났지만 자기 제자를 자랑스럽게 여겼다.

네 번째 주가 반쯤 지날 무렵 티 케이크는 머리가 아프다며 오후에 일찍 집에 왔다. 심한 두통 때문에 그는 한참 동안 누워 있어야 했다. 그는 배가 고파서 잠에서 깼다. 재니는 저녁을 준비했지만 그는 침실에서 식탁으로 와서는 아무것도 먹고 싶지 않다고 말했다.

"배고프다고 하지 않았어?" 재니가 울부짖듯이 말했다.

"나도 그랬다고 생각해." 티 케이크가 매우 조용히 말하며 고개

242

를 떨구고 두 손으로 머리를 감쌌다.

"당신을 위해 콩 구이 요리를 했어."

"맛있을 거라는 건 알지만 지금은 아무것도 먹고 싶지 않아. 고마워, 재니."

그는 침대로 돌아갔다. 자정 무렵에 그는 목을 조르는 적과 악몽처럼 씨름을 하다가 재니를 깨웠다. 재니는 불을 켜고 그를 진정시켰다.

"무슨 일이야, 여보?" 그녀가 달래고 달랬다. "나한테 말해봐요, 그래야 나도 함께 느낄 수 있지. 당신과 함께 고통을 겪게 해줘, 자기야. 어디가 아픈 거야, 여보?"

"잠을 자고 있는데 뭐가 나를 뒤쫓아왔어." 그는 울기만 했다. "나를 목 졸라 죽이려 했어. 당신이 없었다면 나는 죽었을 거야."

"그것 때문에 당신이 몸부림을 쳤군. 하지만 이제는 괜찮아, 여보. 내가 여기 있잖아."

그는 다시 잠을 잤지만 제대로 푹 자는 것은 불가능했다. 아침에 그는 여전히 아팠다. 그는 나가려 했지만 재니는 밖에 나가겠다는 그의 말을 들으려고도 하지 않았다.

"이번 주 일만 끝만 끝내면 좋을 텐데." 티 케이크가 말했다.

"당신이 태어나기 전에도 사람들은 일을 했고 당신이 죽은 후에도 사람들은 계속 일을 할 거야. 다시 누워 있어, 티 케이크. 내가 의사 선생님에게 왕진을 해달라고 할게."

"그렇게 아프진 않아, 재니. 봐, 집 안 어디나 돌아다닐 수 있잖아."

"그래도 너무 아파서 나랑 놀아주지는 못하잖아. 폭풍우가 지난 후에 이곳에 열병이 돌고 있어."

"그렇다면 나가기 전에 마실 물 좀 가져다줘."

재니는 물 한 잔을 떠다가 침대로 가져다주었다. 티 케이크는 그것을 받아서 한 모금 입에 넣었다가 심하게 구역질을 하면서 입 안에 있던 것을 모두 토해내고 잔을 바닥에 던졌다. 재니는 깜짝 놀랐다.

"무엇 때문에 마시는 물 가지고 그러는 거야, 티 케이크? 당신이 달라고 했잖아."

"물이 좀 이상해. 숨 막혀서 죽을 뻔했어. 어젯밤에도 뭔가가 내 몸에 올라타서 목을 조르려 했다고 당신한테 말했잖아. 당신은 내가 꿈을 꾸고 있었다고 생각하지만."

"어쩌면 마녀가 당신을 덮쳤는지도 몰라, 여보. 나가서 겨자씨를 구할 수 있을지 알아봐야겠어. 그렇지만 돌아올 때는 반드시 의사 선생님을 모시고 올 게."

티 케이크는 그 말에 전혀 반대하지 않았고 재니는 서둘러 나갔다. 이 병이 그녀에게는 폭풍우보다 더 끔찍했다. 그녀가 시야에서 완전히 사라지자마자 티 케이크는 자리에서 일어나서 물동이를 비우고 그것을 깨끗이 씻었다. 그런 다음 그는 간신히 옥외 개수대로 가서 물동이에 다시 물을 받았다. 재니에게 악의나 고의가 있었다고 비난하는 것은 아니었다. 그는 그녀에게 조심성이 없는 것을 탓했다. 그녀는 다른 모든 것과 마찬가지로 물동이도 깨끗하게 씻어야 한다는 것을 깨달아야만 했다. 그는 그녀가 돌아오면 그 일에 대해 좋은 말로 알아듣게 이야기를 해줄 참이었다. 도대체 그녀는 무슨 생각을 하고 있는 것일까? 그는 그것에 대해 몹시 화가 났다. 그는 조심스럽게 물동이를 탁자 위에 올려놓고 물을 마시기 전에 앉아서 잠시 쉬었다.

마침내 그는 물을 한 모금 떴다. 물맛이 너무나 좋고 시원했다! 생각해보니 어제부터 물을 한 모금도 마시질 않았다. 바로 이 물을 마시고 나면 콩 구이를 먹고 싶다는 식욕이 그에게 생길 것이다. 그는 물이 너무 마시고 싶어서 고개를 뒤로 젖히고 재빨리 유리잔을 입으로 가져갔다. 그러나 악마가 앞에 버티고 서서 목을 조르며 그의 숨을 끊으려 했다. 입으로 물을 다 토해내자 숨쉬기가 한결 편해졌다. 그는 다시 침대에 대자로 쓰러져서 재니와 의사가 도착할 때까지 부들부들 몸을 떨며 누워 있었다. 그 백인 의사는 그곳에서 매우 오랫동안 살았기 때문에 습지의 일부가 되어 있었다. 그는 일꾼들에게 그들이 쓰는 억세고 끈끈한 말을 섞어서 이야기를 했다. 그는 모자를 왼쪽 뒤통수에 걸쳐 쓴 채 재빨리 집 안으로 들어왔다.

"잘 있었나, 티 케이크? 도대체 **자네** 어디가 아픈 건가?"

"저도 알고 싶어요, 시몬스 박사님. 그런데 아픈 건 확실해요."

"에이, 아니야, 티 케이크. 밀주 한 병으로 치료가 안 되는 병은 없네. 자네가 요즘 술을 적당히 마셔주지 않은 거 아냐, 그렇지?" 그는 티 케이크의 등을 세게 쳤고 티 케이크는 의사의 기대대로 웃음을 보이려 했지만 그렇게 하기가 힘들었다. 의사가 가방을 열고 진찰을 시작했다.

"자네 얼굴이 조금 수척해 보이는군, 티 케이크. 열이 있고 맥박도 다소 약하네. 최근에 여기서 뭘 하고 지냈나?"

"일하고 사냥 조금 한 것 말고는 아무것도 안 했어요, 선생님. 그런데 물이 저한테 안 받는 것 같아요."

"물이? 무슨 말인가?"

"물을 마시질 못해요, 조금도요."

"또 다른 건?"

재니가 수심이 가득한 얼굴로 침대를 돌아서 다가왔다.

"선생님, 티 케이크가 모든 걸 말씀드리지 않고 있어요. 우리는 여기서 그 태풍을 맞았어요. 티 케이크가 오랫동안 절 붙들어주면서 헤엄을 치느라 무리를 했어요. 폭풍우 속에서 몇 마일이나 되는 거리를 걸었고 그러다가 휴식을 취하기도 전에 다시 물속으로 절 구하러 와서는 커다란 늙은 개와 싸웠거든요. 개가 저이 얼굴을 물어뜯고 난리였어요. 저이가 병이 날 거라고 저는 예전부터 예상하고 있었어요."

"개한테 물렸다고 말했나?"

"아, 그건 별일 아니었어요, 선생님. 이삼 일 후에 완전히 나았어요." 티 케이크가 성급하게 말했다. "그건 벌써 한 달 전 일이에요. 이건 그것과 상관없는 일이에요, 선생님. 제 생각에는 물이 아직도 안 좋은 것 같아요. 그럴 수밖에 없지만요. 너무 많은 시체가 물속에 있었으니까 오랫동안 그 물을 마시지 않는 것이 좋을 것 같아요. 어쨌든 제 생각엔 그런 것 같아요."

"좋아, 티 케이크. 내가 자네한테 약을 좀 보내주고 재니한테 자네를 어떻게 간호해야 할지 알려주겠네. 어쨌든 내가 무슨 말을 하기 전까지는 자네 혼자 침대를 쓰게. 얼마 동안 재니를 자네 침대에 들어오지 못하게 하게, 알아들었나? 자, 재니는 나와 함께 차로 갑시다. 티 케이크에게 당장 먹을 약을 줄 테니까."

밖으로 나온 그는 가방 안을 뒤져서 재니에게 작은 알약 몇 알이 들어 있는 작은 통을 주었다.

"이걸 매 시간마다 한 알씩 먹여서 그를 진정시키게, 재니. 그리고 토하고 숨 넘어가게 발작을 일으킬 때는 그의 곁에 가지 말고."

"발작을 일으킨다는 걸 어떻게 아셨어요, 선생님? 바로 그걸 말씀드리려고 선생님을 따라 나온 거 거였어요."

"재니, 미친개가 자네 남편을 문 게 분명하네. 그 개의 머리를 확인해보기에는 너무 늦었지만 말일세. 그러나 증상이 딱 들어맞네. 시간이 너무 오래 지난 게 아주 안타까워. 그 일이 있고 나서 바로 주사만 몇 방 맞았더라면 금세 좋아졌을 텐데."

"그가 죽을지도 모른다는 말씀이에요, 선생님?"

"틀림없이 그럴 거야. 그런데 가장 끔찍한 것은 그가 죽기 전에 심한 고통을 겪을 확률이 높다는 거네."

"선생님, 저는 그를 죽도록 사랑해요. 제가 해야 할 일이 뭐든지 말씀해주세요. 그러면 그대로 할게요."

"재니, 자네가 할 수 있는 유일한 일은 그를 묶어놓고 돌볼 수 있는 주립병원에 입원시키는 거야."

"그렇지만 그는 병원이라면 질색하는 사람이에요. 제가 자길 돌보는 것이 싫어서 그렇게 한다고 생각할 거예요. 제가 그렇지 않다는 것은 하느님이 아시지만요. 티 케이크를 미친개처럼 묶어놓아야 한다는 생각만으로도 견딜 수가 없어요."

"결국은 그렇게 될 거야, 재니. 그가 살아날 가능성은 거의 없고 다른 누군가를 물 확률이 높네. 특히 자네를. 그럼 자네도 그와 같은 처지가 될 거야. 그럼 큰일이지."

"그를 치료할 방법이 아예 없나요, 선생님? 저희는 올란다의 은행에 돈도 상당히 많이 가지고 있어요, 선생님. 그를 구할 수 있는 특별한 치료 방법이 없을까요? 돈이 얼마가 들더라도 상관없어요, 선생님. 그러니 제발 부탁해요, 선생님."

"내가 할 수 있는 일은 다 해보겠네. 그가 삼 주 전에 맞아야 했던 혈청이 있는지 팜비치에 바로 전화를 해보겠네. 그를 구하기 위해 내가 할 수 있는 일을 다 할 거야, 재니. 그러나 너무 늦은 것 같아. 자네도 알겠지만 그런 상태에서는 물을 넘기질 못해. 그리고 다른 면에서도 끔찍해."

재니는 그렇지 않다고 생각하려 애쓰면서 잠시 밖을 서성였다. 그의 얼굴에서 병색이 보이지 않았다면 그녀는 그의 병이 실제로 진행되고 있지 않다고 상상했을 것이다. 그녀는 그 큰 늙은 개가 눈에 가득 담고 있던 증오로 결국 자신을 죽여버렸다고 생각했다. 그 암소 꼬리를 놓아버리고 그때 그 자리에서 물에 빠져 죽어버렸더라면 좋았을 텐데. 그러나 티 케이크를 통해 그녀를 죽이는 것은 너무 참기 힘든 고통이었다. 저녁 태양의 아들인 티 케이크는 그녀를 사랑한 죄로 죽어야 했다. 그녀는 오랫동안 하늘을 뚫어지게 바라보았다. 푸른 하늘의 품 너머 어딘가에 그분이 앉아 계셨다. 그분은 여기서 무슨 일이 일어나고 있는지 알고 계실까? 그분은 모든 것을 알고 계시기 때문에 틀림없이 알고 계실 것이다. 이 일이 티 케이크와 그녀에게 일어나도록 그분이 **의도**하신 걸까? 그렇다면 그것은 그녀가 싸울 수 있는 일이 아니었다. 그녀는 그저 아파하면서 기다릴 수밖에 없었다. 혹시 그것이 심한 장난이고 너무 정도가 심하다는 걸 그분이 깨닫게 되면 그녀에게 신호를 보내실 것이다. 그녀는 신호로 하늘에서 움직이는 것이 있는지 뚫어지게 바라보았다. 어쩌면 낮에 별이 뜨거나 태양이 소리를 지르거나 천둥이 중얼거릴지도 모른다. 잠깐 동안 그녀는 두 팔을 쳐들고 간절히 빌었다. 정확히 말하면 그것은 애원이 아니었다. 그것은 질문을 하는 것이었다. 하늘은 계속 무심해 보였고 조용했다. 그래서 그녀는 집 안으로 들어갔다. 신은 마음속에 담고 있는 것을 다 행동으로 드러내진 않으시리니.

티 케이크는 눈을 감은 채 누워 있었고 재니는 그가 잠이 들었기를 바랐다. 그는 자고 있지 않았다. 그는 극심한 두려움에 사로잡혔다. 그의 머리를 활활 타오르게 하고 쇠 손가락으로 그의 목덜미를 누르고 있는 이것의 정체는 도대체 무엇인가? 그것은 어디서 와서 왜 그의 주변을 맴도는가? 재니가 눈치채기 전에 그것이 멈춰주기를 바랐다. 그는 다시 물을 마셔보고 싶었지만 실패하는 모습을 그녀에게 보이고 싶지 않았다. 그녀가 부엌에서 나가자마자 그는 물동이로 가서 무엇이건 그를 저지하기 전에 재빨리 물을 마셔보기로 했다. 어쩔 도리가 없는 상황이 올 때까지는 굳이 재니를 걱정시킬 필요가 없었다. 그녀가 난로를 청소하는 소리가 들렸고 재를 비우러 밖으로 나가는 모습이 보였다. 그는 즉시 물동이로 뛰어갔다. 그러나 이번에는 물을 보는 것으로도 충분했다. 그녀가 돌아왔을 때 그는 크게 상심해서 부엌 마루에 앉아 있었다. 그녀는 그를 어르고 달래서 침대로 돌아가게 했다. 그녀는 팜비치에서 온다는 그 약에 대해 가서 알아보기로 결심했다. 어쩌면 그것을 구하러 갈 수 있도록 그곳까지 운전해줄 사람을 찾아낼 수 있을지도 몰랐다.

"이제 나아졌어, 티 케이크? 마이 베이비."

"어, 조금."

"그러면 나는 앞마당을 치워놓고 올게. 남자들이 사방에다 사탕수수 씹은 거랑 땅콩 껍질을 흘려놓았어. 의사 선생님이 여기 다시 오셨을 때 똑같은 꼴을 보이고 싶지 않아."

"너무 오래 걸리진 마, 재니. 아플 때는 나 혼자 있기 싫어."

그녀는 최대한 빨리 길을 뛰어내려갔다. 읍내로 가는 길을 반쯤 갔을 때 그녀 쪽으로 오고 있는 숍드보텀과 도커리가 보였다.

"안녕, 재니, 티 케이크는 어때요?"

"상당히 안 좋아요. 나는 지금 약을 알아보러 가는 중이에요."

"의사 선생님이 누군가에게 그가 아프다는 소식을 알려줘서 보러 가는 중이에요. 그가 일하러 오지 않아서 이상하다고 생각했어요."

"내가 돌아올 때까지 그의 곁에 있어줘요. 그에게는 같이 있어줄 친구가 필요해요."

그녀는 서둘러 길을 따라 시내로 가서 시몬스 박사를 찾았다. 그래. 답을 들었네. 그 사람들에게 지금은 혈청이 없다고 하더군. 그렇지만 혈청을 보내달라고 마이애미에 전보를 쳤대. 그러니까 걱정할 필요는 없네. 늦어도 내일 아침 일찍 여기 도착할 걸세. 이런 일에 늑장을 부리는 사람은 없어. 아니, 재니 자네가 차를 빌려서 직접 그것을 찾으러 가는 것은 별로 좋은 생각이 아닐 것 같아. 그냥 집에 가서 기다리게. 그게 전부였다. 그녀가 집에 도착하자 문병 온 사람들은 가려고 일어섰다.

그들 두 사람만 남게 되었을 때 티 케이크는 재니의 무릎을 베고서 자기 기분이 어떤지 말해주고 그녀 특유의 다정한 방식으로 엄마처럼 얼러주기를 바랐다. 그러나 솝이 그에게 들려준 어떤 말 때문에 그의 혀는 죽은 도마뱀처럼 입 속에서 차갑게 얼어붙어버렸다. 터너 부인의 남동생이 습지에 돌아와 있을 때 하필 그가 이런 이상한 병에 걸려 있다니. 사람들이 아무 이유 없이 이런 병에 걸리는 건 아니었다.

"재니, 그 터너네 여자의 남동생이 습지에 돌아와서 뭘 하는 거지?"

"몰라, 티 케이크. 그가 돌아왔다는 것도 몰랐어."

"당신이 알고 있는 것 같은데. 그렇다면 방금 전에 무엇 때문에 나갔다 온 거야?"

"티 케이크, 나는 당신이 나한테 그런 질문하는 거 싫어. 그게 바로 당신이 얼마나 아픈지 보여주는 증거야. 내가 당신한테 그럴 빌미를 주지도 않았는데 당신이 질투하고 있잖아."

"그렇다면 왜 말도 없이 나갔다 온 거야? 전에는 그런 적이 한 번도 없었잖아."

"당신 상태에 대해 당신을 걱정시키지 않으려고 그런 거야. 의사 선생님이 약을 더 주문해놓았기 때문에 혹시 그게 왔나 보러 간 거야."

티 케이크가 울기 시작했고 재니는 그를 아기처럼 품에 안았다. 그녀는 침대 옆에 앉아서 그의 몸을 흔들어 달래주었다.

"티 케이크, 당신이 나를 질투해봐야 소용없어. 우선 나는 당신 말고는 어느 누구도 사랑하지 않아. 그리고 두 번째는 당신 말고는 나처럼 늙은 여자를 원하는 사람은 없어."

"아니, 그렇지 않아. 당신이 언제 태어났는지 사람들에게 알려줄 때만 당신이 나이 든 것처럼 들려. 보기에는 어떤 남자하고라도 어울릴 만큼 충분히 젊어. 이건 절대 빈말이 아니야. 당신을 아내로 맞아들여서 그 영광을 위해 열심히 일할 남자가 얼마나 많은데. 그 사람들이 말하는 걸 들은 적이 있어."

"그럴지도 몰라, 티 케이크. 알아보려 한 적이 한 번도 없으니까. 나는 하느님이 당신을 통해 나를 불구덩이에서 꺼내주셨다는 것만 알아. 그리고 나는 당신을 사랑하고 그래서 행복해."

"고마워, 여보. 그래도 당신이 늙었다는 말은 하지 마. 당신은 항상 소녀야. 당신이 노년을 먼저 다른 사람하고 보내고 나서 어린 소녀 시절을 나와 함께 보내도록 하느님이 정해놓으신 거야."

"나도 역시 그렇게 느껴, 티 케이크. 그리고 그렇게 말해줘서 고마워."

"이미 있는 사실을 사실대로 말하는 게 무슨 대수라고. 당신은 상냥할 뿐만 아니라 예뻐."

"아이, 티 케이크."

"정말이야. 당신은 예쁘기도 해. 장미 송이들이 예쁜 척하면서 뽐내는 걸 볼 때마다 언제 내 재니를 한번 보여줘야지 하고 말한다니까. 언제 꽃들에게 당신을 한번 보여줘, 재니."

"그렇게 계속해봐, 티 케이크. 그러면 한참 후에는 당신 말을 믿을게." 재니는 장난스럽게 말하고 그를 침대에 다시 눕혔다. 바로 그때 그녀는 베개 밑에 권총이 놓여 있는 것을 알았다. 심장이 빠르게 마구 뛰었지만 그가 아무 말도 하지 않았기 때문에 재니는 그것에 대해 묻지 않았다. 이전에 티 케이크가 머리맡에 권총을 두고 잠을 잔 적은 한 번도 없었다. "앞마당을 치우는 건 신경 쓰지

252

마." 그녀가 침대를 정리하고 몸을 바로 세울 때 그가 말했다. "내가 당신을 볼 수 있는 곳에 있어."

"좋아, 티 케이크. 당신 말대로 할게."

"그리고 터너 부인의 안짱다리 남동생이 이 근처를 기웃거리면 내가 우리 집엔 한 발자국도 들여놓지 못하게 했다고 말해. 건수가 있을까 지켜보면서 서성거려봐야 소용없다고."

"그 사람을 볼 일이 없을 거니까 그런 말을 전할 일이 없을 거야."

티 케이크는 그날 밤 심한 발작을 두 번 일으켰다. 재니는 그의 얼굴 표정이 변하는 것을 보았다. 티 케이크는 사라지고 없었다. 그의 얼굴에서 다른 무엇인가가 바라보고 있었다. 그녀는 날이 밝자마자 의사를 찾아 가야겠다고 결심했다. 그래서 막 날이 밝기 전에 티 케이크가 잠깐 잠이 들었다 깨어났을 때 그녀는 일어나서 옷을 차려 입고 있었다. 그녀가 밖에 나갈 옷차림을 하고 있는 것을 본 그는 거의 으르렁거리는 것과 마찬가지였다.

"어딜 가려고, 재니?"

"의사 선생님한테, 티 케이크. 당신이 너무 아프니까 의사 선생님도 없이 이 집에 있어서는 안 될 것 같아. 당신을 병원에 입원시켜야 할 것 같아."

"어느 병원에도 안 갈 거야. 그런 생각은 파이프에 넣어서 태워버리라고. 내 시중을 들고 간호하는 게 지겨워졌나 보군. 나는 **당신**한테 그렇게 대하지 않았어. 항상 당신에게 잘해주지 못한 것만 생각했어."

"티 케이크, 당신은 아파. 내가 의도하지 않은 방식으로 모든 것을 받아들이고 있어. 내가 어떻게 당신 시중을 드는 것을 지겨워할

리가 있겠어. 당신이 너무 아파서 내가 제대로 간호를 할 수 없을까 봐 두려울 뿐이야. 당신이 낫기만 바라고 있어, 여보. 그게 전부야.”

그는 지독히 사나운 표정으로 그녀를 노려보더니 목구멍으로 꼴록꼴록 소리를 냈다. 그녀는 그가 침대에서 일어나 앉아 이리저리 몸을 움직이며 그녀의 모든 동작을 살펴보는 것을 보았다. 그녀는 티 케이크의 몸속에 들어 있는 그 낯선 존재에게 두려움을 느끼기 시작했다. 그래서 그가 집 밖에 있는 변소에 갔을 때 그녀는 침대로 달려가서 권총이 장전되어 있는지 살펴보았다. 그것은 육구경이었고 약실 세 곳에는 총알이 채워져 있었다. 그녀는 총알을 빼냈지만 혹시 그가 탄창을 열어보고 그녀가 알고 있다는 것을 알아채지 않을까 두려웠다. 그것 때문에 그의 헝클어진 마음이 무슨 짓을 벌이게 될지 모르는 일이었다. 그 혈청 약이 도착하면 좋을 텐데! 그녀는 탄창을 돌려서 설사 그가 혹시라도 총을 그녀에게 겨눈다 하더라도 세 번 불발되도록 해놓았다. 그러면 그녀는 적어도 경고를 받게 될 것이다. 도망치거나 적어도 너무 늦기 전에 총을 뺏을 수 있을 것이다. 어쨌든 티 케이크는 절대 **그녀를** 다치게 하지는 않을 것이다. 질투심에 사로 잡혀서 그저 그녀에게 겁을 주고 싶었을 것이다. 그녀는 그냥 평소처럼 부엌에서 일하면서 아무 내색도 하지 않을 작정이었다. 그가 낫고 나면 그들은 그 일을 웃으며 이야기할 수 있을 것이다. 그러나 그녀는 탄약통 상자를 찾아서 안을 비워놓았다. 침대 머리맡 뒤쪽에 세워둔 엽총을 꺼내두는 것이 더 나을 것 같았다. 그녀는 탄창을 열고 총알을 꺼내 앞치마 주머니에 넣은 다음 총을 눈에 띄지 않는 스토브 뒤편의 부엌 구석에 세워놓았다. 물론 그녀가 지나치게 야단법석을 떠는 것일 수도 있었지만 안전을 기한다고 해될 것은 없었다. 그녀는 병든 불쌍한 티 케이크가 나중에 자신이 저지른 일을 깨닫고 미쳐버리게 될 그런 일을 저지르지 못하도록 막아야 했다.

그가 머리를 좌우로 흔들며 입을 이상하게 꼭 다문 채 괴상하게 성큼성큼 걸으며 옥외변소에서 돌아오는 것이 보였다. 이건 너무 끔찍해! 시몬스 박사님은 그 약을 가지고 어디 계신 걸까? 그녀는 자신이 여기서 그를 돌보고 있는 것이 다행이라고 생각했다. 사람들은 티 케이크가 그런 발작을 일으키는 모습을 보면 그에게 못된 짓을 할 것이다. 세상 그 누구도 티 케이크보다 착하지 않는데도 그들은 그를 미친개 취급할 것이다. 그에게 필요한 것은 의사 선생님이 그 약을 가지고 오는 것뿐이었다. 그는 아무 말 없이 집 안으로 돌아왔고 사실 그녀가 거기 있다는 것도 알아차리지 못한 것처럼 보였다. 그는 침대에 털썩 쓰러져서 잠이 들었다. 재니가 난로 옆에 서서 설거지를 하고 있을 때 그가 이상하게 차가운 목소리로 그녀에게 말을 걸었다.

"재니, 왜 나랑은 이제 같은 침대에서 안 자는 거야?"

"의사 선생님이 당신 혼자 자라고 했잖아, 티 케이크. 의사 선생님이 어제 당신한테 하신 말씀이 기억나지 않는 거야?"

"왜 당신은 나와 함께 침대에서 자지 않고 따로 요를 깔고 자는 거야?" 재니는 그때 그가 늘어뜨린 손에 권총을 들고 있는 것을 보았다. "내가 말할 때는 대답을 해!"

"티 케이크, 티 케이크, 여보! 그거 어서 내려놔! 의사 선생님이 괜찮다고 하시면 곧바로 당신 옆에 누울게. 어서 다시 누워. 의사 선생님이 새 약을 가지고 바로 오실 거야."

"재니, 나는 당신에게 잘해주려고 온갖 일을 다했어. 그런데 내가 이런 대접을 받다니 가슴이 아파."

불안하지만 재빨리 총구가 재니의 가슴에 겨누어졌다. 그녀는 정신이 오락가락하는 와중에도 그가 정확하게 조준하고 있다는 것을 알았다. 어쩌면 그는 그저 그녀에게 겁을 주기 위해 총을 겨누고 있는 것인지 모른다.

권총이 찰칵 소리를 내며 한 번 불발되었다. 본능적으로 재니의 손이 몸 뒤의 엽총을 재빨리 꺼냈다. 이렇게 하면 틀림없이 그에게 겁을 줄 수 있겠지. 의사 선생님이 빨리 오시면 좋을 텐데! 다른 누구라도 와주면 좋을 텐데! 그녀는 신속하게 탄창을 열고 총알을 밀어 넣었다. 두 번째 찰칵 하는 소리에 재니는 티 케이크의 병에 걸린 뇌가 그에게 그녀를 죽이라고 부추기고 있다는 것을 깨달았다.

"티 케이크, 그 권총 내려놓고 다시 침대로 돌아가!" 재니가 그에게 고함을 지르자 그가 쥐고 있던 권총이 살짝 흔들렸다.

그는 문설주에 기대서서 몸이 흔들리지 않게 바로 잡았다. 재니는 그에게 달려가서 팔을 붙잡아줄까 생각했지만 그가 재빨리 조준하는 것을 보고 총이 딸깍 하는 소리를 들었다. 그녀는 그의 두 눈에서 사나운 눈빛을 보았고 전에 물속에서처럼 두려움으로 제정신을 잃었다. 그녀는 발작적인 희망과 두려움에서 엽총의 포신을 밀어 올렸다. 그녀는 그가 그것을 보고 도망치기를 바랐고 어쩌면 자신이 목숨을 잃을지도 모른다는 절박한 두려움을 느꼈다. 그러나 티 케이크가 결과를 헤아릴 수 있었다면 애초에 권총을 들고 그곳에 있지도 않았을 것이다. 두려움도, 엽총도, 다른 어떤 것도 의식하고 있지 않았다. 그는 자신을 겨누고 있는 총에 대해서는 재니의 손가락에 대해서만큼도 더 주의를 기울이지 않았다. 총을 겨누고 조준하는 그의 온몸이 뻣뻣해지는 것이 보였다. 그의 몸속에 있는 악마는 누군가를 죽여야 했고 재니는 그의 앞에 있는 유일한 살아 있는 존재였다.

권총과 엽총이 거의 동시에 소리를 내며 발사되었다. 권총 소리가 엽총의 메아리처럼 들릴 딱 그 정도의 간격을 두고 권총이 엽총 뒤를 따랐다. 티 케이크가 고꾸라졌고 그가 쏜 총알은 재니의 머리 위에 있는 들보에 박혔다. 재니는 그의 얼굴에 나타난 표정을 보고 앞으로 뛰어나갔고 그는 그녀의 품안으로 쓰러졌다. 그녀가 그의 몸을 부여잡으려는 순간 그가 그녀의 팔뚝을 물어뜯었다. 그들은 그렇게 뒤엉켜서 쓰러졌다. 재니는 간신히 일어나 앉아 죽은 티 케이크의 잇새에서 물린 팔을 빼냈다.

그것은 영원한 시간 속에서 가장 심술궂은 순간이었다. 일 분 전만 해도 그녀는 목숨을 위해 싸우는 겁에 질린 인간일 뿐이었다. 지금 그녀는 원래대로 희생하는 사람으로 돌아와서 무릎에 티 케이크의 머리를 뉘어놓고 있었다. 그녀는 그가 살기를 간절히 바랐지만 그는 죽었다. 재니는 그의 머리를 가슴에 꼭 끌어안고 울면서 사랑의 의식을 치를 기회를 준 그에게 말없이 감사했다. 그가 곧 떠나버릴 것이기 때문에 그녀는 그를 꼭 껴안아야 했고 마지막으로 그에게 이야기해야 했다. 그런 다음 바깥의 어둠이 슬프게 내려앉았다.

그렇게 큰 슬픔을 겪은 바로 그날 재니는 감옥에 갇혔다. 그리고 시몬스 박사가 보안관과 판사에게 상황을 설명했을 때 그들은 모두 그날 재판을 해야 한다고 말했다. 재판을 기다리느라 그녀를 감옥에 가둬둘 필요가 전혀 없었다. 그녀가 감옥에 갇힌 지 세 시간 후에 그들은 그녀의 사건을 다룰 재판을 열었다. 준비 시간은 짧았지만 충분히 많은 사람들이 재판을 보러 왔다. 많은 백인이 이 기이한 사건을 구경하러 왔다. 그리고 근처 몇 마일 거리에 사는 흑인들이 다 왔다. 티 케이크와 재니의 사랑에 대해 모르는 사람이 어디 있겠는가?

재판이 시작되었고 재니는 자신과 티 케이크의 이야기를 듣기 위해 훌륭한 법복을 입고 앉아 있는 판사를 보았다. 그리고 다른 백인 열두 명은 하던 일들을 밀쳐두고 와서 재니와 티 케이크 우즈 사이에 일어난 일과 그 일의 잘잘못에 대해 심리하고 판결을 내렸다. 그것은 한편으로 우스운 일이기도 했다. 티 케이크와 그녀 같은 사람들에 대해 아무것도 모르는 낯선 사람 열두 명이 그 일을 심리할 예정이었다. 백인 여자 여덟 명 혹은 열 명도 그녀를 보러 왔다. 그들은 좋은 옷을 입고 있었고 좋은 음식을 섭취해 핑크빛 혈색을 띠고 있었다. 그들은 누구 밑에서 일하는 가난한 백인들이 아니었다. 무엇 때문에 그런 그들이 풍족한 생활을 제쳐둔 채 작업복을 입은 재니를 보러 왔을까? 재니는 그들이 그렇게 화난 것처럼 보이지는 않는다고 생각했다. 남자들 대신 저 **여자들에게** 어찌 된 일인지 알릴 수 있다면 좋을 텐데. 아, 그리고 장의사가 티 케이크의 시신을 잘 염하고 있어야 할 텐데. 잘하고 있는지 가서 살펴볼 수 있게 날 내보내줘야 하는데. 그래야 했다. 아, 그리고 그녀도 매우 잘 아는 프레스콧 씨가 있었고 그는 남자 열두 명에게 티 케이크를 쏜 그녀를 사형에 처해야 한다고 말할 것이다. 그리고 그들에게 그녀를 사형시키지 말라고 변론할 팜비치에서 온 한 낯

258

선 남자가 있었다. 그들 중에서 그를 아는 사람은 아무도 없었다.

그리고 그녀는 흑인 모두가 법정 뒤쪽에 서 있는 것을 보았다. 그들은 색깔만 더 검을 뿐 상자 안에 빽빽하게 채워진 샐러리들처럼 보였다. 그들 모두가 그녀를 비난하고 있다는 것을 그녀는 알 수 있었다. 너무나 많은 사람이 그녀를 비난하고 있어서 한 사람씩 가볍게 한 대씩만 쳐도 그녀는 죽을 것만 같았다. 그녀는 그들이 온갖 추악한 생각으로 자신을 공격하고 있다고 느꼈다. 그들은 약자에게 남은 유일한 실제 무기인 혀를 활시위처럼 팽팽하게 잡아당겨 장전하고서 그곳에 와 있었다. 그것은 백인들 앞에서 사용할 수 있도록 그들에게 허용된 유일한 살상 도구였다.

그렇게 얼마 후 모든 준비가 끝났고 그들은 티 케이크가 사랑한 재니의 흔적인 재니 우즈를 어떻게 처리하는 것이 옳은지 알 수 있도록 사람들이 이야기해주기를 원했다. 분위기가 진지해질수록 백인들이 있는 방 쪽은 더 차분해졌지만 야자수 사이를 지나가는 바람 같은 혀의 폭풍우가 흑인들에게 불어닥쳤다. 합창단처럼 갑자기 모든 사람이 한꺼번에 말을 시작했고 박자에 맞춰 상체를 흔들었다. 그들은 간수를 통해 재판에서 증언을 하고 싶다는 말을 프레스콧 씨에게 전했다. 티 케이크는 훌륭한 청년이었습니다. 저 여자에게 정말 잘했습니다. 그 어떤 흑인 여자도 그보다 좋은 대접을 받진 못할 것입니다. 그럼요, 검사님! 그는 저 여자를 위해 개처럼 일했고 폭풍우 속에서 저 여자를 구하려다 거의 죽을 뻔했습니다. 그런데 그가 물을 잘못 먹고 가벼운 열병을 얻자마자 저 여자는 다른 남자와 바람이 났습니다. 먼 곳에 사는 남자를 그곳으로 불러들인 것입니다. 교수형도 너무 자비롭습니다. 저희들이 원하는 것은 증언할 기회뿐입니다. 간수가 다가가자 보안관과 판사, 경찰서장과 변호사들 모두 모여서 잠깐 동안 이야기를 들은 다음 다시 흩어졌다. 보안관은 증인석에서 재니가 의사와 함께 어떻게 자기 집을 찾아 왔고 그가 그녀의 집으로 차를 몰고 갔을 때 집 안 상태가 어땠는지에 대해 이야기했다.

그런 다음 그들은 시몬스 박사를 증인석에 불렀고 그는 티 케이크의 병세와 그것이 재니와 도시 전체에 얼마나 위험했는지, 그리고 그녀의 신변이 너무 걱정되어서 티 케이크를 격리하는 것에 대해 생각해보았지만 간호하는 재니의 모습을 보고 그렇게 하지 않았다는 것에 대해 말했다. 그가 그곳에 도착했을 때 재니가 팔을 온통 물린 채 바닥에 앉아서 티 케이크의 머리를 쓰다듬고 있었다는 것에 대해서도 말했다. 그리고 권총이 티 케이크의 손 바로 옆 마루 위에 놓여 있었다는 것에 대해서도 말했다. 그런 다음 그는 증인석을 내려왔다.

"제시할 증거가 더 있습니까, 프레스콧 검사?"

"아니요, 재판장님. 이상입니다."

뒤쪽 흑인들 사이에서 다시 야자수의 춤과 같은 소동이 일었다. 그들은 증언을 하러 왔다. 증언을 다 듣기도 전에 증거 제시를 끝낼 수는 없었다.

"프레스코트 검사님, 할 말이 있습니다." 숍드보텀이 익명의 무리 속에서 익명으로 외쳤다.

법정에 있던 사람들이 그를 보기 위해 뒤를 돌아다보았다.

"당신 신상에 좋은 게 뭔지 안다면 우리가 당신을 부를 때까지 입 다물고 있는 게 좋을 거야." 프레스콧 검사가 차갑게 그에게 말했다.

"알겠습니다, 프레스콧 검사님."

"우리가 이 사건을 처리하고 있어. **당신들**, 거기 뒤쪽 당신네 흑인들 중 어느 누구라도 한마디만 더 하면 모두 묶어서 큰 법정으로 넘길 거야."

"알겠습니다."

백인 여자들이 살짝 박수를 쳤고 프레스콧 검사는 법정의 뒤쪽을 노려보고는 단상에서 내려갔다. 그런 다음 그녀를 변호할 그 낯선 백인 남자가 단상으로 올라갔다. 그는 서기와 잠깐 귓속말을 주고받더니 재니를 증인석에 세웠다. 몇 가지 간단한 질문을 한 후 그는 그녀에게 어떻게 그 일이 일어났는지, 진실만을, 오로지 진실만을 말하라고 요구했다. 그녀에게 하느님의 가호가 있기를.

그들은 모두 몸을 앞으로 기울이고 그녀의 이야기를 들었다. 그녀는 무엇보다 지금 자신이 자기 집에 있는 것이 아니라는 것을 명심해야 했다. 그녀는 법정에서 무엇인가와 싸우고 있었고 그 대상은 죽음이 아니었다. 그것은 죽음보다 끔찍한 것이었다. 그것은 사람들이 품고 있는 잘못된 생각이었다. 그녀는 옛날로 되돌아가서 자신과 티 케이크가 서로 어떻게 지냈는지 알려줌으로써 자신이 결코 악의에서 티 케이크에게 총을 쏠 수 없었다는 것을 그들에게 납득시켜야만 했다.

그녀는 티 케이크가 자기 안에 있는 그 미친개를 죽이지 않고서는 그 자신으로 되돌아갈 수 없고 그 개를 죽이고는 자신은 살 수 없는 상황으로 내몰리게 된 것이 얼마나 끔찍했는지 그들에게 알려주려고 애썼다. 그는 그 개를 죽이기 위해 죽어야만 했다. 그러나 그녀는 그를 죽이고 싶지 않았다. 사냥감을 이기기 위해서 자신이 반드시 죽어야 할 때 사냥꾼은 힘든 사냥감을 상대하고 있는 것이다. 그녀는 그들에게 자신이 그를 없애고 싶어 한다는 것이 얼마나 말도 안 되는 일인지 납득시켰다. 그녀는 어느 누구에게도 애원하지 않았다. 그저 그곳에 앉아서 이야기를 했고 이야기를 마치고는 침묵했다. 그녀가 이야기를 끝낸 후 한참이 지나고 나서야 판사와 변호사와 나머지 사람들은 이야기가 끝났다는 것을 깨닫는 것 같았다. 그러나 그녀는 변호사가 그녀에게 내려와도 된다고 말할 때까지 그 증인석에 그대로 앉아 있었다.

"피고 측 변론을 마치겠습니다." 그녀의 변호사가 말했다. 그런 다음 변호사와 프레스콧 검사는 귓속말을 주고받고 나서 함께 높은 곳에 있는 판사석으로 가서 판사와 비밀스럽게 이야기를 나눴다. 그런 다음 두 사람 모두 앉았다.

"배심원 여러분, 피고가 끔찍한 살인을 저지른 것인지 아니면 상처받은 불쌍한 존재로서 불행한 상황에서 남편의 가슴에 총알을 발사함으로써 사실 커다란 자비를 베푼 헌신적인 아내였는지 여러분이 결정해주십시오. 그녀가 잔인한 살인자라고 생각하신다면 일급 살인 평결을 내리십시오. 그러나 그것을 증거를 통해 증명하지 못하면 여러분은 그녀를 석방해야 합니다. 어중간한 판결은 절대 있을 수 없습니다."

배심원단은 줄지어 퇴장했고 법정에는 이야기 소리가 단조롭게 이어졌다. 몇 사람은 일어서서 이리저리 돌아다녔다. 재니는 가만히 앉아서 기다렸다. 그녀가 두려워한 것은 죽음이 아니었다. 그녀가 두려워한 것은 오해였다. 그들이 그녀가 티 케이크를 원하지 않았기 때문에 그가 죽기를 바랐다는 평결을 내린다면 그것은 진짜 죄이자 수치였다. 그것은 살인보다 끔찍했다. 그러다가 배심원단이 다시 자리로 돌아왔다. 법정에 걸린 시계에 의하면 5분이 흘렀다.

"우리는 버저블 우즈의 죽음이 전적으로 사고에 의한 것으로 정당화될 수 있으며 피고인 재니 우즈에게는 어떤 비난도 가해져서는 안 된다고 생각합니다."

그렇게 그녀는 무죄가 되었고 판사와 재판석의 모든 사람이 그녀에게 미소를 보내며 그녀의 손을 잡고 흔들었다. 백인 여자들은 탄성을 지르며 보호성처럼 그녀를 둘러쌌고 흑인들은 고개를 수그린 채 발을 끌며 나갔다. 해가 거의 다 지고 있었다. 그 해가 뜰 무렵 재니의 사랑은 곤경에 처해 있었고, 그 후 그녀는 티 케이크에게 총을 쏘았으며, 감옥에 갇혔고, 목숨이 걸린 재판을 받아서 지금은 자유의 몸이 되었다. 얼마 남지 않은 시간 동안에는 그녀의 마음을 이해해준 친절한 백인 친구들을 찾아가서 그들에게 감사 인사를 하는 것 말고는 달리 할 일이 아무것도 없었다. 그렇게 해는 졌다.

그녀는 그날 밤을 보내기 위해 여인숙에 방을 잡았고 현관에서 남자들이 모여 하는 이야기를 듣게 되었다.

"아, 그렇게 생긴 여자한테는 백인 남자들이 아무 벌도 안 주리라는 것을 다들 알잖아."

"그 여자가 백인 남자를 죽이진 않았잖아, 그렇지? 뭐, 백인 남자에게만 총을 쏘지 않는다면 그 여자는 얼마든지 흑인을 죽일 수 있다니까."

"맞아. 흑인 여자들은 자기들이 원하는 남자들을 전부 죽일 수 있어. 그런데 흑인 남자들은 한 사람이라도 죽이면 안 돼. 그러면 백인들이 반드시 교수형에 처해 버릴걸."

"그러니까 백인 남자들과 흑인 여자들이 세상에서 가장 자유롭다고 말하는 사람들이 있잖아. 그들은 자기들 하고 싶은 대로 다 한다니까."

재니는 티 케이크를 팜비치에 묻었다. 그녀는 그가 글레이즈를 사랑한다는 것을 알고 있었지만 그곳 지대가 너무 낮아서 폭우가 내릴 때마다 매번 물에 휩쓸릴 곳에 그를 눕힐 수는 없었다. 어쨌든 글레이즈와 그곳의 물 때문에 그가 죽지 않았던가. 그녀는 그가 폭풍우에서 벗어나기를 바랐기 때문에 웨스트 팜비치 묘지에 튼튼한 묘를 짓게 했다. 재니는 그의 장례를 치르기 위해 올란도에 돈을 보내라는 전보를 쳤다. 티 케이크는 저녁 태양의 아들이었고 그 어느 것도 썩 충분하지가 않았다. 장의사의 솜씨가 좋아서 티 케이크는 그녀가 산 장미들에 둘러싸인 흰 비단 소파 위에서 당당하게 잠을 자고 있었다. 그는 금방이라도 웃을 것 같은 표정을 짓고 있었다. 재니는 새 기타를 사서 그의 손에 쥐어주었다. 나중에 그녀가 그곳에 도착하면 그는 그녀에게 연주해줄 신곡들을 구상하고 있을 것이다.

솝과 그의 친구들이 그녀를 괴롭히려고 했지만 그녀는 그들이 티 케이크를 사랑하고 이해를 하지 못해서 그렇다는 걸 알고 있었다. 그래서 그녀는 솝에게 전갈을 보냈고 그를 통해 다른 모든 사람에게 전갈을 보냈다. 그래서 장례식 날 그들은 부끄러워하고 사과하는 표정을 하고 나타났다. 그들은 그녀가 빨리 잊어버리기를 바랐다. 그래서 그들은 재니가 세낸 세단 열 대를 가득 채웠고 다른 세단들도 행렬에 더 합류했다. 그러자 악단이 연주를 했고 티케이크는 파라오처럼 그의 무덤으로 차를 타고 갔다. 이번에 재니는 비싼 베일도 상복도 입지 않았다. 그녀는 그대로 작업복을 입었다. 너무 슬픔에 빠져 있어서 슬픔을 표현할 옷을 입을 겨를이 없었다.

20

사실 그들은 티 케이크를 사랑한 것보다 재니를 아주 조금 덜 사랑했기 때문에, 그리고 그들 자신을 좋게 생각하고 싶었기 때문에 재니가 자신들의 적대적인 태도를 잊어주길 바랐다. 그래서 그들은 그것을 전부 터너 부인의 남동생 탓으로 돌렸고 그를 다시 습지에서 내쫓았다. 그들은 그가 그곳에 돌아와 잘난 체하고 남의 아내들의 관심을 끌려고 한 것을 지적하고자 했다. 그것이 그의 잘못처럼 보이진 않았지만 그 자신이 그런 식으로 처신한 것도 사실이었다.

"아니, 나는 재니한테 화가 난 게 아니야." 숍은 돌아다니면서 변명을 늘어놓았다. "티 케이크는 미쳤어. 재니가 자기 자신을 보호하려고 한 일에 대해 그녀를 비난할 수는 없지. 재니는 티 케이크를 정말 좋아했어. 그의 장례를 어떻게 치렀는지 봐. 내 마음속에는 재니를 비난하는 마음이 눈곱만큼도 없어. 나는 의심 같은 건 전혀 하지 않았을 텐데 그 안짱다리 깜둥이 놈이 여기로 돌아온 첫 날 날 찾아와서는 우즈 씨와 부인이 어떻게 지내고 있느냐고 묻잖아. 그건 그놈한테 뭔가 꿍꿍이가 있다는 말이잖아."

"그래서 그놈이 스튜 비프와 부티니, 다른 사람들에게 쫓겨서 나한테 살려달라고 달려 왔을 때 내가 말해줬지. 머리카락 휘날리며 **나한테** 와봐야 소용없다. 왜냐하면 내가 널 당장 내쫓을 테니까. 그리고 실제로 그렇게 했어. 망할 녀석!"그것으로 충분했다. 그들은 그를 때려주고 쫓아낸 것으로 불편한 마음을 덜었다. 어쨌든 재니에 대한 그들의 분노는 이틀간 계속되었고 이틀이란 시간은 뭔가를 계속 기억하기에는 너무 긴 시간이었다. 너무 피곤한 시간이었다.

그들은 재니에게 그들과 함께 계속 살자고 간곡하게 권했고 그녀는 그들이 기분 상하지 않도록 그들과 몇 주를 더 머물렀다. 그러나 습지는 티 케이크를 의미했고 티 케이크는 그곳에 없었다. 그래서 습지는 그저 넓게 펼쳐진 검은 진흙땅에 불과했다. 그녀는 티 케이크가 심으려고 사놓은 꽃씨 한 봉지만 남겨두고 그 작은 집에 있던 물건들을 모두 버렸다. 씨를 뿌릴 적당한 음력 때를 기다리다가 병이 났기 때문에 그는 끝내 그것을 심지 못하고 갔다. 티 케이크가 항상 무엇인가를 심었기 때문에 그 씨들은 무엇보다도 그를 생각나게 했다. 그녀는 장례식을 마치고 집에 왔을 때 부엌 선반 위에서 그 씨들을 발견하고 그것을 가슴 속주머니에 넣어두었다. 이제는 집에 돌아왔기 때문에 그를 기억하기 위해 그것을 심을 작정이었다.

*

재니는 세숫물에 튼튼한 두 발을 흔들었다. 피곤함이 사라지자 그녀는 수건에 발을 닦았다.

"자, 그렇게 된 거야, 피비. 내가 너한테 말한 그대로야. 그래서 나는 집으로 다시 돌아왔고 여기 온 것에 만족해. 나는 멀리 지평선까지 갔다 돌아왔고 이제는 여기 집에 앉아 비교해보면서 살 수 있어. 이 집은 티 케이크를 만나기 전처럼 그렇게 휑하진 않아. 추억으로 가득 차 있어. 특히 저 침실은."

"저기 앉아서 수다를 떠는 사람들 모두 우리가 무슨 이야기를 했는지 알고 싶어서 창자가 바이올린 줄이 되도록 애를 태울 거야. 그래도 괜찮아, 피비. 저 사람들한테 이야기해줘. 내 사랑이 자기들 방식과는 다르니까 다들 놀라 자빠질 거야. 혹시 사랑이라는 걸 해보았다면 말이야. 그리고 사랑이 어디서나 똑같은 것이고 만나는 모든 것에 똑같은 영향을 미치는 맷돌 같은 게 아니라고 말해줘. 사랑은 바다 같아. 사랑은 움직이는 것이지만 가 닿는 해안에서 모양을 만들어내기 때문에 어떤 해안에 닿느냐에 따라 모양이 다 달라지는 거야."

"세상에!" 피비가 무겁게 숨을 내쉬었다. "네 이야기를 듣는 것만으로도 3미터는 더 자란 것 같아. 내 자신이 더는 만족스럽지가 않아. 이제부터는 샘더러 낚시 갈 때 날 데려가라고 해야겠어. 내가 듣는 곳에서 네 흉을 보는 사람이 있으면 가만 두지 않을 거야."

"피비, 다른 사람들을 나쁘게 생각할 필요는 없어. 그 사람들은 상황이 어떤지 모르니까 마음이 말라비틀어진 거야. 가죽만 남은 그들이 살아 있는 척하려면 **떠들어대기라도** 해야 하는 거지. 떠들어대는 걸로 위안을 삼으라고 해. 물론 떠들어대기만 하고 행동으로 옮기지 않으면 아무 짝에도 쓸모가 없긴 하지만 말이야. 그리고 그런 말을 듣는 것은 달빛을 목구멍에 비추겠다고 입을 벌리고 있는 거나 마찬가지야. 어떤 곳을 알고 싶으면 그곳에 직접 **가봐야** 한다는 것은 누구나 다 아는 사실이잖아. 아버지도 어머니도 다른 어떤 사람도 그걸 알려주고 보여줄 수 없어. 다음 두 가지는 모든 사람이 스스로 해야 해. 하느님을 찾아가는 것과 스스로 살아가는 법을 찾아내는 것 말이야."

이 말 후에는 완전한 침묵이 흘렀고 그들은 처음으로 바람이 소나무를 스치고 지나가는 소리를 들었다. 그 소리에 피비는 자기를 기다리며 안달하고 있을 샘을 떠올렸다. 그 소리에 재니는 2층의 그 방, 그녀의 침실을 생각했다. 피비는 재니를 정말로 꼭 안아준 다음 어둠을 가르며 뛰어갔다.

곧 아래층의 모든 것이 닫히고 잠겼다. 재니는 등잔불을 들고 계단을 올라갔다. 손에 들고 있는 등불 빛은 태양의 섬광처럼 그녀의 얼굴을 불빛으로 적셔주었다. 그녀의 그림자는 등 뒤로 검고 길게 계단 아래로 드리워졌다. 이제 그녀가 침실에 들어가자 그곳에서 다시 상쾌한 맛이 났다. 열린 창문으로 들어온 바람이 오랫동안 아무도 없이 비워둔 데서 생긴 퀴퀴한 기분을 말끔히 쓸어가 버렸다. 그녀는 창문을 닫고 자리에 앉았다. 머리에 내려앉은 길 먼지를 빗으로 빗어내면서. 생각하면서.

총을 쏜 그날과, 피투성이가 된 시체와, 법정의 기억이 찾아와서 방 안 구석구석에서, 모든 의자와 물건에서 흐느끼는 탄식을 노래하기 시작했다. 노래하다가, 흐느끼고 탄식하다가, 노래하고 흐느꼈다. 그때 티 케이크가 나타나서 그녀의 주변을 성큼성큼 맴돌았다. 그러자 탄식의 노래는 창 밖으로 날아가서 소나무 꼭대기에서 환하게 밝혔다. 태양을 목에 두른 티 케이크. 물론 그는 죽은 것이 아니었다. 그녀 자신이 느끼고 생각하는 것을 멈출 때까지 그는 결코 죽을 수가 없었다. 그의 추억에 입을 맞추자 벽에 사랑과 빛의 그림들이 만들어졌다. 여기에 평화가 있었다. 그녀는 커다란 어망을 거두어들이듯이 그녀의 지평선을 거두어들였다. 세상의 허리에서 그것을 거두어들여서 어깨에 둘렀다. 그 그물눈들 속에 얼마나 많은 삶이 들어 있는지! 그녀는 자신의 영혼에게 와서 보라고 손짓했다.

작품 해설

세상을 떠난 후 사람들의 기억에서 사라졌다가 갑작스럽게 스포트라이트를 받으며 화려하게 부활하는 사람들이 있다. 라이프치히의 토마스 성당에서 오르간 연주와 성가대 지휘를 하며 수많은 종교음악 작품을 남겼지만 사후에는 작품을 연주해주는 사람이 아무도 없어서 악보에 먼지만 쌓여가던 요한 제바스티안 바흐(Johann Sebastian Bach)는 1829년에 멘델스존이 백 년 동안 연주된 적이 없었던 〈마태수난곡〉을 연주하면서 가장 위대한 바로크 음악가로 화려하게 부활한다. 조르주 드 라 투르(Georges de La Tour)는 루이 13세의 궁정화가로서 명성을 쌓았지만 사후에 완전히 잊혔다가 263년 후인 1915년에 독일의 미술사학자 헤르만 보스(Hermann Voss)를 통해 재발견되면서 프랑스 최고의 화가 중 한 사람으로 인정받게 된다.

조라 닐 허스턴(Zora Neale Hurston)은 '할렘 르네상스'로 일컬어지는 1920년대에 작품 활동을 시작해서 1930년대에 여러 편의 소설을 발표했지만 묘비도 없는 묘지에 묻혔다가 1975년에 흑인 여성 작가 앨리스 워커(Alice Walker)를 통해 재조명되면서 흑인 여성 문학의 선두적인 작가로 인정받게 된다. 재조명을 받기 시작한 지 얼마 되지 않아서일까? 모르는 사람이 없을 정도로 그 이름이 널리 알려진 바흐와 조금씩 인지도를 넓혀가고 있는 드 라 투르와도 달리 허스턴은 아직은, 특히 우리나라 독자들에게는 생소한 작가다. 흑인 최초의 노벨상 수상작가인 토니 모리슨(Toni Morrison)과 《컬러 퍼플(*Color Purple*)》을 쓴 앨리스 워커로 이어지는 흑인 여성 문학의 선두 주자로 활약했고 토크쇼의 여왕 오프라 윈프리(Oprah Winfrey)가 《그들의 눈은 신을 보고 있었다(*Their Eyes Were Watching God*)》 영화 제작에 뛰어들게 만든 '조라 닐 허스턴'은 누구인가?

허스턴은 1891년 앨라배마주 노타설가에서 태어났고 세 살 때 침례교 목사인 아버지를 따라 미국 최초의 흑인 자치 도시인 플로리다의 이튼빌로 갔다. 허스턴은 이튼빌을 자신의 고향처럼 생각했고 이곳이 자신의 출생지라고 밝히기도 했다. 그녀의 아버지는 나중에 이튼빌의 시장이 되었고 이튼빌에서 보낸 어린 시절은 그녀의 작품들에 여러 가지 형태로 반영되어 나타났다. 어머니가 세상을 떠나고 재혼한 아버지에게 재정적 지원을 받지 못한 허스턴은 고학으로 하워드대학교와 바너드 컬리지를 졸업했다. 대학에서 문화인류학을 전공한 그녀는 인류학자로서 마거릿 미드 같은 유명한 인류학자들과 함께 흑인 민속을 연구하기도 했다. 허스턴은 1927년에 재즈 음악가이자 나중에 의사가 된 허버트 쉰과 결혼하지만 1931년에 헤어졌고, 1939년에 25살 연하의 앨버트 프라이스와 결혼하지만 7개월 만에 헤어졌다.

1925년에 허스턴이 뉴욕에 도착했을 때는 할렘 르네상스가 절정에 달했던 시기였다. 허스턴은 랭스턴 휴즈(Langston Hughes)와 월리스 서먼(Wallace Thurman) 같은 작가들과 함께 《파이어!!(Fire!!)》라는 문예 잡지를 발간하기도 했고 카리브해와 미국 남부를 여행하면서 그곳의 문화적 관습을 연구하기도 했다. 이 연구를 바탕으로 1934년에는 소설, 《요나의 박 넝쿨(Jonah's Gourd Vine)》을, 1935년에는 민담의 고전으로 간주되는 논픽션 《노새와 사람들(Mules and Men)》을 출간했다. 1937년에 《그들의 눈은 신을 보고 있었다》가 출간되었고 1939년에는 《모세, 산의 사람(Man of the Mountain)》이 출간되었지만 이 작품들은 별다른 주목을 받지 못했다. 허스턴의 동시대 흑인 남성 작가들은 허스턴이 작품에 흑인 방언을 사용함으로써 백인들의 취향에 부합해서 흑인 문화를 희화화했으며 허스턴의 작품에 정치적인 주제가 없다고 비판했다. 당시 랠프 앨리슨(Ralph Ellison) 같은 흑인 작가들은 흑인의 지위를 향상시키기 위한 투쟁의 일환으로 노골적인 정치적 용어로 글을 쓰고 있었다. 그들이 보기에 사랑이라는 주제를 다룬 《그들의 눈을 신을 보고 있었다》 같은 작품은 이런 투쟁에 적합하지 않았다. 허스턴은 말년에 투병 생활을 하며 경제적인 어려움을 겪으며 살다가 1960년 플로리다의 한 복지원에서 심장병으로 생을 마감했다.

여러 가지 정치적, 사회적 이유로 몇십 년 동안 사람들의 기억에서 거의 사라졌던 허스턴에 대한 관심이 새롭게 일어나게 된 것은 1970~1980년대에 이르러 미국의 여러 대학에 흑인 문화 강좌가 개설되면서 흑인 문학을 연구할 수 있는 학문적 분위기가 만들어졌기 때문이다. 여기에 메리 헬렌 워싱턴(Mary Helen Washington),

오드리 로드(Audre Lorde), 앨리스 워커 등이 이끄는 흑인 페미니즘이 점차 부상하면서 허스턴을 재발견할 수 있는 여지가 생겨났다. 앨리스 워커가《미즈(Ms)》매거진 1975년 3월호에 쓴 '조라 닐 허스턴을 찾아서'라는 기사는 허스턴을 재조명하는 기폭제 역할을 했다. 앨리스 워커는 1970년대 초 어느 백인 민속학자가 쓴 에세이를 읽다가 허스턴이 마이애미의 어느 이름 없는 묘지에 묻혀 있다는 사실을 알게 되었다. 그녀는 곧바로 허스턴의 무덤을 찾아 나섰고 이 과정을 글로 써서 발표했다. 이 글에서 워커는 흑인 사회가 허스턴을 인정하지 않은 것은 "천재를 내다 버린 것"이나 다름 없다고 주장했다.

1977년에는 로버트 헤멘웨이(Robert Hemenway)가 국가 보조금을 받아 허스턴의 전기를 썼고 1978년에는《그들의 눈은 신을 보고 있었다》가 재발행되었다. 1975년에는 현대언어협회에서 허스턴을 집중적으로 다룬 특별 세미나가 개최되었고 1981년에는 모건주립대학에 조라 닐 허스턴 학회가 설립되었다. 여러 학문 분야에서 다룰 수 있는 주제들과 내용을 담고 있는《그들의 눈은 신을 보고 있었다》는 차츰 미국 흑인 문학과 여성 문학에서 독보적인 작품으로 간주되었고 이제는 문학의 고전으로 확고하게 자리를 잡았다. 이 작품은 2005년에《타임》지가 '1923년 이후 출판된 100대 영어 소설' 중 하나로 선정하기도 했다.

《그들의 눈은 신을 보고 있었다》는 주인공인 사십 대 초반의 흑인 여성 재니 크로포드가 자신의 삶의 여정을 친구인 피비에게 회상하며 들려주는 자서전적인 형식으로 이루어진 소설이다.

소설의 첫 부분은 재니의 어린 시절과 첫 번째 결혼에 대한 이야기다. 재니의 할머니 내니는 노예해방이 되기 전 노예로 살면서 강제로 주인의 아이를 임신하고 딸인 리피를 낳았다. 질투심에 사로잡힌 주인마님을 피해 도망쳐 나온 내니는 남북전쟁이 끝난 후 딸을 학교에 보내며 자신보다 나은 삶을 살 수 있도록 노력한다. 그러나 리피는 학교 교사에게 성폭행을 당하고 재니를 임신한다. 재니가 태어난 후 술을 마시고 밖에서 밤을 지새던 리피는 재니를 남겨두고 집을 나가버린다. 내니는 리피에게 품었던 모든 희망을 재니에게 옮긴다. 재니가 열여섯 살이 되었을 때 재니와 이웃집 소년 조니 테일러가 키스하는 것을 본 내니는 재니가 남자에게 몸과 노동력을 착취당하며 '노새' 같은 삶을 살지 않도록 농장과 집을 가진 로건 킬릭스에게 재니를 시집보내기로 한다. 재니는 어느 봄날 배나무에서 벌이 꽃가루를 옮기는 것을 보고 이 자연적인 과정에 상응하는 것이 결혼이며 결혼에는 반드시 사랑이 수반되어야 한다는 생각을 갖게 되었다. 그녀는 로건이나 결혼에 아무런 관심이 없었지만 결혼하게 되면 사랑이 생겨날 것이라 믿고 할머니의 뜻에 따라 로건과 결혼한다. 그러나 로건은 재니를 존중해주지 않고 오로지 그녀에게 집안일을 도울 일꾼이 되어주길 바란다. 얼마 후 내니는 세상을 떠나고, 재니는 말 잘하는 야심만만한 조디 스탁스를 따라 이튼빌로 간다.

소설의 두 번째 부분은 조디와 한 결혼 생활에 대한 이야기다. 이튼빌에 도착한 스탁스는 근처의 땅을 사들이고 잡화점을 운영하면서 이튼빌의 시장이 된다. 조디는 재니에게 힘든 일을 시키진 않지만 그녀를 남에게 과시하기 위한 일종의 트로피 아내로 취급한다. 그는 자신의 막강한 지위를 강화하기 위한 수단으로 재니에게 완벽한 아내의 이미지를 원할 뿐 재니가 다른 사람들과 대화를 나누거나 자신의 생각을 표현하지 못하게 한다. 그는 그녀를 자신의 소유물처럼 대하면서 그녀의 말뿐만 아니라 옷차림과 머리 모양을 통제하고 실수에 대해서는 가차 없이 비난을 가한다. 시간이 지나면서 그는 자신이 나이 들어가고 있다는 것을 감추기 위해 삼십 대에 불과한 재니의 나이를 들먹이며 계속해서 공개적으로 망신을 준다. 재니는 자신의 생각을 마음속 깊은 곳에 감추고 순종적인 아내의 모습으로 살지만 결국에는 그가 늙어가고 있다는 사실을 지적함으로써 권력자로서 그의 모습에 대해 마을 사람들이 가지고 있던 환상을 깨버린다. 그 후 조디는 아래층으로 자기 짐을 옮기고 재니를 방에 들어오지 못하게 한다. 재니는 신장병에 걸려 자리에 누운 조디와 죽기 전에 화해하려 하지만, 조디는 자신이 죽을 것이라는 사실을 받아들이지 못하고 여전히 재니를 비난한다. 결국 재니는 조디가 자신을 자유롭게 해주지 않았기 때문에 오랜 세월을 함께 살았어도 그녀가 어떤 사람인지 제대로 알지 못했다고 말해준다. 이 말을 들은 직후 조디는 세상을 떠난다.

소설의 세 번째 부분은 티 케이크와 나눈 사랑과 결혼에 대한 이야기다. 스탁스가 세상을 떠난 후 재니는 경제적으로 독립하게 되고 끊임없이 구혼자들에게 시달리게 된다. 그들 중에는 상당한 재산가도 있었고 괜찮은 직업을 가진 사람도 있었지만 그녀는 그들 모두를 거들떠보지도 않는다. 그러다가 그녀 앞에 젊은 뜨내기 도박꾼 티 케이크가 나타난다. 재니는 처음에 나이와 재산 차이 때문에 그의 사랑을 의심하지만 진심으로 그녀를 배려해주고 존중해주는 그를 사랑하게 된다. 두 사람은 상점을 팔고 잭슨빌로 가서 결혼식을 올린 다음 습지인 에버글레이즈로 옮겨간다. 그곳에서 그들은 낮에는 콩밭에서 일하고 밤에는 습지 사람들과 어울려 이야기를 나누고, 춤도 추고 놀이도 하면서 즐거운 시간을 보낸다. 재니는 자신이 바라던 대로 이제야 사랑으로 맺어진 결혼 생활을 하고 있다고 생각한다. 그러나 습지에 거대한 오키초비 허리케인이 불어 닥치고 티 케이크는 물에 빠진 재니를 구하다가 미친개에게 물려서 광견병에 걸리게 된다. 재니의 헌신적인 간호에도 티 케이크는 상태가 점점 더 나빠지다가 급기야는 통제 불가능한 광기에 사로잡혀 권총으로 재니를 쏘려고 한다. 재니는 자신을 방어하기 위해 엽총으로 그를 쏘아 죽인다. 살인죄로 기소된 재니는 법정에 서게 되고 티 케이크의 흑인 남자 친구들은 그녀에게 불리한 증언을 하러 나타난다. 그 지역의 백인 여성들은 재니를 지지하고 백인 배심원단은 재니에게 무죄를 선고한다. 티 케이크의 장례식을 치른 다음 재니는 이튼빌로 돌아온다.

무엇보다도 이 작품은 사랑 이야기다. 재니는 로건 킬릭스와 한 첫 번째 결혼과 조디 스탁스와 한 두 번째 결혼 생활을 지나 티 케이크와 한 세 번째 결혼을 통해 비로소 사랑과 행복의 의미를 깨닫게 된다. 그러나 이 소설은 단순히 진정한 사랑을 찾아가는 과정을 보여주는 이야기가 아니라 그녀가 자아를 확립하고 독립성을 찾아가는 과정을 보여주는 이야기이기도 하다. 경험 없는 순진한 십 대 소녀였던 재니는 남편들과 맺은 관계에서 여러 가지 어려운 일들을 겪으면서 자신감 있고 자립적인 여성으로 변모해간다. 그녀는 로건과 조, 티 케이크에게서 각기 다른 교훈을 얻고 경험을 통해 성장한다. 로건과의 경험을 통해 재니는 부당함에 맞서고 자기 자신을 소중하게 여기는 법을 배운다. 재니는 자기 자신을 지키기로 결심하고 자신을 소중하게 여겨주지 않는 로건을 떠난다. 조디는 재니에게 힘든 일을 시키지는 않지만, 그녀가 자유롭게 자신의 생각을 표현하지 못하게 통제할 뿐만 아니라 머리를 두건으로 감싸게 해 여성으로서 매력을 발산하지 못하게 한다. 조디가 죽기 직전에야 재니는 자신의 생각을 조디에게 솔직하게 털어놓고 조디가 죽은 다음에는 두건 속에 감추어두었던 머리를 내려뜨려서 여성으로서 정체성을 회복한다. 티 케이크와의 관계에서 재니는 자신의 생각을 자유롭게 말로 표현하고 동등한 존재로 대접받으면서 사랑과 행복을 느낀다. 그와의 관계를 통해 그녀는 성숙하고 자신감 있으며 자립적인 여자로 우뚝 선다.

재니가 자신의 자아를 확립하고 독립적인 여성이 되어가는 과정은 자신의 목소리를 찾아가는 과정과 일치한다. 자신의 의지와 상관없이 할머니의 뜻에 따라 로건과 결혼하는 십 대의 재니에게는 아직 자신의 목소리가 없다. 벌과 배나무 꽃을 보며 완벽한 결합을 목격하고 자신 또한 이런 형태의 사랑을 원한다는 것은 알지만 재니는 자신이 정확하게 무엇을 원하는지 모른다. 로건과 결혼생활을 하기까지 자신의 목소리를 갖지 못했던 재니는 조디와 사는 동안에는 자신의 목소리를 내지 못하도록 구속당한다. 조디가 죽기 직전에야 재니는 마음속 깊이 억눌러놓았던 목소리로 그동안 하고 싶었던 말을 퍼붓는다. 티 케이크와 함께 살면서 재니는 비로소 자신의 목소리로 자유롭게 이야기를 할 수 있게 된다. 그녀는 이웃 사람들의 "이야기를 듣고 마음껏 웃을 수 있었으며 원한다면 이야기에 끼어들 수도 있었다. 그녀는 다른 사람들에게 들은 이야기를 통해 스스로 대단한 이야기를 만들어낼 수 있었다.”(본문 188쪽) 재니가 자신의 목소리를 찾아가는 과정은 내적으로 성장하고 자아를 확립해가는 과정과 일치한다.

재니는 자신의 자아와 여성성, 목소리를 찾아가는 과정에서 여러 가지 난관과 장애에 부딪힌다. 재니가 극복해야 하는 난관은 백인이 지배하는 미국의 사회구조가 야기한 난관과 흑인 사회 자체에 존재하는 남성 중심의 가부장제가 야기한 난관으로 크게 구분할 수 있다. 재니의 할머니 내니는 노예해방이 이루어지기 전에 백인의 노예로 살면서 미국 노예제도를 몸소 겪은 역사의 산증인이다. 허스턴은 이 작품에서 알렉스 헤일리(Alex Haley)의 《뿌리 (Roots)》처럼 이백 년에 걸친 한 흑인 노예 집안의 역사를 보여주지 않더라도 내니의 회상을 통해 백인이 지배하는 미국 사회에서 흑인들이 노예로서 당한 억압과 고통의 역사를 담담한 어조로, 그러기에 더 통렬하게 보여준다. 그녀는 주인의 뜻에 따라 언제든지 성적으로 착취를 당하고, 채찍질을 당하고, 사고팔리는 매매의 대상이 되는 노예로 살다가 노예해방 후에는 백인의 집에서 이름조차 없이 내니로서 삶을 살아간다. 손녀인 재니 세대에 이르러 흑인들이 학교 교육도 받고 땅도 소유하는 등 흑인들의 상황이 개선되었다 해도 백인의 지배 구조 자체가 사라진 것은 아니었다. 에버글레이즈에 허리케인이 불어닥쳐 오키초비 호수가 범람했을 때 재니와 티 케이크는 밀려오는 물을 피해 다리로 올라간다. 그러나 그곳은 백인들이 이미 차지하고 있어서 흑인들이 낄 여지가 없었다. 태풍이 불어닥치는 재난 상황에서도 흑백 간의 계급 구조가 작동하고 있었다. 심지어는 태풍에 목숨을 잃은 시체들을 매장할 때도 흑인에 대한 차별이 일어난다. 백인들의 시체는 비록 싸구려 소나무 관일지라도 관에 넣어 매장해주는 반면, 흑인들의 시체는 생석회를 뿌린 다음 흙 속에 파묻을 뿐이었다. 허스턴은 이 작품에서 흑인들이 겪는 불평등과 억압에 대해 소리 높여 분개하거나 동정을 구하지 않는다. 그저 무심할 정도로 담담하게 스쳐가듯 언급할 뿐이다. 그녀는 다른 할렘 르네상스 작가들과 달리 '흑인들의 삶을 비참하고 억압당하고 가난한 것으로 묘사하면서 백인의 동정을 얻어내기 위해 징징거리지' 않는다. 어쩌면 이런 태도 때문에 허스턴이 다른 흑인 작가들에게 사랑 타령이나 하는 '비정치적'인 작가라는 비난을 받았을지 모른다.

그러나 이 작품은 동시대 흑인 남성 작가들이 허스턴의 작품에 가했던 비난에 대한 비판이 될 수 있다. 허스턴을 비난한 다른 흑인 작가들의 작품 주제가 백인 지배 문화에 대한 비판으로 한정되는 반면, 허스턴은 비판의 범위를 흑인 사회 자체 내에 존재하는 가부장적인 남성 지배 문화로 확대한다. 이 작품에서 재니가 자아를 확립하고 여성성을 회복하며 자신의 목소리를 찾아가는 과정에서 극복해야 할 또 다른 난관은 바로 가부장적 남성 문화였다. 재니로 대변되는 흑인 여성들에게는 극복해야 할 대상이 이중으로 늘어난다. 흑인은 백인의 지배를 받고 흑인 여성은 흑인 남성의 지배를 받는 미국 사회에서 흑인 여성은 가장 억압받는 존재였다. 내니는 이것을 "백인 남자는 자기 짐을 내려놓고 흑인 남자더러 그걸 들라고 하지. 어쩔 수 없으니까 흑인 남자는 짐을 집어 들긴 하지만 그걸 짊어지고 나르지는 않아. 그냥 자기 여자 식구들한테 짐을 넘긴단다. 내가 아는 한 흑인 여자들이 이 세상의 노새란다"

(본문 27쪽)라고 표현한다. 내니의 말은 흑인 여성들이 걸어온 억압의 역사를 간명하게 요약해서 보여준다. 남성 중심의 흑인 사회가 흑인 여성에게 가하는 억압은 아내를 일꾼 취급하고, 자기 생각을 표현하지 못하게 하고, 여성스러운 매력을 드러내지 못하게 막는 재니의 두 남편, 로건과 조디를 통해 개별적인 형태로 나타나고, 재니가 나이 든 조디의 실체를 폭로한 후 병든 조디를 감싸는 이튼빌 남자들과 티 케이크가 재니의 총에 맞아 죽은 후 법정에서 재니를 적대시하며 그녀에게 불리한 증언을 자청하는 습지 흑인 남자들을 통해 집단적인 형태로 나타난다. 법정에서는 오히려 백인 여성들이 재니를 지지해줌으로써 흑백 지배 구조를 초월한 여성들 사이의 연대감을 보여준다. 가부장제 사회의 권위에 맞서는 재니의 도전을 흑인 남성들은 단결해서 응징하려 하고, 재니가 조디와 티 케이크의 장례식을 성대하게 치르는 것으로 가부장제에 경의를 표하고 나서야 그녀를 다시 받아들여준다. 이렇게 이중의 난관을 극복하고 자기의 자아를 찾아가는 흑인 여성 재니의 모습은 앨리스 워커의 《컬러 퍼플(*The Color Purple*)》의 셀리에 그대로 반영되어 나타난다.

형식적인 측면에서 《그들의 눈은 신을 보고 있었다》에 나타나는 두드러진 특징은 흑인 방언을 사용한 것이다. 민속학자로서 민담을 채화할 때처럼 허스턴은 그 당시에 흑인들이 사용하던 언어 형태를 그대로 재현하려고 노력했다. 주석 없이는 셰익스피어의 원전 텍스트를 이해할 수 없는 현대의 독자들처럼 같은 영어권 사용자라도 일반 영어와는 다른 특성들을 지니고 있는 흑인 방언을 이해하기가 쉽지 않다. 흑인 영어의 특징으로는 독특한 어휘와 시제, 이중부정문의 사용을 들 수 있다. 같은 흑인 여성 작가지만 표준 영어로 작품을 쓴 토니 모리슨이나 앨리스 워커와 달리 허스턴은 남부의 흑인 방언을 발음까지 그대로 살려서 작품 속에 옮기려 했다. 연극이나 영화 속에서 소리로 듣는 흑인 방언과 달리 글로 표현된 흑인 방언은 독자들에게 생경할 뿐만 아니라 이해하기 어렵게 느껴질 수 있다. 예를 들어 이 작품에서 "Naw, Ah thank yuh. Nothin' couldnt' ketch me dese few steps Ah'm going. Anyhow mah husband tell me say no first class booger would have me."("아니, 고맙지만 사양할게. 몇 발자국 되지도 않은데 아무것도 날 붙잡아갈 수 없어. 어쨌든 우리 남편 말로는 일류 귀신이라면 나를 붙잡아가려 하지 않을 거래.") 같은 문장은 흑인 방언에 익숙하지 않은 영어권 독자들에게조차 번역이 필요한 외국어처럼 보일 것이다. 허스턴이 이렇게 흑인의 방언을 작품에 사용한 것에 대해 그녀의 동시대 작가들은 그녀가 백인의 취향에 부합해서 흑인 문화를 희화화했다고 비판을 가하기도 했지만 흑인 방언 특유의 문법적인 특성과 발음 체계, 관용적 표현들을 작품에 그대로 옮겨놓은 이 작품에는 다른 흑인 작가들의 작품에서는 맛볼 수 없는 특별한 맛과 재미가 있다. 그러나 의미의 전달에 주안점을 둘 수밖에 없는 번역의 특성상 흑인 방언의 이런 특별한 묘미는 번역으로는 절대 전달될 수 없다는 한계가 있다. 흑인 방언의 묘미를 맛보고 싶은 독자들은 오프라 윈프리가 제작한 영화,《그들의 눈은 신을 보고 있었다》(2005)를 보면서 아쉬움을 달래길 바란다.

옮긴이

조라 닐 허스턴 연보

1891년   앨라배마주 노타설가에서 8남매 중 다섯째로 태어났다.

1894년   침례교 목사인 아버지를 따라 미국 최초 흑인 자치 도시인 플로리다주 이튼빌로 이사했다. 허스턴은 이튼빌을 고향처럼 여겼고, 그녀가 이튼빌에서 보낸 어린 시절은 훗날 작품에 여러 형태로 반영되었다.

1904년   어머니의 사망 이후 재혼한 아버지에게 재정적 지원을 받지 못해 혼자 힘으로 학업을 이어갔다.

1918년   하워드대학교에 입학해 스페인어, 영어, 그리스어를 공부하고 대학신문을 창간했다.

1925년   할렘 르네상스가 절정에 달한 시기에 뉴욕에 도착해 흑인 여성 최초로 컬럼비아대학교의 명문 여대인 바너드칼리지에 장학금을 받고 입학해 인류학을 공부했다. 대학에서는 마거릿 미드 등과 함께 흑인 민속을 연구하기도 했다.

1927년   재즈 음악가이자 후에 의사가 된 허버트 쉰과 결혼했으나 1931년에 헤어졌다.

1934년	카리브해와 미국 남부를 여행하며 그곳의 문화적 관습을 연구했고 이 경험을 바탕으로 소설《요나의 박 넝쿨》을 출간했다.
1935년	민담의 고전으로 간주되는 논픽션《노새와 사람들》을 출간했다.
1937년	《그들의 눈은 신을 보고 있었다》를 출간했다. 현재는 할렘 르네상스 고전으로 여겨지는 책이지만 당시에는 주목받지 못했다.
1938년	구겐하임재단의 지원으로 자메이카와 아이티로 여행을 떠난 후 이를 바탕으로《내 말에게 전하라》를 출간했다.
1939년	25세 연하의 앨버트 프라이스와 결혼했으나 7개월 만에 헤어졌다. 모세와 출애굽기 이야기를 아프리카계 미국인의 관점에서 다시 쓴《모세, 산의 사람》을 출간했다. 그러나 허스턴의 작품은 흑인 남성 작가들에게 대체로 흑인 문화를 희화화하고 정치적인 주제가 없다고 비판받는 등 큰 주목을 받지 못했다.
1948년	마야 문명 등에 대한 열정으로 중앙아메리카로 여행을 떠난 후 마지막 소설《스와니강의 천사》를 썼다. 10세 남자아이를 추행했다는 오명으로 기소되어 큰 타격을 입었다.
1952년	세상을 떠나기 전 마지막 10년 동안 잡지와 신문의 프리랜서 작가로 일했다. 1952년 가을,《피츠버그 쿠리에》의 의뢰로 인종차별주의자 백인 의사를 살해한 루비 맥컬럼의 살인 재판을 취재했다.
1956년	패트릭 공군 기지의 팬아메리칸 월드 항공 기술 도서관에

서 일했다. 하지만 교육 수준이 너무 높다는 이유로 1957년에 해고당했다. 이후 여러 일을 하며 근근이 생계를 이어나갔다.

1960년 중풍을 앓아 강제로 요양원에 입원해 지내던 중 1월 28일, 플로리다에서 심장 질환으로 사망했다.

1975년 사후 완전히 잊혔으나 1960~70년대 여성 운동과 흑인 민권 운동의 영향으로 흑인 페미니즘이 부상하면서 재발견되었다. 《컬러 퍼플》의 저자 앨리스 워커가 한 잡지에 쓴 기사 '조라 닐 허스턴을 찾아서'가 중요한 기폭제였다.

1978년 허스턴에 대한 재평가에 힘입어 《그들의 눈은 신을 보고 있었다》가 재발행되었다.

1981년 모건주립대학교에 조라 닐 허스턴 학회가 설립되었다.

2005년 전문가와 독자의 재발견 이후 《그들의 눈은 신을 보고 있었다》는 미국 흑인 문학과 여성 문학의 고전으로 확고히 자리 잡았으며 2005년 《타임》 선정 100대 영문 소설에 선정되었다.

옮긴이 **이미선**

경희대학교 영어영문학과를 졸업하고 동 대학원에서 영문학 석사, 박사 학위를 받았으며, 캘리포니아주립대학교에서 영어교육학 석사 학위를 받았다. 옮긴 책으로는 《자크 라캉 : 욕망 이론》(공역), 《자크 라캉》, 《무의식》, 《연을 쫓는 아이》, 《라캉의 정신분석학과 페미니즘 이론을 통한 아동문학 작품 읽기》, 《순수의 시대》, 《제인 에어》, 《여성, 거세당하다》 등이 있으며, 지은 책으로는 《라캉의 욕망이론과 셰익스피어 텍스트 읽기》가 있다.

그들의 눈은 신을 보고 있었다

1판 1쇄 발행   2014년 2월 20일
2판 1쇄 발행   2024년 11월 15일

지은이   조라 닐 허스턴 │ 옮긴이   이미선
펴낸곳   (주)문예출판사 │ 펴낸이   전준배
출판등록   2004. 02. 11. 제 2013-000357호 (1966. 12. 2. 제 1-134호)
주 소   04001 서울시 마포구 월드컵북로 21
전 화   02-393-5681 │ 팩스   02-393-5685
홈페이지   www.moonye.com │ 블로그   blog.naver.com/imoonye
페이스북   www.facebook.com/moonyepublishing │ 이메일   info@moonye.com

ISBN 978-89-310-2408-1 04800
ISBN 978-89-310-2365-7 (세트)

• 잘못 만든 책은 구입하신 서점에서 바꿔드립니다.

🌸문예출판사® 상표등록 제 40-0833187호, 제 41-0200044호

(뒷면 계속)